平川祐弘決定版著作集◎第23巻

謡曲の詩と西洋の詩

平川祐弘

勉誠出版

パリ時代の運転免許証の写真

32年、パリ日本館の舞踏会の夜、私の部屋で。私（左端）は父のタキシードを着用。
ダンスは洋行前に習った。インゲ、中央は数学者・高橋礼司、一人おいて右端は芳賀徹。前列は左からルース、ゴドラ、柏原玲子、松原治子。

写真右より亀井俊介、平川祐弘、一人おいて、座長衛藤瀋吉、芳賀徹。手前、平野健一郎。一九七三年から駒場の東大教養学部で開かれた学際的な「文化摩擦」研究会。衛藤、平野らのインターナショナル・リレーションズの学者は各国の文化深層を無視しては国際関係論の学問も成立たぬこと、芳賀、亀井、平川らのコンパラティストは比較文学比較文化研究とは国際文化関係論に他ならぬことを、研究会を重ねるうちに、自覚させられた。社会科学畑と外国語畑が手に手を組んだ貴重なinterdisciplinary seminarであった。夜七時十五分に始まり、駅弁風サンドイッチを参加学生にもわけて、夜十時近くまで議論を交わした。昭和四十九年の晩秋の一夜、私は留学生が覚えるコンプレックスやアイデンティティーに目覚める問題を日本における白楽天の受容の場合をとりあげて発表した。

目次

謡曲の詩と西洋の詩

凡例

一、本著作集は平川祐弘の全著作から、著者本人が精選し、構成したものである。
一、本文校訂にあたっては原則として底本通りとしたが、年代については明確化し、明かな誤記、誤植は訂正した。
一、数字表記等は各底本の通りとし、巻全体での統一は行っていない。
一、各巻末に著者自身による書き下ろしの解説ないしは回想を付した。
一、各巻末には本著作集のために書き下ろした諸家の新たな解説を付すか、当時の書評や雑誌・新聞記事等を転載した。

底本

本書の底本は朝日選書、朝日新聞社、一九七五年刊である。『夢幻能オセロ』の底本のみは『アーサー・ウェイリー『源氏物語』の翻訳者』、白水社、二〇〇九年、第三刷である。

謡曲の詩と西洋の詩

謡曲の詩と『神曲』の詩

西洋人の能楽発見

夏目漱石の『行人』に『景清』の謡《うたい》を聞く場面がある(「帰つてから」の十二章)。作中の「自分」はここでは漱石の気持を語っているものと思われるが、

自分はかねてから此『景清』といふ謡に興味を持つてゐた。何だか勇ましいやうな惨《いた》ましいやうな一種の気分が、盲目《まうもく》の景清の強い言葉遣から、又遙々父を尋ねに日向《ひうが》迄下《まてくだ》る娘の態度から、涙に化して自分の眼を輝かせた場合が、一二度あつた。

漱石は謡や舞の芸能としての『景清』だけでなく、文学としての『景清』、詩としての『景清』にも強く惹かれていた。そのような漱石の関心の持ち方が、世間一般の謡の愛好者たちの関心の持ち方とややずれたものであったことは、作中の次のようなエピソードからも察せられる。そのお客たちの謡が滞りなくすんだ時、

兄が、急に赭顔《あからがほ》の客に向つて、「さすがに我も平家なり物語り申してとか、始めてとかいふ句がありましたが、あのさすがに我も平家なりといふ言葉が大変面白う御座ゐました」と云つた。……けれども不幸にして彼の批評は謡の上手下手でなくつて、文章の巧拙に属する話だから、相手には殆んど手応《てごたへ》がなかつた。

西洋でモーツァルト、ワーグナー、ヴェルディなどのファンがオペラへ興味を寄せる時もほぼ同じことだが、人々は歌手の歌い方や演技の上手下手、オーケストラの出来映えなどは話題にのせるが、リブレットの詩的な価値、その文章の巧拙《こうせつ》を話題にのせることはいたって少ない。そしてリブレットの文章の意味内容をよく心得ずに外国語でオペラを歌う歌手が多くいるように、謡本《うたいぼん》の文学的価値や詩的価値を眼中に入れずに謡をうたっている人の数もまたすこぶる多いのである。それだから、漱石の『行人』の作中人物が「さすがに我も平家なりといふ言葉が大変面白う御座ゐました」という能楽脚本に対する文芸批評を下した時に、「胡麻節《ごまぶし》を辿つて漸く」謡をうたった側の人は、きょとんとしたのであった。

漱石の『行人』が書かれた大正二年は西暦一九一三年に当るが、ちょうどそのころ英語圏諸国で謡曲が **poetic literature** として認められ始めた。そのきっかけはフェノロサ（一八五三－一九〇八）が平田禿木の協力を得て英訳した謡曲の原稿が、フェノロサ未亡人からエズラ・パウンドへその年の末に渡され、パウンドやイェイツの目にふれたことによる。明治の日本で多彩な活動をしたフェノロサはただ単に能を見ただけでなく彼自身梅若実について謡まで習った人だった。しかしフェノロサ未亡人から夫の遺稿を託されたアメリカ詩人パウンドも、また当時パウンドが秘書のようにして仕えていたアイルランドの詩人イェイツも、日本へ来たことはなかった。能を舞台で見る機会は、幸か不幸か、なかったのである。当然この二人の謡曲にたいする関心は、英訳された文学作品として、すなわち文字に書かれた詩劇として能を読む、という方向に向った。それで、日本人の多くが、能役者をも含めて、謡の台本程度にみなしていた謡本《うたいぼん》の詞章《ことば》が日本語を解さぬ西洋人によって文学として発見されるというパラドクシカルな事態が生じたのである。

パウンドやイェイツが「日本の高貴なる演劇」に対して示した熱意は、二人が英訳の能に寄せた解説や序文からも察せられるが、イェイツは『錦木』の英訳に刺戟され、アイルランドの伝説に取材して「西洋能楽集」のはしりともいうべき『鷹の井』*The Hawk's Well* を一九一五年に書いた。(『鷹の井』は松村みね子以下により日本語に訳され、横道万里雄氏により謡曲に翻案され、上演もされている。なお謡曲『錦木』とイェイツの詩劇の関係については『講座比較文学』第一巻、東大出版会、に大久保直幹氏のすぐれた研究がのっている。)またフェノロサの遺稿の字句にパウンドが手を加えたフェノロサ=パウンドの能の英訳も一九一六年、一七年とあいついで刊行され、評判を呼んだ。その翻訳を評価して評論『能と心像《イメージ》』を書いた人の中にはT・S・エリオットもまじっていた。(1)

このように日本の能は、第一次世界大戦当時から英語圏に紹介され評判となったが、しかし紹介の労を取ったイェイツもパウンドも日本語が読めたわけではなかった。パウンドはフェノロサの遺稿を読んではっきりわからない点があると、日本人の留学生に質問したが、留学生たちは西洋の事を学ぶのには熱心でも母国の文化遺産についてはあまり知らない。知らない癖に外国人の前で体裁を繕っていい加減な事を自信あり気に教える者もいた。またわかっているらしいが、外国語ではうまく自己表現ができなくて、ついつい月並な説明に堕する者もいた。

パウンドはまたある時は大英博物館に勤務している二十五、六の一英国青年に質問を呈したこともあった。その青年はアーサー・ウェイリーといい、一八八九年、ユダヤ系の家に生れ、ラグビー校を経てケンブリッジ大学へ進み、そこでギリシャ・ラテンの古典語を修めた。卒業後スペインで遊んだ後、大英博物館に勤め、ヨーロッパの外へ出たことはなかったが、独力で日本語、中国語をはじめ数多くの言葉をマスターしていた。日本語のできないパウンドらの手で謡曲が英語圏に紹介され評判となりつつあった時、日本語を解し詩心のあるこの若い学者は、それならば自分自身で謡曲を英語に訳してみよう、と思いたったにちがいない。ウェイリーは後に『枕草子』の抄訳や『源氏物語』の英訳を刊行するのだが、それに先立って、一九二一年(大正十年)*The Nō Plays of Japan* (George Allen and Unwin) という、洗練された、謡曲集の英語訳本を出したのである。

同じく英訳といってもアメリカ人のフェノロサ＝パウンド訳とイギリス人のウェイリー訳とでは登場人物の口の利き方がまるで違う。たとえば前者の訳では景清の娘は「イエス」「ノー」のひどくはっきりした、気の強いアメリカ娘風となっており、その娘に呼びかける里人の、

「さては景清のご息女《そくぢょ》にてござ候ふか、まづおん心を静めて聞《き》こしめされ候へ」

という本来は叮嚀な口の利き様も、まるで開拓者の父を慕ってやってきた娘に向って西部の男が呼びかけでもするような、

"Bless my soul! Kagekiyo's daughter. Come, come, never mind, young miss."

というざっくばらんな口調と化している。それに対してウェイリーの訳では、

"...But, lady, calm yourself and listen."

とやわらげられ、原《もと》の日本語の候文ほどではないにせよ、なお敬語に包まれた柔みを感じさせる。また主人公の悪七兵衛景清についていえば、平家の侍大将として屋島の合戦で武勇の誉れをあげた、有名な錣引《しころびき》の条りで、

地謡　景清これを見て、景清これを見て、物々しやと夕日影に、打ち物閃《ひらめ》かいて、斬つて掛かれば堪《こら》へずして、刃向ひたる兵《つはもの》は、四方へばつとぞ逃《に》げにける、逃《の》がさじと。

景清　さもうしや方《かた》がたよ、

地謡　さもうしや方がたよ、

"Cowards, cowards all of you!"

と盲目の景清が、にわかに若返って、地謡の中へ突然割りこみ、興奮して一人称の現在形で叫ぶあたり、原文もすばらしいが、ウェイリーの訳もまことに見事な出来映えで、ドラマティックな緊迫感の盛りあがりを如実に感じさせる。景清が「飛び掛かり兜《かぶと》をおつ取り」、えいや、と錣《しころ》（兜の後の垂れ）を引いた、が錣が切れたために辛うじて逃げ延びた相手方の三保《みお》の谷《や》が、遙かに隔てて立ち帰り、

「さるにても汝恐ろしや、腕の強き、と言ひければ、景清は、三保の谷が首の骨こそ強けれと、笑つて左右《そお》へ退《の》きにける」

の条にはT・S・エリオットも感嘆したらしい。しかしパウンドの訳にもましてウェイリーの訳には叙事詩風な、おおらかな笑いが、荒磯の波の音にまじって、聞えてくる。ホメーロスの勇士の世界も連想される。西洋世界で文学としての謡曲の価値が確定したのは、やはりウェイリーの翻訳が出たからである。[2] 英詩の魅力を感じることのできる読者には *The Nō Plays of Japan* by Arthur Waley はすばらしい一巻にちがいない。私など、関心の持ち様が西洋へ傾き過ぎていたせいかもしれないが、なにか古くさくて退屈なもののように感じていた謡曲に、新鮮な感動を覚えたのはむしろウェイリーの英訳を通してであった。彼の訳文を読むうちに、とうに亡くなった過去の人々が生き生きとよみがえり、日常の言葉で話しかけてくるような、意想外な「別趣《べつしゅ》の感情」にとらわれた。ウェイリーの訳筆が原文をこんなにも美しい、こんなにも分かりのよいものに変えたのではないか、という不安の念に駆られて、思わず目をみはって原《もと》の日本文を訳文と照らしつつ読み返してみたのである。

謡曲『アマルフィ公爵夫人』

ところでウェイリーはその『能楽脚本集』にインテリジェントなイントロダクションをつけているが、その終り近くで次のような工夫をこらした。ウェイリーは複式夢幻能の構造を英語圏の読者によりよく理解さ

せるために、十七世紀初頭のイギリスの劇作家ジョン・ウェブスターの悲劇を謡曲に仕立ててみせる、という実験を行なったのである。いったいこのウェイリーという人はただ単に受身的に日本や中国の大古典を英訳したばかりではない。本来、受身的な性格をもつ翻訳の仕事の中で主体的に芸術的な配慮をつねに心掛けていた人で、彼の詩の翻訳の多くは「再創造」**recreation** であり、英詩としても価値の高い作品が多い。それはちょうど近代日本の日本語で書かれた詩の中で第一級に属する言語芸術作品に森鷗外や上田敏の訳詩がかぞえられるのと、翻訳の方向は東行と西行とで逆だが、同質の成果といえるだろう。それにこのウェイリーという人はなかなか雅致のある手すさびも心得ていた人で、後年には『西遊記』を訳して興にのると、自分も『西遊記』に似せて、猪八戒《ちょはっかい》など同じ登場人物を使って、別の一章を創作してみせるとか、あるいは中国風な異類神婚譚《いるいしんこんたん》を書いてみせるとか、そうした著述に自分の創作意欲を昇華させたこともある人だった。それだから謡曲十九番を訳し、十六番の梗概を紹介するという骨の折れる仕事の途中でウェブスターの悲劇を基に複式夢幻能の構造を示すスケッチを描いてみせたのである。ウェイリーはおよそ次のように書いている。すなわち翻訳を出す二年前の、

「一九一九年、ロンドンの日本協会の席上で、私はいかにも断片風だが、ウェブスターの *The Duchess of Malfi* の主題が能作者の手にかかればどのようになるかを説明してみた」

ウェイリーがウェブスターの悲劇をここで素材に選んだ理由は大小二つあったと思う。大きな理由は、ウェブスターの悲劇ならば亡霊が登場するにふさわしい鬼気迫る雰囲気をただよわせておりウェイリーの好みにあったからである。小さな理由は、謡曲にたいして明治大正の日本の文学史家から発せられた「綴錦《つづれにしき》」――古典からの佳句麗藻《かくれいそう》の引用で綴られていて独創性にとぼしい――という非難に対して、ウェブスターやシェイクスピアのような傑作でも、綿密な校註を施せば先行作品からの名句名歌の借用で錦が綴られている事実が明らかではないか、といいたかったからである。ウェブスターのこの悲劇は、イタリアの短篇作

家バンデㇽロ（一四八五頃–一五六一）の『短篇集』（第二十六話）の仏訳を基にした英訳 Painter: *Palace of Pleasure* が直接の材源となっている。Malfi はナポリの南、ソレントの近くの港で普通アマルフィと呼ばれるが、ウェイリーはウェブスターの『アマルフィ公爵夫人』の筋を Rupert Brooke の研究書から借りて次のように紹介する。

アマルフィ公爵夫人は若くて夫に先立たれたやもめだが、兄のフェルディナンドと枢機卿によって再婚を禁じられている。兄たちはスパイとして腹心のボーゾラを夫人の邸に送りこむ。しかし公爵夫人は自分の邸の家令アントーニオを愛し、ひそかに結婚して、三人の子供を儲ける。ボーゾラがしまいに感づいて報告する。アントーニオと公爵夫人は駆落ちしなければならない。しかし夫人はつかまって牢へ入れられ、精神的に拷問された挙句、死刑に処せられる。フェルディナンドは発狂し、最終幕で、彼も、枢機卿も、アントーニオも、ボーゾラも、みな混乱と恐怖のうちにそれぞれ殺されて死ぬ。

観阿弥や世阿弥が『伊勢物語』や『平家物語』に素材を求めたように、いまウェイリーはウェブスターの悲劇を素材に用い、次のように複式夢幻能を構築する。ウェブスターの原作ではごく端役にしか過ぎなかった巡礼の僧侶がワキとして設定された。主役のシテはもちろんアマルフィ公爵夫人である。まずワキの巡礼があらわれて次第《しだい》を唱え、次のように名乗る。

"I am a pilgrim from Rome. I have visited all the other shrines of Italy, but have never been to Loretto. I will journey once to the shrine of Loretto."

この英語散文には名乗りの感じがいかにも出ていると思うが、いま謡曲風に訳をつけると、

「これは羅馬方《ローマがた》より出でたる巡礼の僧にて候、われイタリアの霊仏霊社《れいぶつれいしや》残りなく一見仕《いつけんつかまつ》りて候ひしが、いまだロレットの御寺を見ず候ふほどに、只今思ひ立ちロレットの御寺へ下り候」

そしてその次に詩文で道行が続く。余談だが森鷗外の『即興詩人』にもローマからロレットへアペニン山脈を踰《こ》えて行く道筋の描写が多少あるので、日本人ならその文章を借りて道行を綴ることもできるかもしれない、「羅馬《ローマ》の都立ち出でて、〳〵、夢に越路をアペニンの、はるか地平に銀の海、かりねの夢になれてみん、〳〵」という風に。

さて巡礼の僧がロレットの寺でひざまずいて拝《おが》んでいるとシテが登場する。前ジテは若い女で「イタリアの流行に反して」ゆるやかな、幅広い服をまとい、手にはまだよく熟《う》れていない杏《あんず》を一つ持っている。このような服装の暗示や果物の意味については、ウェブスターの作品の知識が必要となるが、*The Duchess of Malfi* 第二幕第一場で兄たちの廻し者ボーゾラが、公爵夫人の体の様子がどうも只事でない、と勘づいたシーンに由来する。公爵夫人が、ルネサンス絵画にあるような、肉体の曲線が鮮やかに浮び出る、胴体にぴっちりとあった服を着ていないのは、大きくなったお腹を隠すためであり、杏の実は、それでもってボーゾラが女主人の妊娠を確めようとした果実である。ちょうど日本でも妊婦がある時期になると酸っぱい梅干しなどを欲しがることがあるように、十七世紀の初頭のイギリスの一部では妊婦が酸っぱい杏を欲しがるものとされていたらしい。

しかしウェイリーの謡曲のこの前場でもシテの若い女の正体が最初から明かされているわけではない。女は巡礼の僧に声をかけ、二人の間に会話が始まる。そして巡礼の僧が、この寺はひょっとしてアマルフィ公

爵夫人が逃げこまれたお寺ではありませぬか、

「いかにこれなる人に尋ね申すべきことの候、これなる御寺《みてら》はアマルフィ公爵の奥方の逃げいらせ給ひし寺にて候か」

ふとそのようにワキの僧侶に聞かれた時、シテの女はにわかに声に熱を帯び、女の語る言葉は散文から詩文へと高まってゆく。女は公爵夫人がローマからフラミニア街道を北上してこのアドリア海に面した巡礼地まで逃げて来た時の模様を物語るが、その話の中にはその本人でなければ知るはずもない事柄がまじっていた。それで思わずはっとしてワキの僧侶が、

"Who is it that is speaking to me?"

「かく仰せ給ふはいかなる人にてましますぞ」

とたずねる。すると女は身をふるわせ、面《おもて》を伏せて、次のように答える。英文のまま引くと（その英文に日本語表現が散りばめられているが）、

"*Hazukashi ya!* I am the soul of Duke Ferdinand's sister, she that was once called Duchess of Malfi. Love still ties my soul to the earth. *Toburai tabi-tamaye!* Pray for me, oh, pray for my release!"

恋の執心《しゅうしん》ゆえに自分の魂はいまだ現世を離れることができず、地上に縛りつけられている。どうか自分が成仏得脱《じょうぶつとくだつ》できるよう祈ってくれ、とアマルフィ公爵夫人の亡霊はいうのである。あの世からこの世をさしていう「閻浮《えんぶ》」などの語も用いて、謡曲めかして訳してみよう。

「はづかしや、まことはわれはフェルディナンド公の妹が幽霊、いにしへアマルフィ公爵夫人と呼ばれ

しものにて候。あら閻浮《えんぶ》こそ恋しう候へ。弔《とぶら》ひ賜《た》び給へ、跡《あと》弔ひて賜び給へ」

複式夢幻能の構造

複式夢幻能の前場はそこで終る。中入の後の場では、巡礼の僧侶の祈禱によって過去を生き生きと思い出した女の亡霊が、自分の末期の有様を「あら閻浮《えんぶ》恋しや、執心の波に浮き沈む、因果の有様現はすなり」と物語りつつ再現する。兄のフェルディナンド公が獄中にアマルフィ公爵夫人を訪ねに来た時（ウェブスターの原作第四幕第一場）、夫人は兄が言葉通り本当に和解しに来たものと信じて暗闇でその手に接吻する。暗闇の中で面会したのは、兄が前に妹の醜聞に腹を立て、そのような家名を汚した妹とは白日の下で二度と顔を合わさぬ、という願《がん》を立てたからだという。妹は暗闇の中で差出されたその手に接吻するが、手がひどく冷い。公爵夫人ははっとしたが、しかしなお女の優しさを忘れず、兄に、「長旅のお疲れで御気分がすぐれないのではございませぬか」と問う。しかし返事がない。そこで燭台に火をともして、

あら、すさまじや、
悪心外道《あくしんげだう》の魔法を用ひ、
死人《しにびと》の腕《かひな》を残し置かせ給ふおんことの恐ろしさよ。

Oh! horrible!
What witchcraft doth he practise, that he hath left
A dead man's hand here?

兄は妹を苦しめ抜くために、彼女の家令であり夫であったアントーニオの片腕を獄中へ置いていった。このフェルディナンド公とアマルフィ公爵夫人は双子で、兄は妹にたいして近親相姦に近いほどの嫉妬の激情に燃えている。しかしミラーノへ亡命したアントーニオはその時は実はまだフェルディナンドの刺客の手にかかってはいない。（イタリア語原作の著者バンデルロはこのアントーニオと親交があって、後者が早晩非業《ひごう》の死を遂げることを予感しながらつきあっていた節が短篇には感じられ、それがウェブスターの悲劇とは別様の哀愁の趣きを添えている。）フェルディナンドが置いていった片腕というのは、劇中にミケランジェロの名前が出てくる文芸復興期のウェブスターの作品にふさわしく、蠟製の精密な模造品の腕だったのである。

しかしそのようにしてまで妹を苦しめ抜かずには置かぬ兄の執念は異常なまでに凄まじい。兄は獄中の格子越しにアントーニオの死骸らしきものを妹に見せたり、同じ獄中へ狂人の一団を押しこめて躍らせたり跳ねさせたりして妹を辱しめる。ウェブスターの悲劇ではそのような奇声を発するサディスティックな光景が実際に舞台で演ぜられるわけだが、ウェイリーの考える謡曲ではそうした情景はシテの動きで示され、その情景はシテの脳裏にしか存在しないにもかかわらず、観客にとっては実演されたと同様、迫真力をもって迫る。そして最後に夫人は自分自身の死刑の場面も演じる。その際の台詞も直接ウェブスターの原作（第四幕第二場）から引かれる。

Heaven-gates are not so highly arched
As princes' palaces; they that enter there
Must go upon their knees.

天国へいたる門は王侯貴族の館《やかた》ほど高い門構えではない。天国の門へはいろうとする人は、跪《ひざまず》いて膝をついて匍《は》ってゆかなければならない。そういってシテは跪く。そして「死」に呼びかける。

Come, violent death,
Serve for mandragora to make me sleep!
Go tell my brothers, when I am laid out,
They then may feed in quiet.

死よ、激しい死よ、早く来い、私を眠らせる薬となっておくれ。(ついで召使の女に向い)私が地面に冷たく横たわったら、行って兄たちに言っておやり、これであなた方も無事に御飯が食べられる、安心、安心、安心、と。こう言い残して、シテのアマルフィ公爵夫人は平座して頭を沈め、両手をあわせる。すると地謡はシテがいった「安心、安心」の「安」を掛言葉として法華経《ほけきょう》譬喩品《ひゆぼん》の一節から「三界無安《さんがいむあん》」を引き、三界安無し、猶火宅の如し、衆生《しゅじょう》が流転する三界は、空《くう》の空なるもので安住し得るところなど何処にもない、とうたう。しかしそれでも巡礼の僧侶の読誦《どくじゅ》の声を聞く時、アマルフィ公爵夫人も成仏得脱《じょうぶつとくだつ》の身となり、その怨霊もいまはだんだんと影が薄くなり、ついに視界から消えてゆく、

失せにけり
失せにけり
…………

まことに興味深い実験ではなかろうか。交差文化研究 cross-cultural research の一例といっても良いかと思うが、ウェイリーのこの試みは英国人読者に謡曲(とくに複式夢幻能)が何であるかを説き明すための実に上手な説明であった。ウェイリーは自分自身がそのような実験を試みた人であったから、三十数年後に三

島由紀夫が『近代能楽集』の実験を試みた時、それの書評を進んで書きもしたのだろう。しかしこのようにして複式夢幻能の構造が要領よく提示されると、日本人でもなるほどと教えられるところが多々あるように感じられる。また『アマルフィ公爵夫人』を能に仕立てることによって逆にウェブスターの戯曲の特質が浮びあがる、という面もないわけではない。現にウェブスターの研究者として著名な **F. L. Lucas** は *The Duchess of Malfi* (Chatto and Windus, London) の註釈にウェイリーのこの節をそれが目的で全面的に引用している。「鬼気迫る」ghostly という点に、ある種の謡曲に通じるウェブスターの詩劇の特質を認めた人にはほかにもエリオットなどがいたようだが、西洋の詩劇と東洋の詩劇の文芸比較というか、相互照射による相互解明という操作は、この種の実験を通しても可能となるのである。そして読者もすでにお気づきのことと思うが、ウェイリーの巧みな説明によって、西洋文学のある種の作品は複式夢幻能の構造でもって把握され得る、という可能性もまた開けてきたのである。そしてそのような可能性を探ってみることが実は本稿の狙いなのである。

『神曲』のシテ、ワキ、ワキヅレ

九年ほど前、ダンテの『神曲』の翻訳をした際、地獄篇、煉獄篇と訳を進めてゆくうちに私がかすかに感じはじめたことがあった。それは『神曲』の一曲一曲の構造が謡曲の構造と似通っている、という点であった。いま両者の共通点をまず登場人物という点から整理しよう。謡曲ではワキとして坊様や旅人があらわれ、亡霊であるところのシテに会う。謡曲の世界では、道行で歌われるように、ワキの僧やワキヅレは現世で旅をして、途中で夢を見たのか作中の主人公であるあの世のシテの亡霊と出会うのである。いまそのシチュエーションを『神曲』の上へ引きうつしてみる。『神曲』では作中人物としてのダンテがワキにあたり、ワキヅレにあたるウェルギリウスとともにあの世で道行というか旅をする。(この彼岸の旅はダンテの夢 vision と考えてもよい。）そしてあの世で出会う人は、地獄であれ煉獄であれ、死者の霊である。その死者の亡霊は、あるいは道ならぬ恋に陥ちたフランチェスカ・ダ・リーミニであり、あるいはピサの塔中に子や孫四人とともに幽閉され、餓えて、怨みをのんで死んだ伯爵ウゴリーノである。その怨霊《おんりよう》がシテとして、ある者ははずかしげに、ある者はたけだけしく進み出て名を名乗り、ダンテに向って心中に積り積った思いのたけを述べ、怨念を洩す。その語りの内容は、あるいは生前の身の上や末期の苦しみであり、あるいは死後の自分の境涯などである。いま煉獄篇の第三歌と第五歌から例を拾ってみよう。

第三歌でウェルギリウスとダンテは煉獄前地の急な斜面にさしかかるが、向うから人々が近づいてくる。（以下平川訳、河出書房、を引用する。）

するとその一人が話しだした。「君は誰だか
知らないが、行きしなにこちらへ顔を向けて
現世で私を見た覚えがあるかないか考えてくれ」
私は彼の方を向いてじっと見つめた。
髪は金髪で、美しく、高貴な風采《ふうさい》だったが、
片方の眉毛が疵《きず》でぷっつりと切れていた。
私が見たおぼえがない旨を
恐縮して答えると、彼は「では見てくれ」
といって胸の傷口をさし示した。
そして微笑しつついった、「私は
皇妃コスタンツァの孫、マンフレーディだ、

ひとつ頼みがある、君が現世に戻ったなら
シチリアの誉《ほま》れとアラゴンの誉れの母となった
私の美しい娘のもとへ行って、
世の噂が違っているなら、真相を伝えてくれ。
致命的な傷を二箇所に受けて、この身が砕かれた時、
涙して私は
進んで許し給う方のみもとへ行った、
私の罪の数々はそら恐ろしいものだった、
だが限りない恵みは大きな両の腕をひろげて
それに向かう者みなを包容《ほうよう》してくださる。
当時〔法王〕クレメンテから命令を受けて
私を狩り立てていたコセンツァの司教が、
神の中にこの面もよく読みとっていたなら、
私の骸骨《がいこつ》はいまでも
ベネヴェントの橋のたもとの
重い石塚の下で護られていただろう。
だが私の骨はいま王国の外、ヴェルデ川のほとりで
雨に打たれ風に曝《さら》されている、
あの司教が松明《たいまつ》を消させて、そこへ遺骨を移したのだ。
望みが少しでも緑《みどり》であるかぎりは

教会が破門しようとも、人が破滅して
永劫《えいごう》の愛が及ばなくなるなどということはありえない。
聖なる教会から破門されて死んだ人は、
たとえ末期《まつご》に前非を悔いたとしても、
不遜に過ごした時の三十倍の時を山の外《はず》れのこの谷で
過ごさねばならぬというのは事実だ、
善良な人々の祈りで
この掟の時間が短縮されれば別だが。
さあもし私を喜ばせてくれる気があるなら、
私の娘のコスタンツァに会って伝えてくれ、
君が見た私の様子やこの禁制《さだめ》を。
ここでは現世の人々の祈りで進みがずっと早くなるのだ」

この挿話は、それ自体としても興味深いので、いまマンフレーディの発言を全部引いた。マンフレーディはシュワーベン出身の神聖ローマ皇帝フェデリーゴ二世の庶子《しょし》で、一二五〇年皇帝没後、南イタリアとシチリアを統治した。一二五二年ドイツから兄に当たる先帝の嫡出子《ちゃくしゅつし》コㇽラード四世が来て支配したが、彼が一二五四年に死ぬとコㇽラードの子コㇽラディーノから権力を奪い、その死の虚報を飛ばして一二五八年パレルモで皇帝の冠を戴いた。教会は彼を破門し、法王クレメンテ四世はフランスのアンジューからシャルル一世を呼び、両者は協力して一二六六年二月二十五日マンフレーディの軍をベネヴェントの戦いで破り彼は戦死した。ヴィㇽラーニの『年代記』には、

「マンフレーディ王は美男で、父よりもさらに放蕩者で、楽器の演奏も歌も巧みだった。身のまわりに好んで廷臣や妾を集め、常に緑の服をまとい、物惜しみせず、上機嫌で人々に愛され、愛想がよく優雅であった。しかし神や聖人のことを心にかけず、教会の敵で……」

と出ている。一二六六年に戦死したのだからその前の年の春に生れたダンテに見おぼえがないのは当然だろう。しかし髪の黒い、小柄な人が多い南イタリアで、高貴な風采の金髪の人が常に緑の服をまとっていた、というのだから印象的である。祖母のコスタンツァはノルマン王家の出で、皇帝アルリーゴ六世の妃だった人である。娘も同じくコスタンツァといい、その二人の子はそれぞれシチリア王とアラゴン王になった。

亡霊の怨念

ここでマンフレーディの挿話を踏まえて「中世文学――東と西」の文芸比較《コンパレゾン・リテレール》に移ろう。（ちなみにダンテ（一二六五―一三二一）に比べて観阿弥（一三三三―一三八四）、世阿弥（一三六三―一四四三）はやや遅くこの世に現れた人々である。）まず文芸作品としての創作というか発想の動機の共通性に注目しよう。

謡曲の場合も『神曲』の場合も、死者の霊には語らずにはいられない怨念や妄執があって、それで現世から来た旅人に話しかけ、訴えかける。その怨念の激しさという点では地獄に堕ちた魂がやはり印象的だが、たとえば「餓えた男がパンをむさぼるように、上になった男が下の男の脳と項《うなじ》の間に歯をたてている」というウゴリーノは、痩男の面をつけるにふさわしいが、地獄篇第三十三歌の冒頭に次のような形相《ぎょうそう》で現れる。

恐ろしい食物からその罪人は口を上へあげると、
　後ろから喰いかけたその頭の
髪の毛で口もとを拭《ぬぐ》い、

おもむろに口を開いた、「もう考えただけで、
話しだす前から心が痛むこの絶望の苦悩を
おまえはまた俺に新《あら》たにせよというのか。
だが俺の言葉が種となり、それで
俺が咬みついている裏切者の汚名が世に伝わるなら、
語りつ泣きつおまえに話して聞かせよう」

煉獄前地にいるマンフレーディは、地獄の第九圏に落ちているこのウゴリーノのように獣的に激してはいない。しかしそれでもワキの旅人に語りかけたい気持は重々ある。（その点は自分の末期の様を巡礼の僧に語らずにいられなかったアマルフィ公爵夫人の場合とても同様である。）マンフレーディはまず自分の命取りとなった眉毛の疵と胸の傷口をさし示すと、ダンテに向って言わずにはいられぬことを物語った。それは自分が、世間の人や教会のお歴々が思いこんでいるのと違って、死後、地獄へ落ちたのではない、ということを強調したいためである。キリスト教徒にとっても仏教徒にとっても死後地獄へ落ちるかそれとも救われるか、ということが最重要事に属するのはいうまでもない。

「神や聖人のことを心にかけず、教会の敵で」といわれたマンフレーディが救われていま煉獄前地で煉獄の門に入る順番を待たされているのにはわけがあった。マンフレーディは「致命的な傷を二箇所に受けて、この身が砕かれた時、涙して」進んで許し給う主のみもとへ行ったからである。末期《まつご》に前非を悔いた者は、たとい生前教会から破門されていようとも救われる、というのがダンテの大胆なキリスト教についての見方であり、教会に対する批判的な見方なのである。「限りない恵み」は主をその属性によっていいかえた表現だが、マンフレーディはいう、「私の罪の数々はそら恐ろしいものだった、だが限りない恵みは大きな両の

腕をひろげてそれに向かう者みなを包容《ほうよう》してくださる。」そのようにして救われた自分の魂であるのに、自分の遺骸に対する教会側の処置はあまりに酷《こく》に過ぎた。破門されたマンフレーディの遺体は墓地に埋めることが許されない。それで戦死したベネヴェントのカローレ川の橋のたもとに埋められた。その上に通りがかりの兵士が次々に石を投げ塚を築いて行ったが、しかしマンフレーディを弾劾する法王の手先となったコセンツァの司教はそのような塚に埋めることすら許さない。司教はその屍体を掘り出させると、王国の外へ運び——その際、破門者の遺体にたいしてはいつもそうするのだが、松明の火を消して行進し——ヴェルデ川の河原に埋めもせず風雨にさらしたまま放置した、というのである。そのことに対する恨みつらみにも似た遺憾の念が、マンフレーディの霊をして、生きながら彼岸を旅するダンテに語りかけさせたのだ。

謡曲にしても『神曲』にしても、作者は作中人物の気持をわが物としていわば口寄せの巫女《みこ》のように語る。すると今は亡き作中の人々の止むに止まれぬ気持が語らずにはいられぬ激しい表現衝動となって表にあらわれる。そして亡霊は、一つには語るというカタルシスによって、二つには人に話を聞いてもらい、自分たちの死後の冥福を祈ってもらうことによって、気が鎮まるのである。謡曲も『神曲』もその点ではともに鎮魂の文学なのである。芸能として考えるならば舞があり音楽がはいる謡曲は『神曲』とたしかにジャンルを異にする。しかし詩文学として脚本のみを考えるならば、ともに亡霊が現れて現世の人に身の上を物語り、ワキが冥福を祈る、（あるいはその伝言を身内の者へ伝えることを承諾する、）という自己表現と鎮魂の形式において共通するのである。「今はこの世に亡き者と、思ひ切つたる乞食《こつじき》」の景清は娘の人丸に向って、

昔忘れぬ物語り、
衰へ果てて心さへ、亂れけるぞや恥づかしや、
この世はとてもいく程の、

命《いのち》のつらさ末近し、
はや立ち帰り亡《な》き跡《あと》を、
弔《とむら》ひ給へ盲目《まうもく》の、暗き所のともし火《び》、
悪《あ》しき道橋《みちはし》と頼むべし、

と自分の菩提《ぼだい》を弔ってくれるよう頼む。娘の祈りが、盲目の我が身の後世《ごぜ》の闇を照らす燈火、悪路を渡す橋とも思って頼りにしている、というのである。そして同じようにマンフレーディも娘のコスタンツァに向って自分の冥福を祈ってもらうよう頼む。また次に引く例では、ブオンコンテは妻ジョヴァンナが忘れずに自分の後世《ごぜ》の幸いを祈ってもらうよう頼む。キリスト教の地獄では一度落ちた者は永遠に救われないから祈ってもその甲斐はないが、しかし煉獄では現世の人々の祈りで嶮しい山路も進みがずっと早くなり、それだけ早く天国へ近づける、というのである。

ひとたび御名を称ふれば

妄執や情念が心中に黒くとぐろをまいている時、主人公はその思いを脇の人に語らずにはいられない。そして語ることにより、また心根の良い人に祈ってもらうことにより、魂は鎮まる。片方は仏教文学、他方はキリスト教文学という呼び名の違いはあるにせよ、謡曲と『神曲』の間には数多くの平行例を拾うことができる。たとえば前者では仏典の文句が漢語のまま唱えられ、後者では聖書の文句がラテン語のまま唱えられる、という風に。

仏教とキリスト教は教義においてはいろいろ違うのであろうが、現象面では似通った点もまた多い。東洋と西洋でも人間の五欲七情や煩悩が同じであるせいと思うが、その罪を罰する仏教の地獄もキリスト教の地獄も、図像学的にはすこぶる似通っている。「美術にあらわれた仏教とキリスト教の地獄の比較研究」といった主題は、なお掘下げられてしかるべき研究課題であるに相違ない。なにしろその仏教の地獄図絵はいかにも強烈な印象であったから、内村鑑三や正宗白鳥のようなキリスト教へ改宗した人々でも、幼年時代に見た仏教の地獄図絵を念頭に思い浮べつつ、キリスト教の地獄《インフエルノ》を論じていたほどである。

また恐ろしや飛魄《ひばく》飛び去る目の前に、
来《きた》るを見れば鴛鴦《をしどり》の、
鉄鳥《てつてう》となつて鉄《くろがね》の、
嘴足剣《はしあしつるぎ》のごとくなるが、
頭《かうべ》をつつき髄を食ふ。

これは『求塚』の中で菟名日《うない》乙女がさいなまれている姿だが、『神曲』地獄篇第十三歌でも自殺者の魂が鳥身女面の怪鳥ハルピュイアイの鋭い爪にかかれ、その嘴についばまれ、皆いたましい嘆きの声を発している。(ダンテのキリスト教の地獄も、イメージの点では排他的に独自性を誇ることはできない。この怪鳥ハルピュイアイも、本来は異教のギリシャ神話の出だからである。)

しかしそのような現象面での類似より、もっと大切な問題で両者に共通点がある。それはそのような恐ろしい地獄へ落ちることを一体どうすれば免れ得るのか、という救済の問題である。いま幸いにも救われて煉獄前地にいるもう一人の魂にそのわけを聞いてみよう。煉獄篇第五歌に出てくるその男は、ダンテに向い、「ああ、あの煉獄山の山頂まで君の望み通り君が上《あが》れるとよいのだが。君も優しく憐れみの心で私の望みに手をかしてくれ」といわば「法《のり》の友」として次のように語り出す。英語の be 動詞にあたる essere が前は過去形、後は現在形に置かれ、〈Io *fui* di Montefeltro, io *son* Buonconte;〉となっている。それは地上のものである身分は過去のものとなったが、自分の魂はあくまで現存することを示す時制《テンス》で、そういえばウェイリーの『アマルフィ公爵夫人』でも、〈I *am* the soul of Duke Ferdinand's sister, she that *was* once called Duchess of Malfi.〉と名乗ったことが想起されよう。

「私はモンテフェルトロの者だった、私はブオンコンテだ。
ジョヴァンナも誰も私をかまってくれぬから、
この人たちに伍して私は面《おもて》を伏せてゆく」

私がいった、「偶然ですか、それとも力づくで、
あなたはカンパルディーノの外へ運ばれたのですか、
あなたの死場所もついにわからずじまいでしたが？」

「おお」と彼が答えた、「名はアルキアーノという川が
隠修士《いんしゅうし》修道院の上手《かみて》のアペニン山脈から発して、
カゼンティーノの麓を横ぎって流れている。
喉を刺された私は、徒歩で逃げ、
野を血に染めて、
その川がもはや川とは呼べぬあたりへ辿《たど》りついた。
そこで目も見えず口も利けなくなり、

マリヤの御名《みな》を唱えて死んだ。その場に私は倒れ、
　私の肉体だけが残った。
真実を話すから、君から現世の人々へまた話してくれ。
　神の御使いが私をつかむと、地獄の使いがどなった、
『おい、天から来たお方、なぜ俺から横取りをする？
ちょいと涙をこぼしたというだけで
　こいつの不朽の物を俺から取って行く気らしいが、
それならば残りは俺さまが勝手に処分するぞ』

周知のように水蒸気は
　上昇して冷たい空気にふれると
凝固《ぎようこ》してまた水となる。
悪魔はもっぱら悪を望む悪意に
　智恵を働かせて、風と雲とを巻き起こした。
それくらいは奴のお手の物の仕事だ。
こうして、日が沈むと、プラトマーニョから
　大連山にいたるまで、谷間を
霧に包み、その上空を靄《もや》でおおうた。
そのために湿気をはらんだ大気は水と化し、
　雨と降り、土に吸収されなかった水は

ことごとくせせらぎへ流れこんだ。
それが急流に集まり、
さらに大川へ向かって奔流《ほんりゅう》しだすと、もはやなにものも
その水勢を押しとどめることはできなかった。
私の冷えきった体を峡谷の出口で見つけた
荒れ狂うアルキアーノは、それを
アルノ川へ押し流し、死に瀕した時に
私が胸の上で十字に組んだ腕を解きはずした。
流れは岸に沿い底をかすめて私を翻弄《ほんろう》し、
ついにはその餌食《えじき》の砂礫《されき》で私をおおいくるんだ」

この挿話も、それ自体として興味深いので、いまブオンコンテ・ダ・モンテフェルトロの発言を全部引いた。彼は一二八九年、アレッツォの皇帝党の総指揮官となり、同年六月十一日のカンパルディーノの戦闘でフィレンツェ軍に敗れ行方不明の戦死をとげた。マンフレーディもブオンコンテも非業の死を遂げたわけだが、それが地獄落ちを免れたのは、臨終《いまわ》の際に「マリヤの御名《みな》を唱えた」からだった。それで、生前の所業からして「ブオンコンテは当然自分の獲物」と思いこんでいた地獄の使いが激怒して神の使いをどなりつけた。

「おい天から来たお方、なぜ俺から横取りをする？
ちょいと涙をこぼしたというだけで
こいつの不朽の物を俺から取って行く気らしいが、

それならば残りは俺さまが勝手に処分するぞ」

ブオンコンテの「不朽の物」は彼の霊魂である。そちらは天使が持ち去るのならば、それならば宜しい、その「残り」、すなわちブオンコンテの肉体は悪魔の側で勝手に処分するぞ、というかにも悪魔風な霊肉折半《せっぱん》の申出なのである。そしてそれに引続き、ブオンコンテの遺骸がついに世間の人々に見つからずじまいに終ったといわれ――悪魔がもっぱら悪を望む悪意に智恵を働かせた様――を、壮大な、気象学的とでもいえる一篇の叙事詩風に歌いあげる。その六月十一日の暴風雨の叙景が真に迫っているところから、ダンテその人もフィレンツェ軍の二十四歳の一兵士として、このカンパルディーノの野でブオンコンテが率いるアレッツォ軍と一戦をまじえたのだ、という説がなされているほどである。

ところでここで魂の救済の問題にふれると、ひとたびマリヤの御名を唱えれば救われる、というマリヤ信仰の考えは、ひとたび南無阿弥陀仏《なむあみだぶ》を唱えれば救われる、という阿弥陀信仰を連想させずには置かない。謡曲『敦盛』の中でもいまは蓮生と名乗る出家した熊谷直実との対話の中で「ひと声だにも足りぬべきに」という言葉が出てくるが、それは空也上人《くうやしょうにん》（九〇三―九七二）の、

ひとたびも南無阿弥陀仏《なむあみだぶ》といふ人の蓮《はちす》の上にのぼらぬはなし

を受けている。『梁塵秘抄』（十二世紀）にも、

阿弥陀仏の誓願ぞ、返す返すも頼もしき、
ひとたび御名を称《とな》ふれば、仏に成るとぞ説いたまふ

と出ている。他力本願というか、民衆の素朴な信仰が、『神曲』にも謡曲にも、反映しているのである。浄土教の先駆者である空也上人といえば、京都六波羅蜜寺《ろくはらみつじ》にある彫像で知られる。胸に金鼓、右手に撞を持ち一心不乱に誓願を称えていると、口の中から小さな仏様が次々に並んで出てくる印象的な木像である。あの信仰とあの構図は、ダンテとほぼ同時代のシモーネ・マルティーニなどの『受胎告知』の図で、天使の口から AVE MARIA「幸あれマリヤ、恵みに満てる」の金文字が燦然と出てくる信仰と構図とに似通っていないと誰がいえようか。

シエーナの女たち

ブオコンテに続きシエーナの女ピーアが次に登場する。話が飛ぶが、木下杢太郎はかつてノエル・ペリーの謡曲の仏訳を読んで「まるで予期しない味」に驚いたことを次のように書いている。

僕は学生時分、東京の大学の(まだ焼けない当時の)図書館で釈迦本生譚の独逸語訳を読んで、漢訳仏典などに比し全く別趣の感情のあるのに驚いたことがある。このペリイの翻訳にもそれと共通の分子があつた。原文で読んだのでは、我々にとつては余り面白いとも覚えない『老松』などの曲が、ここでは、未だ嘗つて見たことのないやうな文学的境地を開いてゐる。まるでシエナの町を見物に来て何気なしに道側の穹窿門を下つて見ると、忽ちパラッツォ・デルラ・シニョリアの前の不思議な広場へ出たやうな気持である。

なぜここで杢太郎の連想がシエーナへ飛んだのか実に不思議な気がする。もっとも、あのピアッツァ・デル・カンポへ降りたった人なら、自分自身が夢の中で舞台上の人となった感じも合点がゆくだろう。薔薇色の建築物に囲まれて、勾配のある斜面を、帆立貝状にひろがってゆくあの広場《ピアッツァ》は、魔法の力をたたえた劇的空間なのだから……

しかし偶然の暗合だろうか、それとも由緒のある土地柄(3)がそぞろ人の心を動かすからだろうか、杢太郎の『謡曲の翻訳』の文章に接する以前から私もシエーナの古都を謡曲や『神曲』との関連で連想してきた。もしかすると記憶の残像にシモーネ・マルティーニなどの貴族的なシエーナ派の絵画があって、それが能衣裳の絢爛華麗とひそかに相応じていたからかもしれない。西欧絵画の中でシエーナ派の画中の女ほど能舞台にふさわしい身装をしている女はほかにあるまい。それに、ちょうど『源氏物語』の京都の女が自然に謡曲のシテとなるように、『神曲』のシエーナの高貴な女もごくすなおに西洋能楽集の主役となる。いまその説を読者に無理強いすることのないよう、煉獄篇の第五歌と第十三歌からの引用を、別に謡曲風に仕立てなおすことなく、そのまま提示しよう。

先ほどのブオンコンテが自分自身の最期を滔々と川の流れるような勢いで語った後、一息おいて、シエーナの女ピーアがそっと静かに語り出す。平田禿木が『神曲余韻』で、

「垣根にうゑし我宿の、さうびの香ひの餘所にも洩れて、植ゑしその手にかきむしられしやうなるは、かのシエナのピアが上なるべし」

と評した女である。

「ああ、あなたが現世《うつしよ》に帰られて
この長旅の疲れをお休めになりましたら」

と三人目の魂が二人目に続いて言った、

「思い出してくださいませ、ピーアでございます、
シエーナで生まれましたわたくしをマレンマが死なせました、
そのわけはわたくしにまず珠《たま》の指環を贈って
わたくしを娶《めと》った男が存じておるのでございます」

詩心のある読者ならばこの数行にデスデモーナの惨劇を読みとることもできるだろう。『神曲』の中でピーアがあらわれるのはほんのこれだけの長さにしか過ぎないのだが、消しがたい印象が残る。いかにも能のシテの風情をたたえた女という印象である。T・S・エリオットが自作の詩の中で、ピーアの訴えかけるような、しかし一度聞いたら二度と忘れることのできない言葉、

ricordìti di me, che son la Pia;
Siena mi fe', disfecemi Maremma:

にふれたのも、その句に秘められた喚起力に情を動かされてのことだろう。女は正面切っては何も語らない。慎しみぶかく、遠廻しの表現で主題にふれる（マレンマの地で女が他動的な死方をしたことを暗示するdisfeceはエリオットが『荒地』で置換えたようにundidの意味。）謡曲でも同じことだが、アクションは眼前では展開されず、生《なま》な苛烈な現実はヒントされるにとどまる。それだけに私たちは、探偵小説めいた悪の秘密を、この「怨嗟憤恨《えんさふんこん》の蹤《あと》、寸毫《すんがう》もなく、可憐《かれん》の情、掬《きく》す可きものあり」（上田敏『詩聖ダンテ』）というピーアの身の上に、逆にひとしお強く感ずるのである。そこには深いドラマが蔵されている。しかしピーアの優しさ、女らしさは、いきなり身上話を切り出さず、

「ああ、あなたが現世《うつしよ》に帰られて
　この長旅の疲れをお休めになりましたら」

とまずダンテの労をねぎらうその言葉づかいにも感じられる。Piaという名前には「慈悲深い女」という意味ももちろんこめられているのである。

羨望嫉妬に狂したあまり、自分の生れた市《まち》の軍隊の敗北を喜んだ、というサーピア・ダ・シエーナにはピーアと違って泥眼《でいがん》の面がふさわしいだろう。「イタリアを現世の旅の仮の宿とした」というこの女の亡霊は、煉獄の第二の環道で次のように物語る。

「私《わたくし》シエーナの出でございます。ほかの皆さま方と御一緒に
　私どもを助けてくださいます方に涙して祈りつつ、
　現世《げんせ》の罪をここで浄めているのでございます。
智恵子《サーピア》と名は申せ、智恵の足らぬ女でございました。
　他人がひどい目に会いますと、私がよい目に
　会いました以上に喜んだものでございます。
偽りを申しているのではございません、
　人生の盛りを過ぎた身でありながら、私がいかばかり
　嫉《ねた》み深い女であったか、実のところをお聞きくださいませ。
私の市《まち》の者がコㇽレの近くで
　敵軍と会戦いたしました時、私は神に、
　神が望まれたと同じ結末を祈りました。

シエーナ兵がそこで敗れ、悲惨にも潰走し、
追撃されるさまを見るに及んで
もう嬉しくて嬉しくてたまらず、しまいに私
厚かましくも顔を天に向け神に向かって叫びました、
『満願《まんがん》だ、満願だ、こうなりゃおまえだってこわくはないぞ！』
少し天気が良くなると鶫《つぐみ》が騒ぐようなものでした。
死に臨んで神と和解いたしましたが、
それでも私の負目《おいめ》は悔悛だけではまだまだ
消えていなかったはずでございます。
ただありがたいことに櫛屋のピエールが
慈悲の一念から私を思い出して
私の名を尊いお祈りの中に加えてくださいました。
ところで通りすがりに私どもの身の上を
お尋ねのあなたさまは、どうやらお目を開いて
息をしながらお話の御様子、どなたさまでございますか？」

正宗白鳥は『ダンテについて』という評論で、「わが血は嫉妬のために湧きたり、われ若し人の幸福を見たらんには、汝はわれの憎悪の色に被はるゝを見たりしなるべし」という煉獄篇第十四歌のグイド・デル・ドゥーカの詩句を引き、また「自分が幸福であることよりも他人が不幸であることを喜んだ」というこの嫉妬深い貴婦人サーピアの懺悔の言葉を引いて、「ダンテ自身にさういふ感じを経験してゐればこそ、他の心

が洞察されたのだ」と評したが、人間性そのものに内在するそうした情念が擬人化され、五体のある姿「化《け》身《しん》」となって現れたのがシテなのである。社会劇や裁判所で取扱われる程度の犯罪や悪事だけではなく、人間の業《ごう》とか七つの大罪とか呼ばれる根源的な悪そのものに深くふれているところに、リアリズム演劇とは異る謡曲や『神曲』の深さが認められる。そして生前、嫉妬羨望の情に目がくらんで精神的に盲となったサーピアは——そこにダンテ一流の因果応報《コントラパツソ》の理の適用が見られるが——いま煉獄山の第二の環道では目の見えない盲と化している。その様は、

粗織《あらお》りの服をまとい、
たがいに肩で身を支え、
そしてみな崖にもたれかかっていた。
ちょうど食物《くいもの》に事欠いた盲たちが
祭の日に物乞いに集り、
一人がもう一人の上に頭を垂れ、
他人の同情をいちはやくかち得ようとして、
声を立てて憐れみを乞うばかりか
哀れっぽい見せかけで相手に訴える、それと同じだ。

ダンテは、冥界とはいいながら、白日の光の下、さながら彫刻家の眼差で、群盲を見つめているようである。(この印象の鮮明は『神曲』独自のものかと思う。)サーピアの頸にかけた袋にはひからびたパンのかけらがはいっているのだろうか。うしろに負った袋には垢のついた衣でもいれてあるのだろうか。

私の連想はここで「壮時憍慢最甚」といわれた平安朝の昔の女の身の上へ返る。「あはれやげにいにしへは、憍慢もつとも甚だしう、翡翠の髪《かん》ざしは婀娜《あだ》とたをやかにして、楊柳の春の風に靡くがごとし……今は賤《しづ》の女《め》にさへきたなまれ、諸人《しよにん》に恥ぢをさらし、嬉しからぬ月日《つきひ》身に積もつて、百年《ももとせ》の姥《ンば》となりて候。」三島由紀夫の『近代能楽集』ではこの卒塔婆小町は大都会の公園の一角で煙草の吸殻ひろいの老婆となって現れた。

過去の栄耀栄華《えいようえいが》を現在の悲惨とのコントラストのうちに物語るという懐旧談形式（ナラタージュ）は、映画でよく使われる手法だが、複式夢幻能にも、またその構造に近い『卒都婆小町』にも、『神曲』にも共通している。その懐旧談の中でシテが一人称の現在形で突然語り始めるから緊迫感が極度に盛りあがる点については、『景清』の英訳を紹介した際にふれた。煉獄篇第十三歌でも、いまは悔悟していかにももの静かな口調のサーピアが、突然昔の自分に返ったかのように、満願だ、満願だ、「こうなりゃ神様、おまえだってこわくはないぞ！」

と直接話法で叫ぶ。祖国の敗北を待望んだ自分の願いがかなえられた以上、もはや主エホバよ、おまえの怒りも恐くない、〈Omai più non ti temo!〉と語気を強めていうのだが、そう叫ぶあたり、いかにも憑かれたような物狂いが感じられて、謡曲の場合と同様、緊迫感というか臨場感がひとしお高まるのである。(4)

オペラ・セリアとオペラ・ブッファ

能舞台の橋がかりはあの世からの掛け橋といわれる。現在能でなら歌舞伎の花道と同じ機能をもつはずの通路が、あの世とこの世を往来する、重みのある、一歩一歩に見る人の息を飲ませる、橋がかりとなるのは、やはり夢幻能で死者の亡霊が彼岸から此岸へこの掛け橋を渡って来るからにちがいない。生と死の距離がもつ厳粛な重みとでもいおうか。そのように死後の世界を背後において現世を振り返る点では、謡曲と『神曲』は視点を同じくする。それだけに両者とも厳粛な作品、オペラ・セリアとならざるを得ない。
ところであの世とこの世という二重構造であると、その二つの領分を行き来する者が必要となる。そのためと思うが、悪魔大王の手下や閻魔大王の手下はこの種の作品の中でしばしばあらわれる。たとえば『生田敦盛』の中で亡霊の敦盛が遺児との再会を「名残り尽きせぬ心かな」となつかしんでいると、

敦盛　あれに見えたるはいかなる者ぞ、
なに閻魔宮《えんまぐう》よりのおん使《つかひ》とや、
片時《へんし》の暇《いとま》と仰せられしに、今までの遅参《ちさん》に、
閻王怒《いか》らせ給ふぞと
地謡　言ふかと見れば不思議やな、
言ふかと見れば不思議やな、
黒雲俄《こくうんには》かに立ち来り、
猛火《みやうくわ》を放し剣《つるぎ》を降らして、
その数知らざる修羅の敵《かたき》、
天地《てんち》を響かし満ち満ちたり。

魔王の使たちは、『神曲』でも謡曲でも、形而下の世界を支配して、物理現象を自由自在に操り、そこに修羅道を現出する。百合の花が咲いていた六月のカンパルディーノの野を血で紅《くれない》に染めて倒れたブオンコンテの遺骸を奪った黒天使にしてみれば、風と雲とを巻き起こし、天地を響かし満たすくらいはお手の物の仕事なのである。

ところで地獄の使いと神の使いがその取分をめぐって言い争ったこのブオンコンテ・ダ・モンテフェルトロについては、その父親のグイド・ダ・モンテフェルトロがすでに地獄篇の第二十七歌にあらわれていた。そしてそこでも（作者ダンテの意識的な並置の技巧だが）悪魔大王の使いと神の使いが言い争っていた。しかし煉獄と違ってその地獄では、悪魔側がものの見事に勝利をおさめ、グイドは地獄落ちとなる。あらかじめ法王から罪は許すといわれて法王に権謀術策を教授した智謀の将グイドは自分の救いの期待が破られて愕然とわなないた。いまそのグイドの発言を聞こう。

私が死んだ時、フランチェスコが
迎えに来た、だが黒天使の一人が彼にいった、
「連れて行くな、俺の権利を侵《おか》すのはやめろ。
こいつは瞞着《まんちゃく》の助言をした以上、
下界の俺の奴隷たちの間に落ちるのが定めだ、
あれ以来ずっとすぐ後ろからつけてきたのだ。
後悔しない奴を宥《ゆる》すわけにはいかない、
また後悔と悪意は、誰が見ても矛盾だ、
両方一緒にできようはずがない」

事態は深刻だが、しかしこの種の「地獄へ責め落すぞ」「いや、行きたうもない」といった問答にはどこかコミカルな響きがある。（ゲーテの『ファウスト』でもメフィストにはやはりコミカルな語調がある。）そしてその種の滑稽が公然化するのが『神曲』に対しては『デカメロン』なのであり、謡曲に対しては狂言な

のである。その両者の間には驚くほど数多くの平行関係[5]が見られるので、それ自体でも独立した研究主題となり得るように思われるが、ここではオペラ・セリアとしての『神曲』と謡曲に対するオペラ・ブッファとしての『デカメロン』と狂言という関係に限って、例示的にパラレルな点を指摘しておこう。

ダンテの半世紀後に商人の子供として生れたボッカッチョ（一三一三―一三七五）が『神曲』百歌を意識して『デカメロン』百話を書いた心理には、狂言作者が謡曲を意識して狂言を書いた心理と極似するものがある。すなわち先輩が生真面目に、深刻に取扱ったと同じ主題を笑いのめして、お道化たオペラ・ブッファに仕立ててしまうのだが、その際、ボッカッチョと狂言作者は、聖なるものを俗なるものへ化するという悪ふざけの方向性においても共通していた。先輩たちの真面目くさった宗教性をことさら笑い物にし、彼岸への志向を此岸へ百八十度逆転させてしまうのである。

例を拾うなら謡曲の『鵜飼』や『善知鳥《うとう》』のパロディーとして狂言の『餌指十王《えざしじゅうおう》』や『政頼《せいらい》』があげられる。謡曲中ではシテは生前鳥や魚を殺した報いとしていま地獄で犬や鷹に責められ、火に焼かれていた。それが狂言となると餌指（鷹匠の手下で鷹の餌にする小鳥を黐竿でさして捕える男）ははじめのうちこそ閻魔大王やその手下に「急いで地獄へ責め落すぞ」と責められていたが、途中から「閻魔王にてもあれ、指し取つてお鷹の餌にするぞ」と逆にすごむ。そしてそれが餌指十王たる所以だろうが、しまいには閻魔大王を引っ立ててもろともに「浄土をさしてぞ、急ぎける」という珍妙な結末となったりする。（あるいは『政頼』のように、閻魔の頼みに応じて鷹をつかって見せ、獲物の雉子を彼に食べさせてその褒美に三年間娑婆に帰らせてもらったりする。）

次に『神曲』と『デカメロン』の間にあるこれと似たパロディーの関係を例示してみる。ダンテの地獄篇第十三歌では生前財産を蕩尽した者がその罰として黒い牝犬に追われ噛みつかれている。

……その時
騒然たる物音が私たちを驚かせた。
猪やそれを追う勢子《せこ》がこの場所をめがけて
迫ってくるような気配で、
獣の鳴き声や枝の砕け散る音が聞えた。
と、転がるように左手から二人の亡者《もうじゃ》が逃げてくる、
裸で掻き傷だらけで、死物狂いになって
森の小枝という小枝を片端から折っていく。
……もう一人の男は
多分息が切れたからだろう、
灌木とからみあい、一体となって倒れた。
二人の背後の森からは、
鎖から放たれたばかりの猟犬のように
血に飢えた黒い牝犬が群をなして駈けてくる。
蹲《うずくま》った男に噛みつくと
その体を一片また一片と引き裂き、
悶絶《もんぜつ》した肢体をくわえて走り去った。

『デカメロン』の第五日第八話でボッカッチョは右の一節を念頭に置いて次のように同一の情景を散文で書いている。

突然女の大きな泣き喚《わめ》きと甲高い悲鳴が聞えたような気がした。ナスタージョの甘美な物思いは一度に消えた。何事かと頭をあげ、いぶかしげに松林の向うをのぞいた。すると真向いの正面から灌木や茨のしげみの中を、ナスタージョがいまいる方をさして、全裸の、絶世の美女が死物狂いで駈けて来る。枝や茨に体中ひっかかれ髪の毛もくしゃくしゃになっている。若い女は泣きながら「お慈悲を、お慈悲を」と叫んだ。その少し後から女の両脇にぴったり寄り添うように二匹の獰猛な大犬が走って来る。荒らくれた犬は女を追い駈け、追いすがるたびに残酷にも女に噛みついた。そしてその後《あと》からは黒馬に跨った精悍な騎士が、満面に怒気を浮べ、手に仕込杖を握って疾駆して来る。騎士は耳を掩《ふさ》ぎたくなるような野卑な言葉を発して、女を殺すぞ、と脅かした。

そしてそのあとにさらにサディスティックな、しかし文芸的効果のさらに見事な、女を殺しその心臓をえぐって猟犬にくれてやる情景が続く。女は生前男につれなくしたために、自殺した騎士の亡霊に年中このように執念深く後から追われ、犬にむさぼり食われ、男に刺されては死ぬのだという。一旦は義侠心から女を守ろうと騎士の馬前へ立ちはだかったナスタージョも、事のいわれを聞いてぞっとして引退る。しかし思案するところがあって、自分につれなかったラヴェンナの貴族の令嬢をその一族の友人多数とともにこのキアッシの松林の宴へ招待する。そして毎週金曜の昼ごとに繰返される女の悲鳴にはじまる惨景を眼のあたりに見せたのである。恐怖のあまり令嬢はその夜のうちにもナスタージョになびいた。「そればかりではございません。ラヴェンナの女どもはみなその話に怖気《おじけ》づきまして、それからというもの、以前とは打って変り、殿方の御意《ぎょい》にいかにもいそいそと、ちと度が過ぎまするほど、いそいそとなびくようになりました由でございます」

狩のイメージはまったく同じだった。しかし同じ地獄の六道の辻に閻魔大王や獄卒が罷り出ても狂言の世界ではただただ滑稽となるように、同一のイメージを用いても、ボッカッチョの世界では意味づけはまったく逆となり、もとのオペラ・セリアは一転してオペラ・ブッファと化してしまう。人間にはそのような哄笑したい欲求が内面にあるためだろうか。能を見る時は気を張っている観客も、狂言となると気が楽になるように、『神曲』を読む時は緊張している私も、『デカメロン』となると自然に口元がゆるむのである。しかしその民衆の笑いは、一見心からの哄笑であるようでいてその実、地獄を怖れる心をどこか裏面に残した上での笑いなのだと思う。

合理的と非合理的

(一)シテ・ワキ・ワキヅレという登場人物、(二)彼岸と此岸(あるいは夢と現実)にまたがる劇的構造、(三)シテの物語る動機、(四)鎮魂する側とされる側の心理と論理、(五)その背景にある極楽や地獄を信ずる二大宗教、(六)主役の懐旧談形式がもつ劇的特質、(七)オペラ・セリア(『神曲』と謡曲)とオペラ・ブッファ(『デカメロン』と狂言)の平行関係、など一連の共通する特色にふれてきたが、しかし『神曲』と謡曲との間には相違点ももちろん多く拾うことができる。

前に引いた武将ブオンコンテ・ダ・モンテフェルトロの最期の条りも、謡曲『巴』などに歌われた木曾義仲の最期を思わせる悲壮な詩趣をたたえているが、しかし『神曲』の「周知のように水蒸気は……」に始まる嵐の描写に接すると、詩的であると同時に科学的であるという感に打たれる。私には、土地柄が近いせいか、レオナルド・ダ・ヴィンチの、観察眼の利いた『嵐』(*Deluge* と英語で呼ばれている)のスケッチが連想されてならない。気象学的とでもいえるような叙述であり、しかも風・水といった四大のエレメントが、ここでは叙事詩のエレメントとしても遺憾なく効果を発揮している。それはちょうど、イタリア・ルネサンス（十四、十五、十六世紀）のオルカーニャ、シニョレルリ、ボッティチェルリ、ミケランジェロといった巨匠たちの描いた地獄が、日本の鎌倉時代の地獄草紙（十二世紀）と発想や主題において多くの点を共有しているが、幾何学や解剖学の利用・応用という点で、前者が後者とまったく異っているのと同様であろう。

『神曲』の世界は科学的・合理主義的という側面において謡曲の世界とははなはだ異っている。ダンテの地獄の中では、生前の行為と死後の刑罰の間にきわめて明瞭な因果関係があるので、たとえば自殺した人の亡霊は、生前の当人の真直でなかった性格を象徴する節くれてひね曲った樹の幹の中へ、死後閉じこめられてしまう。最後の審判の日に、ほかの亡霊と同様、亡骸《なきがら》を探しに行くが——亡骸をふたたびまとって復活すると信じられていたからこそキリスト教国ではいまもなお火葬を忌む風潮が頑として強いのである——しかし自殺した人の魂は誰一人その亡骸をまた身につけることができない。

　自分で捨てたものをつけるのは道理にあわぬからだ。
ここまで私たちは亡骸を引き摺ってくる、
　この悲惨な森のいたるところで私たちの肉体は
それをさいなんだ自分の魂の茨《いばら》の木にぶらさがるのだ。

『神曲』の世界ではこれほど理詰めの追求にあうのに対して、謡曲の世界では生前の罪と死後の罰の間に必ずしも明確な因果関係を認めることができない。例をあげれば、自殺した菟《う》名《な》日《い》乙女は、「来《きた》るを見れば鴛鴦《をしどり》の、鉄鳥となつて鉄《くろがね》の、嘴足剣《はしあしつるぎ》のごとくなるが、頭《かうべ》をつつき髄を食《く》ふ」という意想外の、いわば不条理な、責苦にあって、思わず、

「こはそもわらはがなしける咎《とが》かや、あら恨めしや」

と叫ぶ。鴛鴦を殺したのは菟名日乙女に言いよった小竹田男《ささだおとこ》と血沼丈夫《ちんのますらお》であって、女の責任ではないはずである。しかし女の美貌が仇をなして、そのために番《つがい》の鴛鴦が殺され、二人の若者も自分のあとを追って死んだとなると、なるほど近代的な意味では女の個人的責任はないかもしれないが、それでもやはり女の業《ごう》は感じられよう。そしてその業のために、気の弱い女だったにもかかわらず——実は気が弱いからこそ自己消滅をはかって入水したのだろう——女は謡曲では地獄へ落とされている。(近代の森鷗外作『生田川』となるとそこでは地獄は話題にものぼらない)。そして『神曲』と違って、女が地獄で怪鳥に頭《こうべ》をつつかれ髄を食われているのも、自殺の罪を犯した罰としてではない。ダンテが個人の自由意志とともにその責任をも認める西欧人として考えた因果応報の理《コントラパッソ》(contrappasso)と、仏教の因果応報の理はその点でニュアンスや意味合いをはなはだ異にする。そのような違いも手伝ってのことだろうか、キリスト教では神の復讐《ヴエンデツタ》にあって、いったん地獄へ落ちた者は未来永劫《えいごう》救われないのに反し、輪廻《りんね》する仏教の地獄では必ずしもそうではないらしい。『求塚』の終りでも、菟名日乙女が浮ばれたとは書いていないが、鬼は去り、火焔も消えて、また元の暗闇へ戻っているのである。

考えてみると、ダンテが生きた時代のフィレンツェは、現象を、現象相互の間の函数関係によって説明しようとする近代合理主義の精神がもっとも早く発達した初期ルネサンスの商業都市国家であった。その上ダンテその人が、今日流にいうなら、いかにも理科的な頭脳を持った詩人であった。それに対して足利時代の日本に生きた人々は、謡曲の作者に限らずその種の厳密な因果性を求めようとする志向がよほど少なかったのであろう。

ここで合理主義と矛盾するかのように言われてきた幽霊であるとか神とか仏とかの問題にもふれたい。(『神曲』中のキリスト教については問題が大き過ぎるから、関心のある読者には直接作品を読んでいただこう。) 謡曲中の仏教は、先にふれた阿弥陀信仰が中心であろうが、禅や大日如来を本尊とする密教や天台宗

（横川の小聖《こひじり》など）もあらわれる。しかし西洋演劇における、機外神と訳される（機械であまくだり突如出現して難局を打開する）デウス・エクス・マーキナ deus ex machina のデウスが、演劇に結末をつけるためのデウスであって、キリスト教の神《デウス》とはいえないように、複式夢幻能にドラマティック・コンヴェンションの一つとして現れる聖人も、真実の聖人とはいいがたい。斎藤実盛が篠原の合戦で打たれた二百年後、篠原の池のほとりに幽霊が現れるという噂も立って、追善能として書かれた『実盛』でも念仏往生の礼讃は筋立ての方便にとどまっているようである。（もっともその面を強調し過ぎると、『神曲』もキリスト教文学ではなく、ダンテが私怨をはらすための便法に過ぎない、というチーノ・ダ・ピストイアの説の二の舞となるだろう。）

しかし荒ぶる魂を鎮めるための能であるとすると、土俗の神道的なカミガミの鎮魂の形式に仏教が使われている、という印象もまた禁じ得ない。周知のように大宗教が浸透してくると、従来の土着の信仰は滅びて「流竄《るざん》の神々」gods in exile となり、それが怨霊化したり、幽霊化したり、妖怪変化におちこんでゆく。キリスト教化されたヨーロッパでも、辺境のブルターニュ、アイルランド、北欧には流竄の神々は岩陰にひそみ、山間に隠れて生きのびた。キリスト教化される以前の「荒ぶる神」はフィレンツェでさえもかなり遅くまで生きのびていた。そのことは地獄篇第十三歌の終りにある詩句、

　　あの市《まち》は守り本尊を
〔元の神から〕洗礼者ヨハネに変えた。それが崇《たた》って、
いつも戦火に市《まち》が荒れるのだ。
だからもしアルノの橋の上に〔元の神の〕
絵姿を多少なりとも残しておかないと、

アッチラの手にかかって灰燼《かいじん》に帰したあの土地に
市《まち》を再建してみたところで、
その苦心は水の泡に帰するだろう。

からも察せられる。この祟《たた》りをなす荒ぶる神は軍神マルスであったと伝えられる。ところで日本の能に刺戟されて西洋能楽集のはしりともいうべき『鷹の井』『イマーの唯一の嫉妬』『煉獄』などを書いたアイルランドの伝統主義者《ナショナリスト》イェイツが、その詩劇の材をケルトの伝説に求め、クフーリンなどの英雄神をダブリンの舞台でよみがえらせたのは、やはり彼の心の欲求に従った結果だったにちがいない。イェイツ（一八六五―一九三九）はいかにも十九世紀らしい話だが、自然科学の万能を信じ、T・H・ハックスリーの愛読者であった父親の感化で、早くからキリスト教の信仰を失った。しかし大宗教の信仰が失われると、いままで影をひそめていた魑魅魍魎《ちみもうりょう》がその間隙によみがえり表へあらわれてくる。その心理の動きを典型的に示した人はイェイツと同時代のラフカディオ・ハーン（一八五〇―一九〇四）であろう。幼くして大宗教と疎遠になった心に、東の国の怪談の数々がなかば真実味を帯びて迫って来たのである。それに、土俗の神々などといって小馬鹿にしてはならない。夏の夜、田舎の家の薄暗がりで子供が「お化けー」という時、その声になんと自然に謡の発声がこめられていることだろう。そしてその呪文《じゅもん》に似たうなりを聞いた年歯のゆかぬ弟妹たちは母親にしっかりしがみつく。廊下を橋がかりにして近づいてくる物の怪《け》を実際感じるからこそ母親の手にしっかりしがみつくのである。『神曲』中のダンテがウェルギリウス先生の手をしっかり握りしめたのもそれと同じような気持からであった。

呪文《じゅもん》とか言霊《ことだま》とかいわずとも言葉の一語一語に秘められた含蓄や深層心理に訴える喚起力に思いをいたすなら、言葉がもつさまざまな機能について、素朴な合理主義者や唯物論者とはいま少し違う見方も行なわれてよいはずである。非合理的として頭ごなしに斥けられてきた謡曲中の言葉の使い方の中にも、比較枠の設定の如何によっては、西洋詩歌の特性と同様の機能を果しているものも見受けられるからだ。

謡本《うたいぼん》として読む時はともかく、詩文学として味おうとする時に、能楽の脚本には今日の読者に即座に了解されがたい特殊な言いまわしがいくつも含まれている。その障害の筆頭にあげられるのが掛言葉の使用で、一読して言葉の両義性がただちには納得されないために、「非合理的な、曖昧な日本語」という評価が内外で生れた。いってみればなにか不鮮明で、どこか退屈な国文学の授業にたいする反感のようなものだろう。しかし、ウェイリーの見方は違う。彼は掛言葉を「幼稚で堕落したもの」と見做す西洋本位の評論家の意見に同調しない。各国の言語にはそれぞれの特質《ジェニアス》に適した言語を飾る仕組みがある。謡曲における掛言葉の使用はそれ自体では西洋詩歌における脚韻の使用と異るところはない。謡曲の兼用言はシェイクスピアの **pun** やダンテの **terza rima** と同様の仕掛けだ、とウェイリーは見る。そしてそこから逆に次のような彼の翻訳論が出てくる。シェイクスピアの語戯やダンテの脚韻を日本語へ直訳しても無意味なように、謡曲中の掛言葉や縁語を英語へそのまま直訳しても、言語学《フィロロジー》としてはともかく文学としては、意味を成さない。それでウェイリーは英語で等価物を提出できない時は道行の語戯などは大胆に削ったのである。この西欧の知性はあくまで自分自身が言葉のマスターであったから、*The Nō Plays of Japan* が英語世界で独り歩きできるよう、それ自体が言語芸術作品として独立した価値を持ち得るよう、さまざまな工夫を[6]、とらわれない心で、のびのびと用いた。ちょうどオーケストラの秀れた指揮者が楽譜を自家薬籠中のものとして彼独自の解釈《インタープリテイシヨン》を示すように、ウェイリーも彼一流の晴朗な賢明な翻訳《インタープリテイション》を行なったのである。そのお陰で門外漢にも詩文学としての謡曲がはっきりした骨格をもって見えるようになった。ウェイリーは時にはその輪郭を強くなぞるようなことさえしたが、そのような強調にふれると、彼がどのような感興に誘われて訳筆を運んだのか、わかるような気がする。そしてそのような名手の手を経て英語へ移されたからこそ、日本の謡曲が西欧の詩文学やギリシャの悲劇などと同一の次元へ置かれたのである。そしてそのように並置された時にはじめて比較論評も可能となったのである。私はウェイリーの翻訳や試作能『アマルフィ公爵夫人』を中間項に置いてはじめて謡曲の詩と『神曲』の詩の文芸比較へ踏みこめたように感じているので、彼の訳しぶりに敬意を表し、やや詳しく言及した次第だ。

ところで『神曲』と謡曲をこうして同一次元に並べて考察すると、文学史上の旧分類が音を立てて崩れてゆくような予感を覚える。たとえば『神曲』と『失楽園』をキリスト教の二大文学として並置する従来の分類は、主題的区分としてはともかく、文学的区分としてはいかにも皮相的に過ぎるように思える。問題は畢竟いかなる比較枠を設定するかに帰着するが、余人はいざ知らず私には『神曲』中の幾曲かは謡曲中の夢幻能にはるかに親近性をもつものとして認識される。ダンテの作品が複式夢幻能の構造で把握されるのに対し、ミルトンの作品は(文学として質を異にするためだろうが)その種の捕捉が利かない。複式夢幻能の網では『失楽園』はすくえないのである。私はその点に、自分が『神曲』に覚える親しみと『失楽園』に覚える失望のよって生じるいわれをかいま見た気持がして、日本人の研究者として愉快を感じた。複式夢幻能の構造をあてはめて把握し得る近代日本文学の作品として泉鏡花の『薬草取』などがあることはすでに脇明子氏により指摘されたが、(『幻想の論理』、講談社新書)日本中世文学に固有とされてきたこの文学形式も、慎重に適用されるならば、それでもってある種の外国文学を捕捉し批評することもまた可能なのである。

それでは最後に、『失楽園』などと違って、『神曲』が謡曲と同一カテゴリーに属する文学である所以を、両者に共通する言語表現にふれつつ説明して結びとしよう。その表現は問題解決の鍵ともいうべき性格を持たなければならないが、それを拾い出す際に、『神曲』と謡曲の共通の中間項としてやはり『アマルフィ公

爵夫人』を利用させていただく。前にも一度引いたが、

Love still ties my soul to the earth. *Toburai tabi-tamaye!* Pray for me, oh, pray for my release!

という台詞があった。それを紹介した際、筆者は、恋の執心ゆえに夫人の霊魂はいまだ現世を離れることができず「あら閻浮《えんぶ》こそ恋しう候へ」。そして自分が成仏得脱《じょうぶつとくだつ》できるよう祈ってくれ、「弔《とぶら》ひ賜《た》び給へ、跡《あと》弔ひて賜び給へ」という説明ならびに訳語を当てた。後に法華経の文句が出てくることもあって、公爵夫人が西洋人であることを知りつつあえて仏教用語を当てて謡曲めかしたのである。右の英文中の tie や別の箇所で同義に用いられている bond は、いってみれば謡曲の執心物の「妄執」「執着」のきずなに当る。「係累」「繫縛」といってもよいだろう。そして次に出てくる release は、そうしたきずなや執着を断《た》って救われることを意味する。仏教用語を借りれば「得脱《とくだつ》」「解脱《げだつ》」に相当しよう。

しかしイタリア人のアマルフィ公爵夫人は誰がなんといおうともカトリック信者である。しかしそのカトリックの信仰の立場からいっても、現世への執着を断ち、魂の解脱を願うことはやはり最大の重要事だったのである。いま私がここで用いた「執着」とか「解脱」とかいう言葉がすでに仏教的な色に染っているというのなら、その種の非難をかわすために中間色の英語で言いかえてみよう。人間の魂にとっていちばん大事な願いは、

soul's wish to cast off its bonds and to be free to depart.

ということになる。そしてこの願いはアマルフィ公爵夫人にとっても、複式夢幻能の多くのシテにとっても、また『神曲』中の天国へ昇ることを願っている多くの魂にとって、みな共通なのである。それだから『神曲』中にも肉体のきずな legame を解かれた sciolto（解く、sciogliere の過去分詞）喜びを歌った詩句が出

てくる。「僕は生前君を愛したが、肉体のきずなを解かれた今も君を愛している」（煉獄篇第二歌）、「だが世間の人がそうしたうつつを抜かす間に、もろもろの束縛を解かれた私は、光に満ち栄《はえ》に輝いて、ベアトリーチェとともに天上へ迎えられた」（天国篇第十一歌）、「かれらはみなきずなを解かれた」（天国篇第三十二歌）等。

おそらく神学の厳密な教義・教理の側から近づいてゆくならば、仏教による救いとキリスト教による救いの差異についていろいろと取り立てて論ぜられるに相違ない。しかし複式夢幻能の鍵ともいうべき表現をいま英語で拾いあげ、その同一の英語表現（release など）をそれぞれ日本語とイタリア語とに訳しわけると、一つは仏教・謡曲風となり、一つはキリスト教・『神曲』風となるのである。このような玉虫色の解釈に耐えるということは、この論証に詭計がひそんでいるからだろうか。私には別にトリックを仕掛けた覚えはない。私の考えるところでは、（そして多くの人がそう考えると思うが）謡曲でも『神曲』でも、亡霊のいわずにはいられぬ気持や救いを求める気持が東西で原理的には相通じているから、表現もまた帰一したと見るほかないだろう。魂の根源的な欲求は、型として把える時、両者において共通していたのである。

百合咲く原も暮方の……

それではそのような複式夢幻能の構造にかなう魂の条件とは何であろうか。謡曲でも『神曲』でも、死者の霊には語らずにはいられない恨みつらみがあって、それで現世から来た旅人に話しかけ、訴えかけた。そのことを舞台でシテを見る観客やシテを書く作者の側から考えてみると、死者の霊の話を聞き、訴えに耳をかすということは、妄執を抱いて成仏得脱できないでいる魂を鎮める手だてであると同時に、それを見ている観客が、特異な運命を荷って滅《ほろ》びていった死者と自分とを同一化して、魂の繋がりや連続性を確めるための術《すべ》でもあるのだろう。それだから複式夢幻能を成りたたせるいちばん大切な条件は、生きている人と死んだ人の魂の会話の条件なのであり、その種の会話に心動かされる魂の持主には、謡曲も『神曲』も真に生き生きとしたものとなる。死者の霊はそうした心のつながりをたよりとして現れるものだからである。

生れてすぐ他人の家へやられるという辛い目にあった室生犀星の自伝的な作品に、

「自分がいくらじたばた踠《もが》いても（その亡くなつた）母をもう見ることが出来ない」

しかしその生別れ、死別れた母とは、

「このやうな物語を書いてゐるあひだだけ、お会ひすることが出来る」

と書いた印象深い一節がある。死んだ人が生き生きとよみがえるのは、その人の心事を思うと、こちらにひたぶるに呼びかけ、語りかけずにはいられない衝動が湧く時である。そしてそのような言わずにはいられぬなにかを物語ることによって、悲しい魂をいささかなりとも鎮めることもまたできるのである。

本稿では風流能はいっさい対象とせず、複式夢幻能のそれも修羅物に多くふれた。（『景清』もすんでしまった人生を後から振返る、という点で夢幻能の構造に近い。）私たちの身近な歴史を振返ると、昭和の日本にも水漬《みづ》く屍《かばね》のブオンコンテや里に隠れた景清はいたはずである。その人自身は命を賭《と》して三国同盟に反対し日米開戦回避に努力したにもかかわらず、司令長官としては個人としての意見と正確に正反対の決意を固め、その方向に一途邁進《まいしん》せざるを得なかった。そして勇戦奮闘、ソロモンの空で散華した……そのような武将の心事を思うと、ひたぶるに呼びかけ、語りかけずにはいられぬ気持に駆られた人もまた必ずやいたことに相違ない。しかし昭和の景清たちは、昔にひき替えた有様を恥じて敗残の余生を送り、いつかこっそりと世を去ったのだろう。(7) 私ははじめに漱石の作中人物が景清の、

「さすがにわれも平家なり、物語り始めておん慰みを申さん」

という言葉に感銘を受けた、という挿話にふれた。老いて盲目の乞食となり、今はこの世に亡き者と思い切った景清が、己れの若かりしころの華やかな武功を物語らずにいられぬところに、悪七兵衛景清のやむに

やまれぬ情念と、ほとばしり出るような表現への衝動が認められる。そしてあの豪快な錣引《しころびき》の場面を語ることが、生きながら死者となった景清の悪心《あくしん》をしずめる手だてともなっている。

能といえば、ひどくのろくて、難しく、なにか「近代的」の反対語のような存在に考えられがちである。『行人』の中でも兄は、

「凋落《てうらく》しかゝつた前世紀の肉声を夢のやうに聞いてゐた」

とあり、また、

「嫂《あによめ》の鼓膜《こまく》には肝腎《かんじん》の『松門《しようもん》』さへ人間としてよりも寧《むし》ろ獣類の吠《うなり》として不快に響いたらしい」

しかし漱石は謡曲の魅力を知っていた。そしてその魅力がただ単に謡にだけあるのでないこともよく知っていた。たしかにぎっちりと組まれた、胡麻点《ごまてん》を振られた、謡本《うたいぼん》の古風な字面《じづら》からは、一見して、あまり詩情は感じられないかもしれない。しかしウェイリー訳の『景情』などを読むと、ブルームズベリー・グループの人々をはじめ西欧の人々が感動した理由の一半が私どもにもしみじみと感じられる。たとい日本に文化大変動が起り能楽関係者が一掃されるような不幸な事態が生じようとも、それでも文学としての能は必ずや生きのびるであろう、といったウェイリーの序論中の言葉は半世紀後の今日いっそう真実に胸に響く。

そしていまこのように東の詩文学を見なおし、西の詩文学を見かえすうちに、笛の一声が鋭く響いて、私の眼前には、背のひときわ高い、修羅物出立のマンフレーディが、緑の絹の装束をまとい、中将の面に金髪を垂らして、現れたのである。そしてまた、鍬型頭《くわがた》に、法被半切出立のブオンコンテが、怪士《あやかし》の面をつけ、腰には刀、手には薙刀《なぎなた》をかかえて、しずしずと現れたのである。

百合《ゆり》咲く原《はら》も紅《くれない》の、
百合咲く原も紅の、

アルノに末を尋ねん。

註

（1）『エリオット選集』第一巻（弥生書房）。

（2）「欧米人の能楽研究」については同名の著書が古川久氏にある（東京女子大学学会研究叢書）。ウェイリーに先行した学術的研究としては李太郎が言及したNoël Périの一連の業績があるが、広く一般読者の間に能楽脚本の文芸的価値を確立した点ではウェイリーの功績に到底及ばない。なおウェイリーの解説中にある“art should address itself to the man of average instruction, not to the specialist.”という言葉は、世阿弥の態度を伝えるものであろうが、同時にウェイリーの生涯にわたる翻訳芸術の心構えともなっている。なお『アーサー・ウェイリーの中国詩賦英訳』（森亮）や諸家の謡曲の西洋語訳についてはウェイリー研究特輯の『比較文学研究』第二十七号（朝日出版）を参照。

（3）命日とともにその土地の連想でさまざまな故人の霊がよみがえるのが夢幻能の特徴だが、その謡曲も『神曲』も、作中に名所旧蹟を歌いこんでいるのが共通の特徴となっている。謡の十徳の一つであったかに「居ながらにして日本の名所旧蹟を知り得る」という趣旨があったが、『神曲』についても「ダンテとともにイタリアの各地を」といった類の写真集が出ている。

（4）煉獄篇第十一歌に登場するサーピアの甥プロヴェンツァン・サルヴァーニも西洋能楽集のシテにふさわしい人物である。シエーナのピアッツァの一角には、石板に、

「栄耀栄華をきわめていたころ、
自らシエーナの広場《カンポ》に立った
彼は恥も外聞もいっさい捨てて」

という詩句が刻まれてあったと記憶する。

（5）『デカメロン』と狂言の間には数多くの平行例が見られるから、前者を材料に西洋狂言集を仕立てることも可能であろう。両者とも信仰とはいわずとも俗信を愚弄した話は多い。『仁王』という狂言は、小山弘志氏の解説（『狂言集』上、日本古典文学大系、岩波書店）から借りると、筋は次の通りである。

「やりそこなってすっかり産を失った博奕打ちが、知人のもとに相談に行く。と、上の山へ仁王の姿をして立って居よ。私が仁王が降らせられたと人々を誘って参詣に出かけよう。人々が物を寄進するだろうからそれを取って他国

へ行けと知恵を授かる。ことは順調に運んだ。いい加減なところで切りあげればよいのに、欲を出して次の参詣人を待っていると、前の人々がちんばを連れて再来した。ちんばは大草鞋を寄進し、私の足を癒《なお》して下されいとしきりに仁王の足をさすする。たまりかねて仁王は笑い出し、皆の者に追いかけられて逃げ出す。」

この狂言では横着者が仁王に化けるが、悪戯者のマルテルリーノが蹇《あしなえ》に化けて聖人の遺体をさすって快癒の奇蹟を演じるのが『デカメロン』第二日第一話で、その余の筋は『仁王』と大同小異である。いま狂言の言葉に翻案すると、

参詣人甲　イヤ申し、このたびアルリーゴ殿の御逝去に際しては、誰も鳴らさぬにトレヴィーゾの教会の鐘という鐘がみな鳴り出したと申すは、ちかごろ奇特《きどく》なことでござる。

参詣人乙　仰せらるるとおり、あらたかなことでござる。

参詣人甲　それにつき、私の隣に跛《ちんば》がござるが、これも聖人様に祈誓をかけたならば、そのまま直るでござろう。

参詣人乙　いかさま直るでござろう。

参詣人甲　それならば、同道致いて、参詣致しましょう。

マルテルリーノが聖人の遺体の上へのせられて、衆目環視の中で（暫く間を置いてから）まず指を一本伸ばし、それから片手を、次ぎに腕を、そしてしまいに全身をのばす、といった「恩寵の快癒」を演ずる光景は、狂言としてもなかなか舞台効果のあるしぐさに相違ない。「アラ、ありがたや、ありがたや」の声が聞えるような気もする。

もっとも狂言とは違う特色もある。それはフランスの笑劇《ファルス》にしてもそうだが、『デカメロン』中にも残酷な笑いが意想外に多いことで、右のマルテルリーノも顔見知りに正体を見破られ、皆に寄ってたかって半殺しの目にあう。「やるまいぞ、やるまいぞ」で終る狂言と違って、その後が長々と続く。なるほどこれと同じ調子で対独協力者が半殺しの目にあったのか、という感想も浮ぶ。そのサディスティックな笑いに比べると、狂言の中の人間関係はなごやかで、悪戯はあっても「和」の雰囲気がしみじみと感じられる。中世の日本人がこれほど文明化された人々であったかと思うと驚嘆の念を禁じ得ない。瓜盗人などたしかに盗みを働くのだが、最初に手作りだと自慢したばかりに盗みを次々と重ねざるを得なくなるあたり、人物の心理の把え方としても、筋の運び方としても、洗練されて見事なものだと思う。

（6）ウェイリーが翻訳に際し用いた工夫として、ある時には間接話法を直接話法に置換えて印象の鮮明化をはかったこと、またある時には複数者の発言を一つの地謡《コーラス》にまとめて話の筋を明確化したこと、西洋人に覚えにくい日本の固有名詞は普通名詞に置き換えたこと（景清の娘を **Hitomaru** とは書かず **Daughter** としたように）、しかし「鵯越《ひよどりごえ》」のように詩趣を感じさせる地名は意味を英訳して大文字で **Jackdaw Pass** などという形で示したこと、などもあげられる。翻訳を通して明確化が行なわれたためにある種の風情が失われたことは否定できない。道行の省略以上に心残りがす

るのは、冒頭のエニグマティックな次第が、翻訳の過程で平板化し、哲学的な暗示を持ち得なくなったことである。また原作の輪郭を強くなぞった例としては、たとえば『敦盛』の中で敦盛と蓮生（熊谷直実）が会話する次のような一節があげられる。原文と英訳を掲げる。

「さても如月六日《きさらぎむいか》の夜にもなりしかば、
親にて候ふ経盛《つねもり》われらを集め、
今様《いまやう》を歌ひ舞ひ遊びしに」
「さてはその夜《よ》のおん遊びなりけり、
城《じやう》の内に
さも面白き笛の音の、
寄せ手の陣まで聞こえしは」

ATSUMORI.
But on the night of the sixth day of the second month
My father Tsunemori gathered us together.
“Tomorrow,” he said, “we shall fight our last fight.
Tonight is all that is left us.”
We sang songs together, and danced.
PRIEST.
Yes, I remember; we in our siege-camp
Heard the sound of music
Echoing from your tents that night;
There was the music of a flute……

訳者の恣意的な創作とはいわないが、ウェイリーは敦盛の言葉の中に父平経盛の発言を二行敷衍して加えるという大胆な工夫をまじえた。森亮教授がウェイリーの中国詩賦英訳の特色の一つとして指摘した「直接話法の利用」がここでも大きく示されたわけである。

（7）そのような境遇に置かれた人には景清の娘にたいするかたくなな態度も自分自身のものとして了解されたに相違な

い。はるばる九州まで父を探しに来た娘が、なぜ父親の最晩年を見守らずに鎌倉へ引返すのか、というフェノロサの質問は前世紀のアメリカ人らしいヒューマニズムを示しているが、しかしなにか能の世界と嚙みあっていない、という印象も受ける。もっともその質問に対して平田禿木が「そこで一緒に暮すのはセンチメンタリズムで、別れるのが武士道精神だ」と答えたのは、英語で上手に細かい気持をいいあらわすことができなかったのを the old Bushido spirit といって逃げた感じがしないでもない。なおこの挿話は Ezra Pound: *The Translations* (Faber) に出ている。

付録　夢幻能オセロ

素材一、シェイクスピア。原作の筋は次の通り。
ヴェネチアの将軍オセロは、元老院議員の娘デズデモーナの愛を得て妻とする。しかし、副官の地位をキャシオに与えたオセロに含むところのある旗手イアーゴは、まずキャシオを失脚させて、その復職嘆願を口実にキャシオをデズデモーナに接近させ、一方、恐るべき悪知恵をもってオセロに事実無根のデズデモーナの不貞を信じこませる。疑念と嫉妬に苦しめられたオセロは、ついに最愛の妻を寝室で絞殺する。その直後、イアーゴの奸計は露われるが、時すでに遅く、オセロもみずから命を絶つ。
素材二、『オセロ』の最終幕を「白菊にしばし逡巡《ため》らふ鋏かな」という五七五に仕立てた夏目漱石の俳句。

主題　人種を異にする男女の愛をめぐる疑念と嫉妬。巡礼はサイプラスに着き、この美しい島が何者かの裏切りによってヴェネチアから奪われたという伝聞の真実を確かめようとする。

人物
前ジテ　サイプラスの里のイタリア女（化身）
ツレ　サイプラスの里のイタリア女（非化身）
後ジテ　デズデモーナ（霊）

ワキ　巡礼の旅人

小道具　苺《いちご》の刺繡入りのハンカチーフ

場面　サイプラス島の港の広場

次第

ぎらつく剣《つるぎ》ははや鞘《さや》に
ぎらつく剣ははや鞘に
蔵《をさ》めよ、
夜露に刃《やいば》の錆びぬ間に。

Rinfodera la spada risplendente
Rinfodera la spada risplendente
Che la rugiada non l'arrugginisca.

ワキ

これはヴェネチアより出でたる旅の者にて候。われ地中海の名所旧跡、残りなく一見《いつけん》仕りて候ひしが、いまだ東の方サイプラスの島を見ず候ふほどに、只今思ひ立ち巡礼の僧侶のいでたちして、ヴィナスの島へ下り候。

道行

ヴェネチアの潟《かた》立ち出でて、立ち出でて、夢に汐路をアドリアの、はるか彼方に紺《こん》の海、かりねの夢になれてみん、かりねの夢になれてみん。

急ぎ候ふほどにサイプラスの港に着きて候。夕日を浴びて左手にはオリーヴの緑濃き山々海の辺《べ》に迫り、右手には紺碧《こんぺき》の地中海。これはまた素晴らしき取合せかな。ボッティチェルリの名画の背景もかくやと、松影すがすがしく千代《ちよ》を移せる心地いたし候。

さて手前の岸壁《がんぺき》近くに建つ無骨《ぶこつ》なる倉庫風の土建築《どけんちく》はナーポリの商館。入江の奥なるは一昔前までヴェネチアの総督が住まはれし城館《じやうくわん》、大砲十二門は今もそのままに残りて港の内外を睥睨《へいげい》しをり候。彼方、総督府の並びにイストリア産大理石の細柱《さいちゆう》の列、白きレース、薔薇色のレースをこもごも巻きたるごとく立ち並ぶは古《いにし》へヴェネチアの商人どもが住みたる館なるべし。

(岸壁に降り立ち)男どもは大通りの珈琲《カフェ》テラスにたむろして、なにやら甲論乙駁《かふろんおつばく》いたし候。いかなる教へを奉ずる人にてあるやらん。トルコ人《びと》、シリア人、はたまたアラビアの商人か、ターバンを巻いてげに美男にておはすかな。また若き男たち、手に手とり進み来る様、千夜一夜の物語の姿もかくやと見受けられ候。またヴェールをかけたる淑女三々五々町を散策するおん姿、いと高貴にめでたくおぼえ候。あはれ、面《おもて》を覆ひたるはイスラムの女性《によしやう》たちにてもあるか。あれあれ、あちらより参るはいかなる人種の人にてあるやらん。肌は露《あら》はに胸白く、眼は碧眼《へきがん》、八頭身とこそ見受けて候へ。髪を風になびかする様、さてはギリシャの女性にてもあるか。とは察し申せども、手前ごときはバルバロイ、先様《さきさま》の言語解し難ければ、おじけづきて、とてもとても近づきがたく覚え候。聞くならく、ヴィナスの生まれ出でしもこのあたりの沖津《おきつ》白波《しらなみ》の間とか。

(ワキも珈琲店のテラスに入り、トルコ・コーヒーを注文する。飲みつつ西の地中海に沈み行く夕日にみとれる。空はまだ明るく、燕が舞っている。サイプラスでは慣例の夕食前の散歩の時刻が過ぎ、港の広場の賑わいもはや果てようとしている。男たちで混んでいた珈琲テラスからもいつのまにか人影は消えた。すると頭に壺を載せた女たちが、ヴェネチアの舟歌を口ずさみながら山からこちらへ降りて来る様子)。

ワキ　はて聞こゆるはヴェネチアの舟歌にてはござらぬか。そのかみのゴンドラ漕ぎのはやり歌と覚え候。さてはイタリア語を解する女どもにてあるやらん。このあたりの事ども詳しく尋ねばやと存じ候。申し、申し。いかにこれなる頭に壺戴せたる人に尋ね申すべき事の候。

シテ（右手で頭の壺を支え、左手には身分不相応の苺《いちご》模様の刺繡のついたハンカチーフをさげて現われる）こなたの事にて候ふか。この壺は葡萄酒にて候。

ツレ一　この壺はオリーヴ油にて候。

ツレ二　この壺は酢《す》にて候。

ツレ三　この壺は羊の乳にて候。

ワキ　いな、壺にはあらでおまへ様にて候。

シテ　わらはにて候か。またそれにしても壺にはまらぬお問ひかけ。巡礼の服は召せどもいまは夕まぐれ、女人《によにん》に何の用にて候ふぞ。

ワキ

ただいまの歌は、おまえ様方の間にて歌ひ給ひて候ふか。

シテ
さん候。ヴェネチアの舟歌、昔より歌ひ女《め》の世々歌ひ継ぎて、さんざめき、男衆の心をば楽しませ候。夜《よ》伽《とぎ》漕ぐゴンドラの波枕、恋の波枕。

ワキ
はてさて、ヴェネチアびとの常宿《じょうやど》はあちらの並びにあるべきか。

シテ
昔は知らず今ははたヴェネチアびとの宿のなどてあるべき。

ワキ
かなたに見ゆるヴェネチアの、

シテ
かなたに見ゆるヴェネチアの
建物こそは残りつれ、
つれなきは人の心。

ワキ
今は誰《た》が住む内裏《だいり》の館なるらん。かなたに見ゆる窓辺には燭台の明かりきらめき、管弦もさんざめきをり候。

シテ
住むはトルコの大官、大理の石のヴェネチア館《やかた》は、今はゴンドラは漕がず、夜伽漕ぐ女人のハーレム、かなたに「身揺《みゆ》る」とはこのことにて候。

ワキ
それはまた口惜しきことに候。
シテ
口惜しきとは本心か。
口惜しければ御巡礼、精進落《しやうじんお》としに
千夜とはいはずとも一夜訪ねてみ給へかし。
ワキ
口惜しとも口惜しとは、
唐行きの女風情の思ふこと。
さりながら
国思ふ男心は知らず世《よ》の女、
国思ふ気持は知らず夜《よる》の女、
異国の港に住み慣れて
誰を相手に暮らすらん。
シテ
われ思ふ心は知らず世の男
港々に立ち寄りて
夕まぐれ誰を相手に遊ぶらん。
ワキ
サイプラスの港に夕べ立ち寄りて

口惜しきとは気まぐれにあらず。この島の、
なにとて我等手離したる、
なにとてイスラム邪宗徒の手にこの宝島を返したる。
平和回復、国交樹立、宗教和解とは申せ
まことに不可解、残念至極に存じ候。

ツレ
昔の城は朽ちずとも
昔の城は朽ちずとも
人の心の変るこそ口惜しけれ。

シテ
窓に明かりは残れども、
昔の栄《さか》えはあへなくて。

ワキ
十字軍の話はいつか沙汰やみて
聖地回復の尊き企ていつか影かすみ、

シテ、ワキ、ツレ
サイプラスは
異端の島とはなりにけり、
怨むらくは
異端イスラムの島とはなりにけり。

ワキ
さてもさてもアドリアティコの海の女王が愛せし遠縁の息子
このサイプラスの島の
栄枯盛衰の様をひとくさり
ヴェネチアより参りし巡礼の旅人に
なにとぞお教へたまへかし。
シテ
いうまいぞ、この夕まぐれ女風情《ふぜい》に何を聞く、
ワキ
聞くならく、この美しき島、ピウス二世猊下《げいか》の新十字軍の前線基地の予定地なりしに、道心堅固《だうしんけんご》ならぬ者の不埒《ふらち》により、恨みは深し敵イスラムの手中に落ちたりとか。その裏切りの風聞、そはまことなるか。偽《いつは》りなるか。
シテ
まことか嘘か、とくと見給へ、
この窶《やつ》れし身、
いまはわれらは皺《しわ》深き
いまはわれらは罪深き
生業《なりはひ》送る奴隷の身、
われら祖国に裏切られ、
捨てられて当地に残留す。

寄る辺なき身の女なれど
国思ふ心は厚し、昼も夜も、
ヴェネチアの故郷人《ふるさとびと》と聞けばなつかしや。
ツレ
ヴェネチアの言葉を聞けばなつかしや、
なつかしや、慰めもなき里心、
ヴェネチアの故郷人と聞けばなつかしや。
ワキ
さざ波の寄せては返すサイプラス
昔を偲ぶよすがにも、
シテ
さざ波の寄せては返す
この島の栄華をしばし語らん。
思ひ返せばキリスト生誕千四百八十九年、
ヴェネチア、堂々船を連ねてこの島を領してより
総督の城館、商人の館、美々《びび》しく造りしが、
地謡
ヴェネチア、トルコの太守を追ひ立て
サイプラス島を領してより、
総督の城館、商人の館、

さらには十字架の御堂《おだう》まで
美々しく造りしが、
歴代総督この島を治めて八十余年、
まことにひと昔の栄華の
過ぐるは夢のうちなれや、
われらも遠く来たり住み、
故里《ふるさと》遠く来たり住み、

ツレ

エミリア、ビアンカ娼婦まで
軍《ぐん》に従ひ来たり住み、

シテ

華やぎ添へしサイプラス。
富んでは驕《おご》りを知らざりけり。

地謡

さるをレパント沖の海戦の
四方《よも》の嵐に襲はれて
敵艦隊は敗れたり。

ツレ

日はさして鶫《つぐみ》は空に鳴きわたり
女子供は声あげて

喜びに街ははしゃぎけり。

地謡

されどわが艦隊も痛手負い、その傷は秘すれど深し脇腹の、

傷口を塡《う》める瀝青《チャン》のこの地には無かりけり。

夜の内に艦隊はそ知らぬ顔して出港す。帆を掲《かか》げ、

ツレ

陸兵も裾をかかげて乗船す。

その夜逃げをば恒例の訓練と思ひしわれの愚かさよ。

四日経ち、五日経ち、十日は経ちぬ。

取残されし女どもは泣き喚けども、

応ずる答礼の砲とて聞えず。

沖の空は掻き曇り、

皆々涙に掻き暮れぬ。

ツレ

泡沫《はうまつ》の、あはれはかなき世の中に、

蝸牛《くわぎう》の角《つの》の争ひも、

はかなかりける心かな。

地謡

「ヴェネチア軍撤収ス」との報せは敵に伝わりぬ。

あはれ、サイプラスをば安々と

トルコ軍に奪回されたるぞ
恨めしとも、恨めし。
ツレ
あはれ、棄てらるる身ぞ
口惜しき。
シテ
我と我が身は裏切られ、
ワキ
気の毒なるは
シテ
残されし
ヴェネチア女の身の上、
あるはハーレムに売られ
あるは奴隷に身を落し
あるは頭に重き壺載《の》せて
憂き身の業《わざ》こそもの憂けれ、
憂き身の業こそもの憂けれ。
ワキ
不思議やな余《よ》の女たちは皆々帰り給ふにおん身一人留まり給ふことなにのゆゑにてあるやらん。
シテ

窓辺の光り明るくて、
ひとり暗きは人心《ひとごころ》、
身のあかしえ立たず黒き人の世の、
憂き身といへば罪なくて
死にたる人こそ嘆かるれ。
白き身と白き心は黒き手に
かかりて果てぬ奥の間に、
白き敷布に身をのべて。

ワキ
かく仰せ給ふはいかなる人にてましますぞ。

シテ
はづかしや。まことはわれは高貴なるムーアびとオセロが妻の幽霊、古《いにし》へデズデモーナと呼ばれしものにて候。ヴェネチア人に会ふからに、閻浮《えんぶ》こそ恋しう候へ。弔《とぶら》ひ賜《た》び給へ、跡弔ひて賜び給へ。

ワキ
不思議やな、
苺模様も目にしるき
ハンカチーフはここにあり、
されども夢か幻か
姿は見えず、失《う》せにけり、
姿も見えず、失せにけり。

なんの因果《いんぐわ》は荒磯海《ありそうみ》の
沖まどはせるヴェネチアの罪障《ざいしやう》深き女かな、
境涯まことにあはれなり。
これまた他生《たしやう》の功力《くりき》なれば、
同胞の菩提をなほも弔はん。
菩提をなほも弔はん。
（巡礼はロサリオをかぞえつつ、熱心に祈る）

中入

シテ（デズデモーナはヴェネチア将軍の新婚の夫人として、絢爛華麗な装束と面をつけて再登場する）
恥づかしや亡き跡に、
姿を返す夢のうち、
覚むる心はいにしへに
迷ふ男の物語、
申さんために魂魄《こんぱく》に、
移り変りて来たりけり。
地謡
さなだきに妄執《まうしふ》多き娑婆《しやば》なるに
迷ふオセロの物語、

申さんために来たりけり。
シテ
サイプラス、通ふ白帆《しらほ》の影見ればヴェネチアの里の恋しき。
いかにヴェネチアの巡礼、
デズデモーナこそ参りて候へ。
ワキ
不思議やな
さては夢にてあるやらん、
なにしに夢にてあるべきぞ、
シテ
ワキ
サイプラスの島
ヴェネチアの手を離れてはや二十五年、
トルコの軍勢いかつき中
なんとてオセロ夫人の来り給ふぞや。
こは堂々の晴れ姿、
ここはトルコの天下なるに、
さては色濃きムーア人《びと》は
白人どもを出し抜きて
ひそかに慇懃《いんぎん》を通じたるか。

シテ（デズデモーナは政治上の密通にまつわる相手の問いを誤解して、黒人オセロがなぜ他の白人どもを出し抜いて自分の愛をかちえたのか、答えてしまう）

いにしへのことども
恥づかしながら
語つて聞かせ申し候ふべし。
オセロは色濃きムーア人
武骨《ぶこつ》の武将、一介の武弁なりけり。
口は巧みにあらねども、
この春のうららの言葉は知らねども、
白人どもを出し抜きて、
誠は厚き唇に、
誠は厚き唇に、
あふれてわれを抱《いだ》きしめ

地謡
黒き牡《をす》、白き羊と交はりて

シテ
黒き牡、白き羊と交はりて
オセロはわれと慇懃《いんぎん》を
その春の夜に通じたり。

地謡

ぎらつく剣《つるぎ》は春の夜に
ぎらつく剣は春の夜に
われとわが身に通じたり。
ワキ（デズデモーナは恍惚として身を動かす。巡礼は質問の「慇懃」の語を誤解されたことに慌てて「気脈《きみゃく》」に言い換える）
否、否、オセロ将軍は
出《で》は色も濃きムーア人、
さてはトルコの軍勢と気脈を通じ
ヴェネチアを裏切りたるにあらざるか。
シテ
裏切者は旗持ちのイアーゴ、いな、
イアーゴは太鼓持ちなりけり。
ワキ
今はたなにをか包むべき、
真実を詳しう語らせ給へ。
シテ
いまさらなにと申し上ぐべきやらん。
オセロ様は生まれは人と異《こと》なれど、
生まれの色は異なれど、
わが背子《せこ》はまことの武人《ぶじん》、

わが君は忠誠を誓ひし武将、
赫々《かくかく》の武勲を立てしオセロ様の
ヴェネチアを裏切ることのなどてあるべき。
思ふも濡らす袂《たもと》かな。
ワキ（ヴェネチアに流布する噂の真偽を確かめようと旅人は、慎みも忘れ、思わず身を乗り出す）
はてしからばこのサイプラスは
いかにしてヴェネチア本国と
袂を分かちたるぞ。
この島の敵手《てきしゅ》に落ちしはそも何ゆゑぞ。
地謡
寝返りたるは誰人ぞ。
はてさてオセロ将軍は
出は色も濃きムーア人《じん》、
ワキ
失礼ながらわが君は
故郷《ふるさと》遠きサイプラス、
うら若き身をもてあまし、
ヴェネチア遠き恋しさに、
さては眉目秀麗《びもくしゅうれい》の副官と気脈を通じ
将軍を裏切りたるにはあらざるか。

春の夜の手枕《たまくら》に寝返りたるははた誰ぞ。
シテ（不躾《ぶしつけ》に問い詰める相手に、女は憤然とするが答えないわけにもいかない）
無礼なる世の噂かな、
死んでなほ辱《はづかし》めに遭ふわが身かな。
恨めしや、
春の夜の寝台白し、
われ白し、
いかでかわれの裏切るべき。
ワキ（図に乗って）
いや、いや、世間は疑へり、
疑心暗鬼の闇暗し、将軍黒し、
夜は暗し、黒きは人の心なり。
眉目秀麗の副官キャシオ
将軍夫人に随伴す。
二人が仲はそれは
それはの長旅にてありけり。
（とヴェネチアの週刊誌を示す）
シテ
かやうに申せばなほも身の、
恨みに似たることなれども、

将軍は先に出征し、
後追ふわれはうら若き新妻、
波に誘はれ、船に漂ひて、
世間を知らず、土地を知らず、
案内なくてサイプラス
西も東もわからぬ身、
人々われに
介添《かいぞへ》と副官キャシオを添へにけり。

ワキ
人妻《ひとづま》の身に添ふは
いかなる道への介添ぞ、
人知れぬいかなる道への案内ぞ。

シテ
夜道は暗き島なれど、
正直の頭《かうべ》に宿る星々も御笑覧あれ、
人の道を踏み外すことはなかりけり。
否、否、キャシオは無実なり、
無根《むこん》の噂立てられて、
かれイアーゴに謀《はか》られて、
あらぬ嫌疑をかけられぬ。

地謡
旗持ちのイアーゴは
鼻持ちならぬ
太鼓持ちなりけり。
シテ
われ知らぬ間《ま》に
オセロ様は、
地謡
女知らぬ間に将軍様は、
しをらしきキャシオ奴《め》こそはその男と
黒き心に思ひこみぬ。
世に隠れなき浮名立つ二人と
オセロは堅く信じたり。
嫉妬にその身は燃え熾《さか》り、
ぎらつく剣は黒き手に
ぎらつく光は燃え熾り、
今ははや聞く耳もたず、
デズデモーナの懇願も。
シテ
副官の官職追はれ

遠ざけられしキャシオ殿
そのため殿に復職を
キャシオのために願ひ出《い》づれば、
「隠《かく》しをろう、何を隠《きやく》しをろう」となじられて、
あらぬ仲をば勘ぐられ、
しほしほとわれ引き退がる
夕暮の城館の内ぞ寂《さび》しき、
春の夜の寝台の敷布は白き寝屋《ねや》なりけり。

地謡
邪推は嵩《かう》じ、将軍の
黒き嫉妬は赤く燃え、
血管青く怒張《どちやう》して、
夜叉《やしや》さながらとなりにけり。

シテ
罪なきわれに罪着せて、
涙にくるる濡れ衣の、
この心根をいかにせん。
波の枕の泣く泣くぞ、ああオセロ様、

地謡
オセロ様、君を慕ひて波枕、

八重《やへ》の汐路の浦の波、
サイプラスまで来たりしに、
ワキ
君を慕へる女なるに、
ヴェネチアからの長旅の
地謡
唐行きならぬ長旅の、
八重の汐路の浦の波、
海の彼方の遥けき島へ、
波の枕の泣く泣くぞ。
シテ
浦の波、　怨みぞ深きサイプラス、
地謡
されどもキャシオを嫉《ねた》むイアーゴの
演出まことに巧みにて、
邪推の多き人心、
人種の違ひにつけこみて
人の心を操りぬ。
奸智に世間は騙されて、
奸智に皆は謀られて、

シテ
イアーゴごときに謀られて、
オセロの君の母様《ははさま》の
形見の品も盗まれて、
地謡
ハンカチーフを盗まれて
愛の験《しるし》も盗まれて、
シテ
キャシオの寝屋にありたりと、
不貞の証《あか》し示されて、
苺の刺繍のハンカチーフ、
「おのれは淫婦《いんぷ》」となじられぬ。
無実の証《あか》し無きぞ悲しき。
地謡
白き心と白き身は黒き手に
かかりて果てぬ奥の間に、
白妙の白き敷布の奥の間に。
なにごとも、はかなかりける世の中の
亡き世となるこそ悲しけれ。
シテ

思ひ寄るべの波枕、
故里人の巡礼とかく語る間に
サイプラス
島の夜更けて三日月は
西海《さいかい》の果てに沈み行く。
あらヴェネチア恋しや、水の都。
地謡
あら閻浮《えんぶ》恋しや、
執心《しふしん》の波に浮き沈む、
因果の有様現はすなり。
シテ（妻デズデモーナの寝室へはいって来る夫オセロの感情をシテのデズデモーナが代わって演ずる）
雪より白き君の肌
地謡
雪より白き菊の花
雪より白き菊の花
しばし鋏はためらひて
シテ
しばし我が身はためらひて
地謡
死なねばならぬ我が身ぞと

死なねばならぬ我が身ぞと
蠟燭の光を消せば我が命
命の光また消えて

（オセロが蠟燭の灯を吹き消し、ついで妻デズデモーナの命の灯をもまた消したことをうたいつつ舞う。シテはそう言い残して舞い終えると、やがて平座《へいざ》して頭を沈め、両手をあわせる。地謡はその間宗教聖典の一節を引いて女の宿命をうたう）

地謡
三界安《さんがいあん》無し
猶《なほ》火宅の如し

（しかしそれでも巡礼の旅人の読誦《どくじゅ》の声を聞く時、妄執にさいなまれたデズデモーナも得脱《とくだつ》の身となり、現世の絆《きづな》を離れる。命の光いま消えて、その怨霊もだんだんと影が薄くなり、ついに視界から消えて行く）

地謡
命の光いま消えて
失せにけり
失せにけり

ウェイリーの「白い鳥」
——『初雪』の英語翻案——

シットウェルの讃辞

エディス・シットウェルはアーサー・ウェイリーから『西遊記』の英訳を贈られた時、その礼状に次のように書いた。

本当に、アーサー、こんなことってあるのかしら——あなたがなんというすばらしい言葉の技を持っていらっしゃるかがわたしにはますます身にしみ心にしみて感じられます。あなたがお書きになった作品以上に、時代の悲惨やみじめな物質上の心配を忘れさせてくれるものがほかにあるのをわたしは知りません。わたしにとって『初雪』は世にも妙なる抽象化された美しさです。ほんとうに信じられません。どのようにしてあなたがあのようなものを作り出せるのかわたしには夢想だにできません。でもそれも数ある中の一例にしかすぎないのですけれど。

「時代の悲惨やみじめな物質上の心配」という言葉があるのは、この手紙が第二次世界大戦の最中でイギリス側の戦勢がまだ好転していなかった一九四二年に書かれたからである。ブルームズベリー・グループの女流作家の中でもヴァージニア・ウルフはその前年に投身自殺をしていた。そのような暗い谷間の日々に、ウェイリー訳の『西遊記』が、その清澄な英語でもって、閨秀詩人エディス・シットウェルの心を慰めたのであった。そしてそのような英語の音の美しさに聞きほれていた時、シットウェルには友人のウェイリーがもう二十年以上も前に訳した日本の謡曲『初雪』が思い出されたのであった。

ところでこのような称讃の辞に接すると、なぜ数ある謡曲の中から『初雪』が取りあげられたのか、という戸惑いも日本人の側には生じるだろう。『初雪』を舞台で見たり脚本として読んだりしたことのある人の中にも、この曲がはたしてそれほどの讃辞に値するものか、といぶかしげに思う人もいるにちがいない。またシットウェルがいう「抽象化された美しさ」とは何なのか、という疑念も頭をよぎるかもしれない。そして「外国人のことだ。どうせいい加減なことを言っているのだろう」という結論にややもすれば落着くのかと思う。

しかし、そう投げてしまわないで、なぜ『初雪』が英国の女流詩人の心に深い印象を残したのか、そのわけをウェイリーの英訳にあたって調べてみよう。短い作品であるから全文を引かせていただく。

HATSUYUKI
(EARLY SNOW)

By KOMPARU ZEMBŌ MOTOYASU (1453-1532)

PERSONS

EVENING MIST, a servant girl.
A LADY, the Abbot's daughter.
TWO NOBLE LADIES.
THE SOUL OF THE BIRD HATSUYUKI ("Early Snow").

CHORUS.

SCENE: *The Great Temple at Izumo.*

SERVANT.

I am a servant at the Nyoroku Shrine in the Great Temple of Izumo. My name is Evening Mist. You must know that the Lord Abbot has a daughter, a beautiful lady and gentle as can be. And she keeps a tame bird that was given her a year ago, and because it was a lovely white bird she called it Hatsuyuki, Early Snow; and she loves it dearly.

I have not seen the bird to-day. I think I will go to the bird-cage and have a look at it.

(*She goes to the cage.*)

Mercy on us, the bird is not there! Whatever shall I say to my lady? But I shall have to tell her. I think I'll tell her now. Madam, madam, your dear Snow-bird is not here!

LADY.

What is that you say? Early Snow is not there? It cannot be true.

(*She goes to the cage.*)

It is true. Early Snow has gone! How can that be? How can it be that my pretty one that was so tame should vanish and leave no trace?

Oh bitterness of snows
That melt and disappear!
Now do I understand

The meaning of a midnight dream
That lately broke my rest.
A harbinger it was
Of Hatsuyuki's fate.
(*She bursts into tears.*)

CHORUS.
Though for such tears and sighs
There be no cause,
Yet came her grief so suddenly,
Her heart's fire is ablaze;
And all the while
Never a moment are her long sleeves dry.
They say that written letters first were traced
By feet of birds in sand
Yet Hatsuyuki leaves no testament.
(*They mourn.*)

CHORUS (“*kuse*” *chant, irregular verse accompanied by dancing*) .
How sad to call to mind

When first it left the breeding-cage
So fair of form
And coloured white as snow.
We called it Hatsuyuki, "Year's First Snow."
And where our mistress walked
It followed like the shadow at her side.
But now alas! it is a bird of parting[1]
Though not in Love's dark lane.

LADY.

There's no help now. (*She weeps bitterly.*)

CHORUS.

Still there is one way left. Stop weeping, Lady,
And turn your heart to him who vowed to hear.
The Lord Amida, if a prayer be said—
Who knows but he can bring
Even a bird's soul into Paradise
And set it on the Lotus Pedestal?[2]

LADY.

Evening Mist, are you not sad that Hatsuyuki has gone?… But we must not cry any more. Let us call together the noble ladies of this place and for seven days sit with them praying behind barred doors. Go now and do my bidding.

(EVENING MIST fetches the NOBLE LADIES of the place.)

TWO NOBLE LADIES (together).

A solemn Mass we sing
A dirge for the Dead;
At this hour of heart-cleansing
We beat on Buddha's gong.

(*They pray.*)

NAMU AMIDA BUTSU
NAMU NYORAI
Praise to Amida Buddha,
Praise to Mida our Saviour!

(*The prayers and gong-beating last for some time and form the central ballet of the play.*)

CHORUS (*the bird's soul appears as a white speck in the sky*) .

Look! Look! A cloud in the clear mid-sky!
But it is not a cloud.
With pure white wings beating the air

The Snow-bird comes!
Flying towards our lady
Lovingly he hovers,
Dances before her.

THE BIRD'S SOUL.
Drawn by the merit of your prayers and songs

CHORUS.
Straightway he was reborn in Paradise.
By the pond of Eight Virtues he walks abroad:
With the Phoenix and Fugan his playtime passing.
He lodges in the sevenfold summit of the trees of Heaven.
No hurt shall harm him
For ever and ever.

Now like the tasselled doves we loose
From battlements on holy days
A little while he flutters;
Flutters a little while and then is gone

We know not where.

1. "Wakare no tori," the bird which warns lovers of the approach of day.
2. Turn it into a Buddha.

いかにも平明な、美しい英文である。意味もわかりやすいと思うが、金春禅鳳《こんぱるぜんぽう》の『初雪』と比較する際便利なので、英文の詩情をそこねるようで恐縮だが、次に英訳『初雪』からの重訳も掲げさせていただく。

初雪

登場人物
夕霧、召使の女
令嬢、神主《かんぬし》の娘
二人の貴婦人
初雪という鳥の魂
合唱

場所
出雲の大社《おおやしろ》

召使

わたくしは出雲の大社の女六の宮の召使です。名前は夕霧と申します。皆様御承知のことと存じますが神主様《かんぬし》にはお嬢さまがひとり、この上なく優しく美しい方がいらっしゃいます。お嬢さまは一年前にいただいたおとなしい鳥を一羽なつけて飼っていらっしゃいます。白い可愛らしい鳥ゆえ初雪とお名づけになり、たいそう大事に可愛がっておられます。

わたくし今日はまだ鳥を見ておりません。これから鳥籠のところへ行ってちょっと見てまいろうと思います。

(召使は鳥籠のところへ行く)

まあこれは一大事、鳥がいません。いったいなんとお嬢さまに申しあげたものでございましょう？　しかしやはり申しあげねばなりません。やはり申しあげようと思います。お嬢さま、お嬢さま、あなた様の初雪がここにいません！

令嬢

なんとおいいです？　初雪がそこにいません？　そんなはずはありません。

(令嬢は鳥籠のところへ行く)

本当にいません。初雪は行ってしまった！　またどうしてこんなことに？　あれほどなついていたわたしの可愛い鳥がまたどうして跡かたもなく姿を消してしまったのだろう。

ああ、とけては消える
雪の悲しさ！
これでわかりました
わたしの眠りを破った昨夜の
夜半《よわ》の夢の意味が。
あれは予兆だったのです

初雪の運命の。

（令嬢はわっと泣き伏せる）

合唱

このように泣いたり嘆いたり
するほどのわけはないのだが、
それでもあまり思いがけぬ悲しみに
彼女の心は火と燃える。
そしてその間中《あいだじゅう》
袂《たもと》は乾く隙《ひま》もない。
文字がはじめて記されたのは
砂の上の鳥の足跡《あしあと》からだというけれど、
しかし初雪は形見ひとつも残さない。

（みんなは嘆く）

合唱（クセ、舞がつく）

はじめて巣から外へ出た時
いかにも姿が美しく
雪のように白い色をしていたが
思い返すと心がいたむ。
私たちはあの鳥を初雪と呼んだ。
お嬢さまが歩いてゆくと

影のようにその脇についていった。
しかしいまは！　恋の暗い通い路でもないのに
別れの鳥となってしまった。
令嬢
もうしかたがない。（さめざめと泣く）
合唱
それでも一つだけ道がございます。お嬢さま、泣くのはおやめなさいませ。
そして願いを聴いてくださいますあの方《かた》へあなた様の心をお向けなさいませ。
阿弥陀様に、もしお祈りを唱えれば——
阿弥陀様はきっと鳥の魂も
極楽へ導いて
蓮の臺《うてな》へあげてくださるにちがいありません。
令嬢
夕霧、初雪が行ってしまったのに悲しくないのかい？……　しかし私たちはもうこれ以上泣いてはいけないのだよ。さあ、この土地の貴婦人方を呼び集めて、七日の間、戸を立てて中に坐って一緒にお祈りしましょう。さあ、行って私のいいつけ通りになさい。
（夕霧は土地の貴婦人たちを呼んでくる）
二人の貴婦人（一緒に）
荘厳なおミサを私どもは唱えます
死んだ者への挽歌《ばんか》です。

この心を浄める時刻に
私たちは仏様の鉦《かね》を叩きます。
（かれらは祈る）
南無阿弥陀仏
南無如来
阿弥陀仏に讃えあれ、
われらの救い主の弥陀に讃えあれ！
（祈りと鉦がしばらく続く。そしてそれがこの劇の中心のバレーを形づくる）
合唱（鳥の魂が空に白い斑点となってあらわれる）
御覧、御覧。澄んだ中空に雲が一つ！
けれどあれは雲ではない。
清らかな白い翼で大気《たいき》をはたきながら
初雪がやって来る！
お嬢さま目がけて飛んでくる
なつかしそうに空を舞い、
お嬢さまの目の前を彼は踊るように飛んでゆく。
鳥の魂
皆様方の祈りと歌の功徳《くどく》に引かれ
合唱
すぐさま鳥は極楽へまた生れかわった。

八徳《はつとく》の池のみぎわを逍遙しつつ
彼は鳳凰《ほうおう》や鳧雁《ふがん》とともに楽しい時を打ち過す。
天上の樹の七重の梢に宿っている。
彼が傷つけられることはないだろう
もう永遠にないだろう。

そしていま、お祭りの日に胸壁《きようへき》から放たれる
ふさ飾りをした鳩のように
暫くの間彼ははたはた羽風《はかぜ》をたてて飛びめぐる、
飛びめぐりやがてそこから去ってゆく
行方も知れず去ってゆく。

籠から逃げた鳥

籠から鳥が逃げてしまった、大事な大事な鳥が、というこの作品のテーマは世界の詩に広く共通するテーマだろう。十三世紀のイタリアのよみ人しらずの詩にも、(2)

きれいな鳥が　籠から逃げた、
小鳥が逃げて　子供が泣いた、
小鳥はいない　きれいな籠に
子供は泣いた「誰があれを取った?」

子供は泣いた　「誰があれを取った？」
林の中へ　子供は行った
小鳥が鳴いた　やさしく鳴いた、
「やさしい鳥よ　帰っておいで
帰っておいで　私の庭に
可愛い鳥よ　帰っておいで」

という俗謡に近い作がある。このイタリアの古詩では詩人は子供と鳥とに託して、愛する女性への恋慕の情をうたっているらしい。そのような他に託して自分の思いを述べたところに「清　新　体《ドルチエ・スティル・ヌオーヴォ》」の詩人に近い感情表現が認められ、人情の洗煉も感じられる。
ところで『初雪』の方でも令嬢の心が火と燃えて袂《たもと》は乾く隙《ひま》もない、というような表現がまじっているせいか、また英訳では終り近くになると「初雪」がもはや it でなく he で呼ばれ、

Flying towards our lady
Lovingly he hovers,
Dances before her.

お嬢さま目がけて飛んでくる
なつかしそうに空を舞い、
お嬢さまの目の前を彼は踊るように飛んでゆく。

などという詩句もあるせいか、原作にしても英訳にしてもやはり「少女の恋ともいふべき、淡い恋愛譚」（佐成謙太郎『謡曲大観』中の概評）という趣きがそこはかとなく感じられるのである。
　ところでイタリア古詩では子供は林の中で小鳥に再会し「やさしい鳥よ　帰っておいで」と呼びかける機会に恵まれた。それに対して『初雪』の姫は「今は思ふにかひぞなき」と再会をあきらめなければならない。そして心をひるがえして阿弥陀にすがり祈願するうちに行方不明の鳥の魂が澄んだ中空に白い斑点となってあらわれる。その白い鳥が飛んでくる様はいかにも生き生きとしていて、西洋のモダン・バレーの一情景もかくやとばかりである。

(the bird's soul appears as a white speck in the sky.)

そのようなきらきら光る情景に接すると、『神曲』煉獄篇第二歌で、白く光り輝く天使が船頭となって、沖あいから魂たちを舟にのせて見る間に浜辺へ近づいて来る光景が私には連想される。

するとⅠ……一条の光が、空飛ぶ鳥をも凌ぐ速さで、
すばやく波を渡って近づいて来た……
光はみるみる輝きを増した。
その両側には、なんとも言いあらわしようのない
白い斑点が現れ、下からも
なにか白いものが次第に姿を現しはじめた。

そしてそうこうするうちに「左右の白点は翼の形をとり」、天使の姿がはっきりと目に見えてくる。

「御覧、
　帆も櫂もいっさい使わず、
　翼だけであれだけ離れた岸の間を往来《ゆきき》している。
御覧、翼を天に差し伸べて
　永遠の羽衣で大気をかいている……」

天国や極楽とこの地上との間を往来するものは同じような条件をキリスト教世界でも仏教世界でも備えているからだろうか、初雪の終りでも、

合唱（鳥の魂が空に白い斑点となってあらわれる）
御覧、御覧、澄んだ中空に雲が一つ！
けれどあれは雲ではない。
清らかな白い翼で大気をはたきながら
初雪がやって来る！

といういかにも似通った雰囲気の光景が眼前に繰りひろげられるのである。卜書には bird's soul とあるが、その「鳥の魂」はなにか行方不明になっていた初雪がいま舞い戻ってきたかのようである。そしてその鳥は、「皆様方の祈りと歌の功徳《くどく》に引かれ」と声にまで出していう。しかし合唱《コーラス》がその

「皆様方の祈りと歌の功徳に引かれ」
を受けて、

すぐさま鳥は極楽へまた生れかわった。
八徳《はつとく》の池のみぎわを逍遥しつつ
彼は鳳凰《ほうおう》や鳧雁《ふがん》とともに楽しい時を打ち過す。
天上の樹の七重の梢に宿っている。
彼が傷つけられることはないだろう
もう永遠にないだろう。

と歌う時、読者はこの鳥が死んでいま生れかわって極楽浄土にいることを知るのである。そして原作では「楽しみさらに、尽きせぬ身なり」とあるのがウェイリーの英訳で「彼が傷つけられることはないだろう、もう永遠にないだろう」に変る時、読者はこの鳥が何者かに襲われて傷ついて死んだのだろう、という説明を間接的に受けたことにもなるのである。合唱《コーラス》とあるのは謡曲ではもちろん地謡のことだが、ウェイリーの訳文を介して聞くと、西洋音楽で天使の合唱を聞くかのような感を覚える。とくに終りの五行は、西洋の中世風な城壁で囲まれた都市を連想させずにはおかない。

Now like the tasselled doves we loose
From battlements on holy days
A little while he flutters;

Flutters a little while and then is gone
We know not where.

そしていま、お祭りの日に胸壁《きょうへき》から放たれる
ふさ飾りをした鳩のように
暫くの間彼ははたはた羽風《はかぜ》をたてて飛びめぐる。
飛びめぐりやがてそこから去ってゆく
行方も知れず去ってゆく。

鳥のイメージ

このような一篇の英詩でウェイリー訳の『初雪』は終る。まことに清らかな印象である。その審美感覚のすがすがしさは、場所が出雲大社ということも関係しているのだろうか、阿弥陀信仰にまつわる霊験譚ではあるけれども、なにか神道的な美しさを漂わせている。白い鳥は聖なる鳥であって、その白は魂のシンボルを思わせる。(ウェイリーも好んだらしいウェブスターの詩劇『白魔』*The White Devil* のヴィットーリアは、

My soul like to a ship in a black storm,
Is driven, I know not whither.

「私の魂は、暗い嵐の中の船のように、行方も知れず、風に吹かれてゆく」
といって絶命するが、そのウェブスターの詩劇の印象がこの世の地獄の黒さであるなら、禅鳳の詩劇の

印象はあの世の極楽の白さとでもいえるだろう。）シットウェルがいった「抽象化された美しさ」abstract beauty というのは『初雪』のこのような後味をさしているにちがいない。英訳の *Early Snow* はもとより小品にしか過ぎないが、それをはじめて読んだ時、その美しさに私も思わず息をのんだのであった。

ではそのようなウェイリー訳『初雪』の美しさは原作の美しさと同一だろうか。それともウェイリーの訳筆が原文をこんなにも美しい「白い鳥」の詩的世界に作りかえたのだろうか。ウェイリーは *The Nō Plays of Japan* の解説の終りで、「自分の翻訳はいってみれば油絵の原画を黒白の写真で撮ったようなものである。〔それで色彩という〕一つのエレメント、それも重要なエレメントが欠落したが、しかしそれでも黒白の写真の方が、余計なものをつけ加えたりしていないので、手描きの模写よりはましだと思う。もっとも単なる写真は芸術作品ではない。私はなんらかの意味でこれらの翻訳を芸術作品に仕立てたつもりである」という趣旨を述べている。しかし黒白の写真のような、正確で忠実な訳を意図したウェイリーであったが、そして事実、『景清』などの正確な訳も数多いのだが、しかし『初雪』については、原作と英訳の間にウェイリーの意図的な改変がいくつか見られる。いまその問題点を取りあげて、その改変の意図や効果を考えてみよう。

謡曲『初雪』の原作は次のような名ノリで始まる。（ウェイリーは自分が使用した原本として大和田建樹『謡曲評釈』と芳賀矢一・佐佐木信綱『謡曲叢書』をあげているが、ウェイリーの翻訳によくある例だが、二つの版に異同がある時、英訳してみて興に富むヴァリアントを異る原本から勝手に拾いあげている。ここでは岩波古典大系本から引用する。）

かやうに候ふものは、出雲の国大社の神主殿の御内《みうち》に夕霧と申す女にて候、神主殿のご寮人は見目形《かたち》人に勝《すぐ》れ、優しきおん心ばへ並びなきおん方にて候、さる間過ぎし頃、ある人鶏を参らせて候ふが、まことに形美しき白《はく》鳥にて候へば、ことのほかご寵愛にて、名を初雪とおん付けなされ、朝夕もてあそび給ひて候、けさは未だ見申さず候ふ間、鳥屋《とや》を開けて見申さばやと存ずる。

さらさらさらさら、これはいかなこと、初雪が空しくなり申して候、急いでこのよしを申し上げう。

いかに申し上げ候、初雪が空しくなり申して候。


このような原文を読んだ上で英訳に接すると、読者は「異趣の感情」にとらわれる。侍女夕霧の名前がEvening Mistとなっているのも、出雲大社の神主がなにか英国の大僧院長でも思わせるようなthe Lord Abbotとなっているのも、見慣れぬ目には物珍しい。その夕霧の、

「いかに申し上げ候、初雪が空しくなり申して候」

という言葉づかいが、ウェイリーの日常会話風の英訳ではMadam, madamという呼掛けをまじえて、いかにも効果的に活潑になっている。

〈I think I'll tell her now. Madam, madam, your dear Snow-bird is not here!〉

しかしここで私が問題としたいのは、ウェイリーの翻訳一般を通じて見られるその種の工夫についてではない。問題としたいのはウェイリーが『初雪』の英訳に際して意図的に行なった一連の誤訳の真意についてである。そしてその種の意図的な改訳の第一点は右に引いた文章にすでに秘められていた。「初雪が空しくなり申して候」は「初雪が死んでしまいました」の意味だが、それを「あなた様の初雪がここにいません」〈Your dear Snow-bird is not here!〉と夕霧にいわせているからである。そしてそう夕霧にいわせた以上、読者が鳥は籠から逃げたと思うのは自然の成行だろう。ウェイリーは大和田建樹『謡曲評釈』では「空しくなり申して候」が死を意味することを頭註でもちろん承知していながら、それでいてこの条りだけは芳賀・佐佐木『謡曲叢書』の、

……餌をかひ申さうずると思ひ候。と〻〳〵あら不思議や。いづ方へ行きて候やらん。見え申さず候。と〻〳〵。こはいかに……

というテクストに近い翻訳をしたのである。(3) いったいウェイリーはこの謡曲では鳥についてのイメージをいわば系統的に変えている。たとえば夕霧が、

〈I have not seen the bird to-day. I think I will go to the bird-cage and have a look at it.〉

というのを聞いた時、私たちが bird-cage という単語から思い浮べる鳥籠はやはり令嬢でも手に提げられるような鳥籠だろう。その中にいる鳥は愛玩用の小鳥でなければならない。しかし bird-cage の原語は実は「鳥屋《とや》」なのである。a coop, a hen-coop, a hen-house, an aviary, a roost などと訳すべき鳥屋《とや》、「鳥などを飼っておく小屋」(『広辞苑』)なのである。そしてその中にいる鳥もまた事実、小鳥ではなくて鶏なのである。そして初雪が鶏であることはウェイリーが翻訳の原本として用いた大和田建樹編の『謡曲評釈』にも芳賀矢一・佐佐木信綱編の『謡曲叢書』にもはっきりと出ていたのである。それではそれと知りつつウェイリーはなぜこのような改変を試みたのか。いかなる美学に基づいてウェイリーは『初雪』の再創作ともいうべき英訳を書いていったのか。

鶏は日本人にとっては神聖な鳥であった。周知のように伊勢神宮の境内ではいまでも鶏が放し飼いにされている。出雲大社でも同じようなことがあって、それがこの作品の背景となっているのだろう。ところが鶏ではこの夢幻能にふさわしくない面もある。その第一は鶏は空を高く飛び、空を舞うことができない。野上豊一郎もそこに難点を認めて、「鶏の如き飛翔に適しないものを極楽から飛び来らせて舞はせたりする所に多少の無理もある」と『謡曲全集』に書いている。第二は鶏という家禽ではいかにも日常的で現実的で夢幻性にとぼしいようにウェイリーには思われたのだろう。ウェイリーは「この鳥の、かひごを出でて」この鳥

が卵から出て、などという具象的《コンクリート》なイメージも避けて、「かひご」すなわち「卵」（と芳賀・佐佐木博士の頭註に明記されているにもかかわらず）を egg とか egg-shell とか訳さず、巣を意味する breeding-cage などという訳語を当てたりもしている。またこの謡曲の一番終りで初雪が舞う条の、

楽しみさらに、尽きせぬ身なりと、木綿《ゆふ》つけ鳥の、羽風を立てて、暫しが程は、飛び巡り、暫しが程は、飛び巡りて、行くへも知らずぞ、なりにける。

の「木綿つけ鳥」にしても、それが鶏の異称であることを承知していながら「鳩」に置き換えている。ウェイリーは註釈によって、昔、日本では鶏に木綿をつけ、逢坂の関など都の四境の関に放って祓《はらい》をした故事に基づくことを知っていたから、そのような「木綿つけ鳥」の西洋における等価物として「お祭りの日に城の胸壁から放たれるふさ飾りをした鳩」tasselled doves を訳文中に入れたのである。そしてそれと同様に謡曲中の「鴛鴦《えんおう》」を西洋神話の Phoenix に変え、「鳧雁《ふがん》」はそのままローマ字に置き換え Fugan で示す、という試みも混じえたのである。そのような自由な裁量で訳筆を進めることにウェイリーは創作行為にも似た喜びを覚えたのに相違ない。ト書一つにしても、実際の演出を考える日本人は、

「出端の囃子にて、後ジテ鶏初雪の霊、面増・鬘・鬘帯・天冠《てんぐわん》（白鶏《はくけい》を戴く）・黒垂・襟白・着附摺箔・白地長絹・白大口の装束にて橋懸に出で一の松に立つ。」

と細部にわたって技術的に書いている（佐成謙太郎『謡曲大観』）。それに対し、およそ実演的ではないが、しかしいかにも詩的なト書をウェイリーはつけている。

(the bird's soul appears as a white speck in the sky.)

「鳥の魂が空に白い斑点となってあらわれる」

この一行は詩劇『初雪』のいわば詩の一行ともなっている。たしか森鷗外であったか、マーテルリンクの劇では卜書までが詩になっている、という評を下したことがあったが、ウェイリーの卜書についてもそれと同じことがいえるのである。

白い鳥と青い鳥

それではこの一連の改変から生じた詩的な効果について考えてみよう。鶏がただ単なる鳥となったことで、姿がずっと小さくなり、大空を自由自在に飛べる「白い鳥」となった。色彩の点からいうなら金春禅鳳の原作では鶏冠《とさか》の赤が一点印象に残るのだが、ウェイリーの作では純粋に白である。「白い鳥」は抽象化された美しさなのである。また原作では鳥屋《とや》の中で鶏が死んだからにはその死骸も連想のどこかに浮ぶが、英訳の「白い鳥」はそのような地上的、現実的な存在ではない。その鳥は鳥籠から姿を消していなくなったままである。そしてそれだけに令嬢や貴婦人たちの祈りがかなえられて「空に白い斑点となって」初雪があらわれ、清らかな白い翼で大気《たいき》をはたきながらお嬢さま目がけて飛んで来、

なつかしそうに空を舞い、
お嬢さまの目の前を踊るように飛んでゆく。

という情景もすなおなのである。雄鶏でなく「白い鳥」だからそのような舞踊にふさわしい、ということもあるが、はっきり死んだ、とはいっていないから「初雪の、翼を垂《た》れて、飛び来り、さも懐かしげに、立ち舞ふ姿」が自然なのである。ウェイリーの訳では「白い鳥」はこの世とあの世を自由自在に往来している。「白い鳥」はこの世の悲惨や物質的なわずらいを超越するなにかでもある。そしてそのためにもはっき

り死んだ、といってはならなかったのである。それにいったん死んだ鳥が神仏の助けによって生き返りハッピー・エンドに終る、といういわゆるdeus ex machina式の解決は、自然さを重んじる近代劇を見なれた西洋人読者には受けいれられがたい、とウェイリーは考えたのであろう。そのこともあって訳者は初雪の死を意図的にぼかしたのではあるまいか。英訳でも、鳥の魂といえども、極楽の蓮の臺《うてな》へあがることがあるのだからと祈るあたりから、読者は初雪がただ単に鳥籠からいなくなっただけではなくて死んだのだという感触を得るが、しかし英訳には原文の、

「この鳥の跡を弔《とむら》はばやと思ふはいかに」

といったようなはっきりした弔いの意や言葉が示されていない。そのような訳者の細かな工夫に接すると、ウェイリーがdeus ex machina式の解決を避けて、『谷行』の訳でも『生贄』の訳でも後半の神仏の助けで子供がよみがえる条りをまったく省略したことが思い出されるのである。

ところでそのようなタッチの微妙な違いのためだろうが、もとはいかにも宗教的な精霊成仏譚という面が強く出ていた金春禅鳳の謡曲『初雪』がウェイリーの英訳ではなにか一篇のメルヘンと化したかのような印象を受ける。たしかに仏教の弔いのお勤めはあるが、しかしその仏教の勤行《ごんぎょう》も西洋人の読者には宗教的というよりは異国的な一情景として映ずるだろう。(もっとも日本人の読者にはa solemn Mass「荘厳なおミサ」などの英語表現は逆にカトリック寺院の礼拝を連想させて反対方向の意味で異国的な感じがしないでもない。)

ウェイリーの『白い鳥』は、舞踊劇として考えるなら、白鳥が出てくる西洋バレーに通じる趣きも持っている。また文学的に見るなら、いかにも清新な、近代詩劇の風も備えていて、英語で読む限り、日本の中世文学というよりも、むしろマーテルリンクの『青い鳥』などに近い作品ではないかと思われる。最後にウェイリーの詩作品『白い鳥』をベルギーの劇作家の詩作品『青い鳥』と比べて、両者に共通する二、三の点を拾っておこう。

マーテルリンクの「青い鳥」を鳥類図鑑の中に探す人は誰もいない。「青い鳥」は具体的な「きじ鳩」であるとか「鶏」であるとかいった鳥名をもった存在ではないからである。「青い鳥」は、ノヴァーリスの「青い花」などと同様、一種の観念であり一つのシンボルだからである。謡曲の『初雪』がabstract beautyと化したのも、鶏が英訳の過程で具体性をますます喪失し「白い鳥」という一つのシンボル、一つの抽象化された美しさと化したためだった。マーテルリンクの作品では、この世にいないがしかしこの世の人が求めている「青い鳥」を探しにチルチルとミチルは彼岸の旅へ出る。実際は現世にいるのだが一夜、夢に彼岸の旅へ出るこの兄妹の立場は夢幻能のワキ、ワキヅレや『神曲』中のダンテ、ウェルギリウスの立場に共通する。夢の中で此岸と彼岸を往来するために、この世とあの世の区別はさだかでなくなり、そのために「思い出の国」へ行った際など、

「おじいちゃんはそれでは本当に死んでないのね」

といって祖父様《じいさま》に妙な顔をされる。人が思い出してくれる限り故人も生き続ける、という「思い出の国」に死はないからである。それと同様、ウェイリー訳の夢幻能『初雪』でも生と死の区別はさだかでない。人が祈ってくれる限り煉獄から天国への進みがはやくなるというのは『神曲』の思想だったが、『初雪』でも人が祈ってくれる限り鳥も極楽に生れ変り、彼岸から此岸へ白い翼を輝かせながら飛んでくる。

しかしそのような「青い鳥」も「白い鳥」も実は人間の外部にいるのではない。チルチルもミチルも、また姫も夕霧も、自分たちの外部に鳥を探している限り、愛する鳥は見つからなかった。チルチルは作品の終り近くで叫んだ、

「なんだ、青い鳥はここにいるじゃないか。ずいぶん遠くまで探しに行ったけれど、ここにいるじゃないか」

その「ここ」というのは少年ははっきり自覚しなかったけれども、魂の内なのである。そのように「青い鳥」は魂のあこがれのシンボルであるから、もはやふたたび鳥籠の中へ入れて飼うことはできない。籠の中

に入れるやいなや羽の色は変ってしまう。そして「青い鳥」はチルチルが餌をやろうとした途端にミチルの手から飛び去ってしまった。少女が絶望の嘆きを発した時、チルチルはいう、

大丈夫だよ、泣かないでおくれ。じきにまたつかまえてあげるから……（舞台の中央前部へ進み、観客に向けて）、もしどなたか青い鳥を見つけたなら、返してくださいますか？　ぼくたちはこれから幸福になるために青い鳥が要《い》るのです……（幕）

マーテルリンクの劇もその根本の主題は、

きれいな鳥が　籠から逃げた、
小鳥が逃げて　子供が泣いた、

を踏まえているのである。そしてその逃げ去った幸福はたといまた見つけ出したとしても、それを固定的に、現世的に所有することはできないのかもしれない。謡曲『初雪』でも、いったん舞い戻ったかに見えた鳥が、「暫しが程は、飛び巡《めぐ》り……行くへも知らずぞ、なりにける」とまた飛び去って消えたことに無限の余情が感じられる。

『青い鳥』も『初雪』もその作品の構造を図式的に把握するなら、「もと幸福を所有していた。がそれを喪失した。それを探求して発見し、ふたたび所有するかに見えた時、その幸福は飛び去った」というほぼ共通する型《パターン》が抽出されるに違いない。そしてその際、鳥がはたしている役割は、「青い鳥」にしても「白い鳥」にしてもきわめて似通っているのである。

ところでこの二つのフェアリー・テイルが似ているのは偶然の一致だろうか。アーサー・ウェイリーの弟ヒューバート・ウェイリーの回想[4]によるとアーサー・ウェイリーは青年時代にマーテルリンクの詩劇を好んだらしい。弟がフランス語を習い出した時、

「兄は、私のフランス語学習の最初の読本としてマーテルリンクの戯曲を選んでくれた。というのは兄にいわせると、文学でこれほど難しい言葉を使わず、これほど単純な文法的構造の作品はほかに考えられないから」

ところでそのような言語的特徴の指摘に接すると、その評語がそのまま平明で詩的なウェイリー自身の文体の特徴を言いあらわしていることにも気づかれてくる。

〈You couldn't conceive works of literature using fewer difficult words or simpler grammatical constructions.〉

翻訳の文章は周知のようにそのもとのテクストの言葉（原語）に左右される。しかし翻訳の文体は（このことは必ずしも周知ではないが）訳者の母国語の嗜好に左右される。ウェイリーは演劇を愛し、詩劇を好んだ。『青い鳥』（一九〇八年）はウェイリーが二十代のころ世界的成功を博した作品だったが、（日本では一九二〇年、大正九年、に水谷八重子と夏川静江がチルチルとミチルを演じて大評判となった）、そのような時代的な風潮もウェイリーの能楽脚本の英訳になにがしかの影響を与えているのであろう。謡曲十九番の翻訳中に近代詩劇の一断片を思わせるような『初雪』がまじっているのは、やはりウェイリーの好み――その好みの中にはバレー好きも含めるべきかもしれない――がおのずと現れたからであろう。江戸座の俳人岡野知十翁はマーテルリンクの一詩劇を見て「白ばらの暗にも白き香気かな」といったハイカラな句をつくった由だが、ウェイリーの『初雪』英訳もそれと似た瀟洒な雰囲気を漂わせている。ウェイリーはいわば第一世代の東洋学者であったから、東アジアの文学を訳す時、自分の判断や自分の感受性を生かして大胆に振舞うこともできた。ウェイリーは自分の翻訳を原文と照しあわせて詮索するような閑人が後世あらわれようとは

予想していなかったのかもしれない。しかし専門分化が進んでその結果アメリカの日本学者や日本の比較文学者がつまらぬけちをつけるようになろうとも、ウェイリーの翻訳作品は英語の芸術作品としてなお永く尊ばれるにちがいない。シットウェルの讃辞を直接日本の能楽『初雪』の価値評価と取ってはならない。この現代イギリスの女流詩人の言葉はあくまで英語で書かれたウェイリーの言語芸術作品に対する讃辞であり、謝辞なのである。いまその言葉(5)をまた引いてこの稿の結びとしよう。

Really, Arthur, more and more—if such a thing were possible—do I feel what a miraculous art you have... To me, 'Hatsuyuki' is the most wonderful abstract beauty I know. Absolutely incredible. I *can't* dream how you do it. That is only an example.

註

（1）ウェイリーは『初雪』の原本として『能楽大辞典』のテクストに依拠した箇所もある。冒頭の〈I am a servant at the Nyoroku Shrine in the Great Temple of Izumo.〉とあるのは『能楽大辞典』版の「是は出雲の国の大社女六の宮に仕へ奉る夕霧と申す女にて候ふ」の「女六《をんなろく》の宮」を「女六《によろく》」と読んだ結果生じた訳文であろう。

（2）原詩ならびに英語の逐語訳は *The Penguin Book of Italian Verse*, p.51を参照。

（3）「空しくなり申して候」の条は、版によって鶏の死をさらに露骨に明しているものからぼかしているものまである。

「さても苦々《にがにが》しい事かな。この鳥は亡くなりて候が」（佐成『謡曲大観』）

「や、これはいかなこと、初雪が空しうなった。さてさて苦苦しいことかな」（野上『謡曲全集』）

「これはいかなこと、初雪が空しくなり申して候、急いでこのよしを……」（横道・表、日本古典文学大系『謡曲集』下、岩波書店）

なお佐成氏が頭注に引いている観世元禄二年本のテクストはウェイリーの翻訳原本の一つである芳賀・佐佐木『謡曲叢書』のテクスト――本文中にすでに引用――と同一である。鶏が行方不明になったという感じを与える版はこれだけだが、ウェイリーのいま一つの翻訳原本である大和田建樹『謡曲評釈』から詳しく引くと、(ウェイリーは夕霧の自問自答については明らかにこれによっている)

「……見ばやと思ひ候。此鳥空しくなりて候。さて是は何と申すべきぞ去りながら。申さでは叶ふまじく候ふ間。やがて申さうずるにて候。いかに申し上げ候。御寵愛の初雪空しくなりて候。シテ何と初雪が空しくなりたると申すか。是は誠か。誠に空しくなりたるはいかに……」

とあり、しかも頭註に「是は誠か　侍女にたしかめて後見に行かんとす」「誠に空しくなりたるは如何に　死したるを見とめて言ふ」とはっきり死という言葉が出ている。ウェイリーが鶏の死を知っていながら意図的にぼかしたことは間違いないと思う。

(4) Hubert Waley: Recollections of a Younger Brother in *Madly Singing in the Mountains, An Appreciation and Anthology of Arthur Waley,* edited by Ivan Morris, George Allen & Unwin Ltd.

(5) Letter from Edith Sitwell to Arthur Waley in *Madly Singing in the Mountains*, pp.96-7

なおシットウェルのこの評語の背景には彼女自身の abstract beauty の詩の美学があるとも考えられる。大久保直幹氏の御指摘によるのだが、シットウェルの A Girl's Song in Winter などの詩的世界には、音の美しさという点からも、またイメージという点からも、ウェイリーの「白い鳥」の世界に近いエレメントが多いように感じられる。

党員の掟
――ブレヒトの『谷行』翻案――

ブレヒトと能

私、ベルトルト・ブレヒトは、黒い森の出です。
私の母は、私が胎内《たいない》にいた時に、
私を町へ連れて来ました。あの森の冷たさは
私が死ぬまで私の内にひそむでしょう。

ブレヒトは『哀れなB・B』という詩の冒頭でこのように自分自身を紹介した。詩集『家庭用祈禱書』(一九二七年)におさめられたこの詩には、ヴィヨンなどのバラードの影響はあるのだろうが、時期からいって当時はまだ能の影響があったとは思われない。しかしこのような自己紹介の仕方には、ブレヒトが後年、謡曲英訳に接して自覚化した名ノリの手法に共通する言い廻しがすでに認められるようである。実際、ブレヒト劇に接すると、「私は党支部の書記です」(『処置』)、「私は教師です」(『イエスマン』)、といった冒頭の台詞にも日本の能の名ノリの手法が感じられる。謡曲に接した後では――後でふれるが――〈I am a teacher.〉というような、もっとも単純な文型にすら名ノリの形式は認められるのである。

もっともそのような表現技術の類似性から出発してブレヒト劇と能の親近性を捉えようとすると、それで

はどうしてもつかみきれないなにかが残る。ブレヒトと能という組合せはどこか奇妙で、なぜかちぐはぐなのだ。なにしろ片方はドイツの共産党系の前衛作家で、もう片方は日本の中世の芸能である。しかもブレヒトが飛びついた能が、日本人にも馴染《なじみ》の薄い『谷行《たにこう》』というのだから、この両者の取合せは珍妙な印象を与える。日本のドイツ文学者の側にしても、また能楽関係者の側にしても、いったいなぜ後にはスターリン平和賞まで受賞した（一九五五年）ドイツのマルクシストの劇作家が『谷行』などに関心を寄せたのか、その真意は解《げ》しかねる、というのが正直な気持であろう。

　もちろん数多いブレヒトの讃美者の中には、ブレヒトが遠く極東の演劇にまで興味を寄せ『谷行』を翻案して『イエスマン』を書いたその関心の幅の広さをブレヒトのインターナショナリズムのあらわれとして賞讃するにちがいない。しかしなぜ『谷行』と『イエスマン』が結びついたのか、その両者の間の親和力の働きがいったい何を意味するのか、その点を十分考え抜いた人はドイツにも日本にもまずいなかったのではあるまいか。（一）

　私はかねがね、西洋の詩劇と東洋の詩劇の文芸比較というか、相互照射による相互解明に関心を寄せてきた。そして読み比べてゆくうちに、ブレヒトが『谷行』を読んで「これだ」と膝を叩いて飛びついた心境――別の言葉でいうなら、ブレヒトが謡曲『谷行』のテーマに彼自身の自己表現の場を見いだした心境――がわかるような気がしはじめた。するとまことに意想外なことだが、『谷行』に含まれている思想と『イエスマン』に含まれている思想は、両者の時代的なへだたりや空間的なへだたりにもかかわらず、ある種の発想の型《パターン》として見る時、極度に似ている、といわざるを得なくなったのである。両者の類似性は、文献学的に論証してゆくなら、ほとんど数学の証明と同様な確かさでもって立証できる事柄なのである。では以下に、事実経過をたどりつつ、文章《テクスト》に即して、問題点を提示するようつとめたい。

　『三文オペラ』を書いてすでに名声を博していたベルトルト・ブレヒト（一八九八―一九五六）は、千九百二十年代の末——というのは、世界的大恐慌が起りヒトラーがやがてドイツの政権を握ろうとしていた時期だが——思想的には急速に共産党路線へ近づいていた。演劇的にはさまざまな実験を試みていたが、その視界の中へ日本の能もはいってきた。ブレヒトも彼の協力者のエリーザベト・ハウプトマンも日本語は読めなかった。また直接舞台で能を見たわけでもなかった。その二人が能へ近づいたのはアーサー・ウェイリーの能楽脚本英訳を通してのことだったのである。ブレヒトは彼自身英語は読めたけれども、自分に協力してくれる女性ハウプトマンに謡曲英訳の中から四曲ほどをドイツ語に訳させた。そしてそのドイツ語重訳『谷行』を基として、ブレヒトは彼自身の『イエスマン』や『ノーマン』を一九三〇年に書いた。（いま日本での習慣に従って *Jasager* や *Neinsager* をそれぞれ『イエスマン』『ノーマン』と訳しておく。正しくは、後で述べるように、『はい、と言う人』『いいえ、と言う人』の意味である。）その間の経緯は、Bertolt Brecht : *Der Jasager und Der Neinsager*（edition Suhrkamp）という一冊本に、

ウェイリーの英訳『谷行』
ハウプトマンのドイツ語重訳『谷行』
ブレヒトの『イエスマン』第一稿
ブレヒトの『イエスマン』第二稿
ブレヒトの『ノーマン』
討論議事録、その他

がまとめられているので、それを通読すると、ブレヒトの一連の作品の成立過程とブレヒトの心理の推移が鮮やかに見えてくる。

ところでこの一連のプロセスを通して、ブレヒトにとって重要であった出発点は英訳の『谷行』（ないしはそれのドイツ語重訳）であって、日本語の原典の『谷行』ではなかった。それだから私たちがここで注目

すべき対象もまず西洋語訳の『谷行』ということになる。とくにウェイリーの英訳『谷行』は、日本語の『谷行』にもまして強烈な読後感を与える、オリジナルとは別箇の作品と化しているので、原作とは別箇にそれ自体に即して考えなければならない。ブレヒトと『谷行』という意外な結びつきの中にこめられている意外な真実を明らかにするためには、この英訳 *Tanikō* が西洋人読者にどのような印象を与えたかを分析することがどうしても必要なのである。いまその印象を追体験するために、『谷行』をウェイリーの英訳を介して日本語へ重訳してみよう。（英訳本をお持ちの方には直接英文で読んでいただく。）謡曲の詞章がいったん西洋語を経由して母国語へ里帰りすると、またなんと素気《そつけ》ない現代国語になるのかと読者は奇異に思われるかもしれない。しかしここではその奇異な感じもまた注目すべき、分析の対象となる。なぜならそこにこそ『谷行』がブレヒトの共感を呼んだ秘密の一半がひそんでいるのだから。

ウェイリー訳の『谷行』

人物
教師
少年
少年の母
巡礼のリーダー
巡礼たち
コーラス

第一段

教師　私は教師です。都のある寺で学校を経営しています。私の受持に父親に死なれた生徒がひとりおります。その子の身よりといえば母親ばかりです。これからその家へ行って暇乞《いとまごい》をしてこようと思います。というのも私は近いうちに山へ旅に出るからです。（その家の戸をノックして）お邪魔にあがりました。

少年　どなたですか？　おやこれは、先生がおいでになりました。

教師　なぜ君はずっとお寺の授業へ出て来なかったのですか？

少年　母がずっと病気でしたので出られなかったのです。

教師　それは知りませんでした。私が来たことをすぐ母上に伝えてください。

少年（家の中へ声をかけて）お母さん、先生がお見えになりました。

母　こちらへはいっていただきなさい。

少年　どうぞこちらへおはいりください。

教師

久しく御無沙汰いたしました。息子さんのお話では御病気だったそうで。お具合はいかがですか？

母
いえ、たいした病気でもございません。お気におとめくださいますな。

教師
そううかがって安心いたしました。今日はお暇乞にうかがいました。近いうちに仕来《しきた》りの山登りへ出かけるものですから。

母
山登り？　ああ、そうでしたね。なにかたいへん危険な行事のようにうかがっておりました。先生はうちの子供も一緒に連れておいでですか？

教師
いえ、これは幼い子供が行けるような旅ではありません。

母
そうですか、――それでは無事にめでたくお帰りくださいませ。

教師
それではもう出発しなければなりません。

少年
ちょっと申したいことがあります。

教師
なんですか？

少年

私も先生と一緒に山登りへ加わりたいのです。

教師　いや、いや。いまもお母さんに話したように、この旅路は難儀で危険です。君が一緒に来るなどとても出来ない相談です。それに、お母さんの病気が良くない時、どうしてお母さんを残してゆけますか？　ここにとどまりなさい。どう考えても君が一緒に行くのは無理なことです。

少年　母が病気だからこそ御一緒に山へ登って母のために祈りたいのです。

教師　それならもう一度母上に話してみなければなりません。（彼は奥の部屋へ引返して。）また参りました、――実は息子さんがどうしても私たちと一緒に行きたいといわれます。あなたが御病気の時にあなたを残してはゆけまい、それに旅路は難儀で危険だ、と言って聞かせました。一緒に来るのはどうしても無理だ、とも言って聞かせました。しかし息子さんはあなたの御健康を祈るために是非とも行くと申されます。どういたしましょうか？

母　よく承りました。それは子供が言うこともっともかと存じますが、――子供は皆様方と御一緒に山へ行きたいのでございましょう。（息子に向い）しかしおまえのお父さんが私たちを残してお亡くなりになった日から、私のそばにはおまえひとりしかいなかったのだよ。露がかわくほどの時の間《ま》も、おまえを忘れたこともなければ、目の届かぬところへ置いたこともなかった。私がおまえを思う心をおまえも思っておくれ。そして思いとどまって私と一緒にいておくれ。

少年

それはみなお母様のおっしゃる通りですが…… しかしそれでも私の決意に変りはありません。私はこの難儀な山路をよじ登り、お母さまの現世《げんぜ》の御無事をお祈りしなければなりません。

コーラス

いくら言って聞かせても子供の決意に変りないことがわかった。
そこで先生も母ももろともに言った、
「ああ、なんという深い孝心、それには、
深い溜息が口をついて出る」
母は言った。
「もう力も尽きました、
どうしてもそうするというのなら、
先生と御一緒に行きなさい。
でも、はやく、はやく
無事にお帰りなさい」

少年

早く帰りたいと思う心を制して
明方《あけがた》彼は足を引いて山の方へと向っていった。

…………

第二段(2)

教師

ずいぶん急いで登ったので、私たちははや第一の小屋へ着いた。暫くここで休むとしよう。

リーダー

承知しました。

少年

ちょっと申したいことがあります。

教師

なんですか？

少年

どうも気分がよくありません。

教師

待て。そうした事はわれわれのような使命を帯びて旅に出た者が言ってはならぬことだ。君はきっと慣れぬ山登りで疲れたのだ。そこで横になって休むがいい。

リーダー

あの年若の少年は山登りで病気になったと言っている。それについて先生にたずねなければならぬ。

巡礼たち

そうしてくれ。

リーダー

この年若の少年は山登りで病気になったと聞きました。どうしたというのですか。少年のことで心配しておいでですか？

教師

気分がよくないらしいが、別に悪いところはない。ただ山登りで疲れたというだけだ。

リーダー

それではあなたは少年のことで御心配ではないのですね？

（間）

巡礼の一人

君たち巡礼の諸君、聞いてくれ。いましがた先生はこの少年は山登りで疲れただけだといわれたが、しかしいま見ると様子が非常におかしい。われわれはわれわれの固い掟《おきて》に従い、彼を谷底へ突き落すべきではないのか？

リーダー

そうだ、その通りだ。そう先生に言わねばならぬ。先生、先ほどこの子供についてあなたにおたずねした時、あなたはこの少年は山登りで疲れただけだといわれました。しかしいま見ると様子が非常におかしい。言うのも空恐しいことですが、昔から固い掟があって、落伍した者は谷底へ突き落すことになっています。巡礼者は全員この少年を谷底へ突き落すことを要求しています。

教師

なに、君たちはこの子を谷底へ突き落すことを要求するのか？

リーダー

われわれは要求します。

教師

それは権威ある掟だ。私はそむくわけにはいかない。しかしながらあの子のことを思うと心中に深い憐みが湧いてくる。この固い掟について私からやさしく言って聞かせるとしよう。

リーダー
是非左様お願いします。
教師
私の言うことを注意して聞きなさい。このような旅へ出て病気になった巡礼は誰であろうと谷底へ投げこまれ、たちまち命を失うというのが昔からの掟だ。もし私が君の身代りになれるなら、喜んで私が死ぬのだが。しかしいま君を助けてやることはできない。
少年
わかりました。この旅に出たからには命を失うかもしれぬことは覚悟の上でありました。
ただわたしのなつかしい
母を思うと、
母上の嘆きの木は
わたしゆえに涙の花で
花咲くにちがいありません、
それを思うと心が重うございます。
コーラス
それから巡礼たちは
この悲しい世の習いと
辛《つら》い定めに涙しながら、
その準備を整える。
足と足を揃えて

並んで立ちあがりみな
目をつぶって投げこんだ、
誰かがとくにその隣りより罪深いわけでもなかった。
そして後《あと》から土くれと
平たい石を投げこんだ。

これが謡曲『谷行《たにこう》』のウェイリーによる英訳の筆者による重訳である。日本語の固有名詞はウェイリーがみな消して普通名詞で置換えてあるから、彼の英訳はまるでイギリスの市民社会の日常生活の一齣のように始まる。

TEACHER.

I am a teacher. I keep a school at one of the temples in the City. I have a pupil whose father is dead; he has only his mother to look after him. Now I will go and say good-bye to them, for I am soon starting on a journey to the mountains. (*He knocks at the door of the house.*) May I come in?

受持教師の家庭訪問といったほのぼのとした雰囲気が、平明な、中学二、三年の英語教科書にでも出てきそうな、やさしい英語で書いてある。（その家の戸をノックして）などというウェイリーがつけ足したト書も、場面を日本の中世から今日の西洋へ移した、ホーム・ドラマといった雰囲気をかもし出している。淡々とした日常会話の進行であるから「近いうちに仕来《しきた》りの山登りへ出かけるものですから」という教師の挨拶も、それがなにか特殊な修行であるという深刻な感じを読者に与えない。危険といっても、せいぜいロック・クライミングに類した性質の危険しか読者の側には予感されない。そしてそのようなさりげない書き方で始めておきながら、その日常的な雰囲気が第二段の山中では突如として異常な雰囲気へ変化し、思いがけない終末へ向うところに、英訳『谷行』のクライマックスの盛りあがりが認められる。

ウェイリーが能楽脚本の英訳で固有名詞を普通名詞に置換えることが多かったのは、一つには普通名詞であれば英語圏の読者にも即座に理解される、という普遍性を意識してのことだった。たとえば「帥阿闍梨《そつのあじやり》」という固有名詞はSOTSU NO AJARIとローマ字書きにするよりも(3)A TEACHERという普通名詞に置換えた方が通じがよいのである。しかしそのような翻訳の技法が駆使されるうちに、私たち日本人が「帥阿闍梨《そつのあじやり》」という言葉から受けるおどろおどろしい感じも消え失せてしまった。実際、日本人が謡曲『谷行』のワキの名乗り、

　これは今熊野《いまぐまの》椰《なぎ》の木の坊に、帥《そつ》の阿闍梨《あじやり》と申す山伏にて候。さても某《それがし》弟子を一人持ちて候が、かの者の父空《むな》しくなり、母ばかりに添ひて候。又某《それがし》は近き間に峯入り仕《つかまつ》り候程に、暇乞《いとまごひ》の為に唯今出京《しゆつきやう》仕り候。

を聞く時は、この山伏は単なる教師ではない、ということを直観する。また峯入りというからには単なるハイキングやロック・クライミングでない、ということも承知する。もっともその程度の予感をもってしても、またあらかじめ峯入りは「難行捨身《なんぎやうしやしん》の行体《ぎやうたい》」と聞かされていても、それでも曲中では私たちの予想をはるかに越えた事件が起る。山伏たちが山中で口々に、少年の様子がおかしい、

「何とて大法の如く谷行に行ひ給ひ候はぬぞ」

われわれはわれわれの固い掟に従い、この病気になった少年を谷底へ突き落すべきではないのか？　そうだ、その通りだ。と言い出し、言い張る時、その山伏たちの冷酷無残な態度に私たちは強い、無気味な感銘

を受けるのである。

ウェイリーは解説で『谷行』と（後でふれる）『生贄』は the ruthless exactions of religion を扱ったものだ、と述べた。能作者のつもりではそうではなかったのであろう。だが近代の読者の目にはいかにも「宗教の仮借ない要求」と映ずる。そしてそのような谷行の掟の仮借なさを浮彫りにするためには、前半部の時代的雰囲気や地方色や宗教性はできるだけ消して、その前半部をさりげない daily conversation で始めた方が、そしてその日常会話が平凡であればあるほど、後半のクライマックスの非凡さや非日常性が荒々しく浮彫りされるのである。ウェイリーの訳文は、意図してかせずしてか、その種の対照の効果を生み出して、ものの見事な幕切れとなっている。（なお原作には第二段の後半に少年が蘇生して復活する場面があるのだが、ウェイリーは翻訳にうまく乗らない、という口実の下にカットしている。）

日常語の会話でさりげなく始まりながら、思いもかけず石子詰《いしこづ》めと呼ばれる谷行の刑で終るとなると、読者は背筋に冷んやりとしたものを覚える。その種の刑だか迫害だかが、私たちの日常生活にも、今日の日本にも、明日の東京にも、起るかもしれない、という無気味な感じもしのびよる。

〈I have something to say.〉

という少年の言葉が、第一段でも第二段でも筋の展開の上での転回点となっているが、

「いかに申すべき事の候」

という言葉とともに、私たちがかすかに予感していた、言ってはならないことが言われてしまうのである。

「ちょっと申したいことがあります」

世阿弥の『生贄』

ところでこの口にするのも憚られるタブーに似た大法の掟の恐ろしさを感じさせる謡曲に、世阿弥の作と

いわれる『生贄』がある。ウェイリーはこれも『谷行』と二つ並べて訳しているので、番外の作品（廃曲）だが、ここにあわせて紹介しよう。

都に住居《すまい》していた男は、どのような宿縁からか、次第に生活がしづらくなり、東《あずま》の方の知人をたのみに、妻子を伴い、東の奥へと急ぐ。その旅の途中のことだが宿に着いて（ウェイリー流に翻案すると、ドアをノックして）、

旅の者

旅の者にて候。宿を御かし候へ。

宿主

宿と仰せ候か。此方《こなた》へ御入り候へ。如何に申し候。旅人は何処《いづこ》より御下り候ぞ。

旅の者

是は都より人を頼みて東《あづま》へ下り候。

宿主

あらいたはしや候。又ひそかに申すべき事の候。今夜此の宿《しゆく》に御泊《おんとま》り候人は、明日《みやうにち》、御《み》池の贄《にへ》の御鬮《みくじ》に御出でなくては叶はぬ事にて候間、御痛はしく存じ此様《かやう》に申し候。夜《よ》の中《うち》に此の宿を御通り候へ。是は我等が内証にて申し候ぞ。

旅の者

あら嬉しや候。さらば急いで罷り立ち候べし。

このように宿の主人は「くじ」が行なわれることを親切に教えてくれたが、しかし神主は宿に旅人が三人

寄ったことを聞きつけて、召使に急いでひきとめるように命じる。旅人は何で自分をひきとめるのかとさからうが、召使は、知らないのも無理はないが、ここでは毎年御生贄《みいけにえ》の御神事《ごしんじ》があり、今日がそれに当るから一緒に立ちあえ、「御神事に御あひ候へ」とくじに参加することを強要する。旅人は、それはその土地に住みなれた氏子がすることで、行方も知らぬ旅人がたまたま泊りあわせたからといって御神事にあうのは心得がたい、といいはるが、神主とその手下の召使は、

神主の召使
　いや〳〵如何に仰せ候共叶《かな》ひ候まじ
神主
　のう〳〵暫く、実《げ》にも此の子細御存知《ごぜんじ》候まじ。よく〳〵御聞き候へ。昔よりこの方〔この〕宿《しゆく》に、今夜泊りたる旅人は、何れも〳〵今日の生贄《いけにへ》の御神事に御あひ候ぞとよ。急いで御帰りあつてそと御神事に御あひ候ひて、目出たうやがて御通り候へ。
旅の者
　委細承り候。こなたも申し候如く、其の処の神事《しんじ》などと申す事は、其の生れか郷内《がうない》の人などこそ執《と》り行ふべけれ。いづくともなき旅の者の、此の生贄の御神事にあふべき事心得難く候。
神主
　扨《さて》こそ大法とは申し候へ。
旅の者
　実《げ》に〳〵尤もにて御座候へ共、平《ひら》に公の私を以て、我等が事をば御免あらうずるにて候。
神主

扨《さて》は昔よりの大法を、貴方一人《きはういちにん》として御破《おんやぶ》り候な。

旅人はそこで身上を打明け、窮状を訴え、東《あずま》の方に知る人がいるのを頼みに親子三人下る途中だから「平に通して給はり候へ」と懇願するが、神主は法を枉《ま》げようとしない。

神主

げに〳〵歎き給ふは理《ことわり》なれども、昔より今に至るまで、親をとられ子を取られ、妻や夫の別れをする者其の数を知らず、よく〳〵前世《ぜんぜ》の事とおぼしめし、御生贄《みいけにへ》に出でさせ給へとて、神主《かんぬし》宮人進むれば、

母姫二人

如何はせんと母や姫は、父の袂《たもと》にすがりつけば、

旅の者

父もいひやる方もなく、只茫然とあきれ居たり。

神主

かく休《やす》らひて叶ふまじと、三人が中を押《お》し分けて、

神主の召使

共に追つ立て行く有様……

そのようにして無理強いに、呵責にあう罪人のように、白露の消ゆるばかりの心で、屠所《としょ》に赴く羊のように御池に着く。生贄の御鬮《みくじ》は一つだが、もしかして自分にあたるのではあるまいかと思う人数《ひとかず》は数百人、「胸を抱き手を握り、色を失ひ、肝を消す。」

神主はやがて立ちあがり、鬮の箱の蓋をあけ、全員に取らせて数を確める。自分が当らなかったとわかった人は大喜びではしゃいでいるが「旅人《りょじん》の娘取りあたり、伏しまろびてぞ泣き居たる、〳〵。」親子三人の嘆きの情景が続き、娘は健気にも、

娘

のうさのみな御歎《おんなげ》き候ひそ。此の鬮を母や父御《ちちご》の取り給はば、自らは何となるべき。去りながら唯今別れ参らすべき。御名残こそ惜しう候へ。

と挨拶し、やがて神主にせき立てられ、御幣をかざった舟の五重の粗籠《あらご》の上に据え置かれて沖をさして行く。ウェイリーはこの『生贄』の英訳に際しても、訳筆をここで止め、後段の後半の娘が生きて返る霊験譚の部分はカットした。それはその後半部分が前半部分ほどうまく英訳に乗らないからだとウェイリーは釈明しているが、はたしてそれだけの理由だろうか。英訳にうまく乗らない、というウェイリーの説明の意味は狭義の翻訳技術にかかわることではないらしい。全曲を訳出したのでは文芸作品としてかえって興が薄れる。『谷行』も『生贄』も原作の後段の後半をカットした方が主題の印象が鮮明にやきつけられる、という彼の美学的判断に基づく省略であるらしい。(4) それではウェイリーの判断の背後にある文芸美学の特性とはいったい何なのか。その特性を――奇妙な脱線をすると読者はお考えになるであろうが――現代アメリカの一ミステリー小説を読むことによって解き明かしてみよう。

ジャクスンの『くじ』

アメリカの女流作家シャーリー・ジャクスン(一九一九―一九六五)が一九四九年に出した短編に『くじ』

The Lottery（『くじ』ならびに『こちらへいらっしゃい』、早川書房、所収）というミステリーがある。それは次のような二十世紀中期のアメリカのごく普通な一村落の描写で始まる。いま深町真理子氏の訳文から引用させていただく。

六月二十七日の朝はからりと晴れて、真夏のさわやかな日ざしと暖かさにみちていた。花は一面に咲きみだれ、草は燃えたつみどりに輝いていた。十時ちかくなると、村人たちは、郵便局と銀行のあいだの広場に集まりはじめた。その行事はこの村では、ものの二時間とかからなかった。……

最初に集まってくるのは、もちろん子供たちだった。学校はついこのあいだから夏休みにはいったばかりで、まだ多くの子供たちに、その開放感がしっくりなじんでいないようだった。事実、そうして集まってきても、すぐさまわっと騒々しい遊びに散っていく子供はすくなく、しばらくは静かにかたまって立ち話をするといったふうだった。その話題も、いまだにクラスのことや先生のこと、本のこと、さらには学校で受けた罰のことなどに限られていた。そんな中でボビー・マーティンは、もうポケットを小石でふくらませていた。しばらくすると他の少年たちも彼を見ならって、できるだけすべした、できるだけ丸い石を選んではポケットに詰めこみはじめた。……

まもなく、男たちも、それぞれ自分の子供たちに目を光らせながら、植付けや雨や、トラクターや税金のことなどを話し話し集まってきた。彼らは、石ころの山から遠く離れた一隅にかたまった。ときおり冗談も出はしたが、あまり騒々しい声はたてず、聞く方も笑うというよりむしろ微笑む程度だった。……

このくじ引きの行事は、スクエア・ダンスやティーン・エイジ・クラブの催し、あるいは万聖節の行事などとおなじく、公民活動にささげる暇と精力を兼ね備えたサマーズ氏によってとりしきられていた。彼が黒い木箱を持って広場に到着すると、村人たちのあいだからいっせいにざわめきが洩れた。……

初代のくじ引き道具はとうの昔に失われてしまっていたが、いま丸椅子の上にのっている黒い箱も、村の最年長者であるワーナーの爺さまでさえまだ生れていなかったころから使われているものだった。サマーズ氏は、折にふれ村人たちに、新しい箱を作ってはどうかと持ちかけていたのだが、その黒い箱で代表される程度の習慣《ならわし》すら、だれもがくつがえしたがらないのだった。毎年くじ引きが終ると、サマーズ氏はきまって新しい箱のことを口にしてみる。だが、毎年その問題はけっきょく手をつけられず、いつしかうやむやのままに消えていく。……

サマーズ氏がくじ引きの開始を宣言するまでには、ご念のいった手続きがまだいろいろとあった。くじ引きをつかさどる幹事役たるサマーズ氏の、しかるべき宣誓の式が郵便局長の手で行なわれる。……

サマーズ氏がようやく独演を終え、村人たちの方へ向き直ろうとしたとき、ハッチンスン夫人がセーターを肩にひっかけ、急ぎ足に広場へやってきて、群衆のうしろにすべりこんだ。「今日がなんの日だかってことを、わたしすっかり忘れてたわ」と、彼女は隣りにいたドラクロワ夫人にいった。二人は顔を見合わせてひそやかにわらった。「いえね、うちの人はまた薪でも積みに出て行ったのかと思ってたんだよ」

サマーズ氏がひとつ咳ばらいして手にした名簿に目を落すと、群衆は急に水を打ったように静まりかえった。

「みんな用意はいいか?」

こうしてくじ引きが始まった。アダムズ、アレン、アンダスン……とABC順に進行してゆく。みんなが引き終るまでくじの紙は開かずにたたんだまま手に持っている。アダムズ氏が「北の村では、くじ引きはやめにしよう、という話が出ている」といったが、ワーナーの爺さまは鼻を鳴らした、「阿呆どもの集りよ、そりゃ。わしら代々こういいならわしてきたんじゃ、『六月にゃくじ引き、とうもろこしゃ実る。』それをやめて見い、わしらあみんなはこべとどんぐりの粥に逆もどりじゃて。くじはな、いつだってあったんじゃ」

長い、息づまるようなひとときが過ぎ、開票が行なわれた。そしてハッチンスン夫人テシーが握っていた紙に黒い点があった。当りくじの印であった。群衆の中に、ざわざわと動揺が起こった。

「よろしい、みなの衆」とサマーズ氏がいった。「早いとこ片づけてしまおう」

すでにこの儀式の大部分を忘れ果て、初代のくじ箱も失ってしまったにもかかわらず、村人たちは、石を使うことだけはいまだに憶えていた。ドラクロワ夫人は、両手でなければ持ち上げられないほど大きな石をえらび、ダンバー夫人の方をふりかえった。

「さあ」

子供たちはすでに石を握っていた。そして、ちいちゃなデーヴィ・ハッチンスンの手にも、だれかがいくつかの小石を握らせた。

テシー・ハッチンスンのまわりに空地ができ、彼女はその空地の中央に立っていた。村人たちがじりじりと近づいてくると、彼女はその方へ絶望的に手を差しのべた。

「こんなの公平じゃない」

石がひとつ、頭の横に当った。ワーナーの爺さんが叫んだ。

「さあやれ、さあやれ、みんな」

アダムズは、グレーヴズ夫人とともに村人の先頭に立っていた。

「こんなの公平じゃない、こんなのインチキだ！」

ハッチンスン夫人は金切声で叫んだ。村人たちがどっと襲いかかった。

"It isn't fair, it isn't right," Mrs. Hutchinson screamed, and then they were upon her.

これが『くじ』の幕切れだった。『谷行』や『生贄』の主人公が甘んじて死を受けたのと違って、このアメリカ女は金切声を発しつつ殺された。そうした差違はあるが、日常性の中から突如として意想外な残酷さが表面化するという点で、『くじ』と『谷行』(少なくともその英訳)は同一の型《パターン》に属する。訳者深町氏は『くじ』を次のように解説している。

『くじ』のみならず、ジャクスンの短篇に共通していることは、この作者が、人間性のもつ底深い暗黒面をえぐりだすことに、なみなみならぬ手腕を有していることである。平凡な人びとの日常茶飯事的行動ないしは会話を通じて、われわれの意識の深層に隠された意外な残酷さ、異様さ、そしてさらに、その残酷さを愉しむがごとき心理を、女流作家らしいきわめてデリケートな筆致で浮き彫りしてゆき、最後に突然の一撃で、それまでつくりあげてきた完全に現実的な雰囲気を一挙に打ちこわす、この巧みさはおよそ他の追随を許さぬものがある。『くじ』において、読者は、この村人たちがなにを目的に毎年くじ引きを行ない、おなじ村人の一人を石で打ち殺さねばならないのか、まったく知らされていない。開拓時代における人口制限の名残りかも知れないし、収穫の神に捧げる生贄であるかも知れない。だが、問題はじつはそこにはない。最大の問題は、現代の、さまで無知とも思われぬ村人たちが、そのような初期の目的を完全に忘れながら、なお慣習に従って毎年それを行ない、しかもそれを愉しんでいるという点にある。篇中において、他処の村ではそれを廃止しようとする動きがある旨の発言を行ない、わずかにこれに疑問を投げかけるかに見えた人物が、最後には、石を投げる集団の先頭に立っている、この恐ろしさは筆舌に尽しがたい。

『谷行』の同行の山伏たちも実際には少年を刑に処することにサディスティックな愉しみを覚えていたのかもしれない。だがしかしそれは謡曲の作者には意識されていなかったことであろう。しかし過去においては意識されていなかったにせよ、今日の読者にとっては、ウェイリーによって翻訳された『谷行』も、ジャクスンの短篇と同様、恐怖小説に似た作品としてアッピールしていることが、おかしな廻り道だが『くじ』を読むことによって、はっきり自覚される。ウェイリーが『谷行』の第二段の後半を適宜カットし、訳語を適宜選択した際、彼が意識してかせずしてか従っていた美学は、いかにも奇妙な一致だが、ある種のミステリー小説に見られる美学だったのである。ウェイリーはアングロ・サクソン風の恐怖小説の特色である「前半部の日常性と結末の意外性のコントラスト」という芸術秩序に従って『谷行』を翻案した……世阿弥や禅竹の謡曲にはミステリー文学の要素もある、などと筆者がいいだせば、真面目な中世日本文学の研究者は顰蹙《ひんしゆく》するにちがいない。第一、世阿弥や禅竹自身にはそのような意識はおよそなかったであろう。しかし当人も知らなかったけれども、ウェイリーの訳筆にかかると、世阿弥や禅竹らの中に秘められていたミステリー作家の要素が表面へあらわに引き出されたのである。もっとも計算づくめのジャクスンと違って、謡曲作者は自覚的にミステリーを書こうとしたわけではなかった。そして実はそのように作者自身が無自覚であったからこそ、『谷行』の大法の掟は『くじ』の掟よりもなおいっそう強く、抗《あらが》いがたい呪縛力をもって人々に迫るのであるが。

ブレヒトの『イエスマン』

『谷行』にしても『生贄』にしても、英訳で読むと日本版の『くじ』という趣きがあって、近代の読者をたじろがせる。ところがその『谷行』のテーマに自分自身のテーマを繰りこめる可能性を認めて、それに飛びついたドイツ人がいた。ブレヒトである。一九三〇年、ブレヒトは独訳『谷行』を基に『イエスマン』の第一稿を作った。それは翻案といってもブレヒトが加筆した個所はきわめて少ない。しかしその僅かな加筆というかひねり具合によって、いかにも共産党路線に忠実に従おうとしたブレヒトらしい教宣用の作品に作り換えてある。いまその修正点を拾ってみよう。

ブレヒトは「科学的社会主義」を奉ずる一派の人らしく、宗教的な『谷行』の峯入りの修行の旅を、研究の旅に変えた。作中の少年は母の病気の快癒を祈るためではなく、山の向うの町に住む偉大な教師たちから薬と処方箋を受取るために危険な旅へ参加することとなっている。少年が旅行への参加を切望するので教師が母親に諾否を問う条りから先の訳文を掲げるが、母親が子供を育てた苦労を訴える条りに原作にはなかったプロレタリア文学らしい新味がのぞけて見える。(それまでの導入部は『谷行』の独訳とほぼまったく同じである。)

教師
……しかし息子さんはあなたの御健康のために山の向うの町から薬と処方とをもらって来たいから是非とも行くと申されます。

母
よく承りました。それは子供が言うことももっともかと存じますが、――子供は皆様方と御一緒に危い旅行へ行きたいのでございましょう。おまえ、ここへおいで。
おまえのお父さんが私たちを残して
お亡くなりになった日から、
私のそばには

おまえひとりしかいなかったのだよ。
おまえの御飯を作り
おまえの服を仕立て
おまえの金を稼ぐために
使ったような時のほかは、
おまえを忘れたこともなければ、
目の届かぬところへ置いたこともなかった。

少年
それはみなお母様のおっしゃる通りですが……　しかしそれでも私の決意に変りはありません。

少年、母、教師
私は（この子は）この危い旅へ出、
あなたの（私の、母上の）病気のために
山の向うの町から
薬と処方とをもらって来ます。

大コーラス
いくら言っても聞かせても
子供の決意に変りないことがわかった。
そこで先生も母も
もろともに言った、

教師、母

ああ、なんという深い納得！
多くの人は間違ったことを納得してきた、しかしこの子は
病気に納得せずに、
病気は治るものと了解している。
大コーラス
母は言った、
母
もう力も尽きました、
どうしてもそうするというのなら、
先生と御一緒に行きなさい。
でも、はやく、はやく
無事にお帰りなさい。

ここでブレヒトの『イエスマン』の第一段は終り、第二段の山中へ移る。そこで少年が「ちょっと申したいことがあります」と言い出す条りは英訳『谷行』とまったく同一で、

少年
どうも気分がよくありません。
教師
待て。そうした事はわれわれのような使命を帯びて旅に出た者が言ってはならぬことだ。君はきっと慣れ

ぬ山登りで疲れたのだ。そこで横になって休むがいい。

がそのまま使われている。そして同行者に問いつめられた教師が「気分がよくないらしいが、別に悪いところはない。ただ山登りで疲れたというだけだ」と答えるところも、同行者が教師に対して、意地悪な底意を秘めたともとれる、「それではあなたは少年のことで御心配はないのですね？」とさらに畳みかけて問いただすあたりも、まったく同一である。

しかしその後で引続き展開される同行の三人の学生や教師の会話、また少年の「はい」と言う答にはこの作品に仮託された共産党員の倫理と論理というべきものの展開が見られる。学生たちは、冷酷なまでに、使命遂行に熱心である。ブレヒト劇『イエスマン』の新展開を見てみよう。

（長い間）

三人の学生（たがいの間で）
君ら聞いたか？　いましがた先生は
この少年は山登りで疲れただけだといわれた。
しかしいま見ると様子が非常におかしくないか？
ちょうど小屋の後ろから道がせまくなる。
両手で岩壁につかまってそれでようやく
行けるような小道だ。
誰もかついでゆくわけにはいかない。
われわれはそれでは固い掟に従い、彼を

谷底へ突き落すべきなのか？
（三人の学生は両手をラッパのように口の前にあてて大声で呼ぶ）
おまえは山登りで病気になったか？
少年
いいえ。
ほら御覧の通り、ぼくはしゃんと立っています。
もし病気だったら、
立ってなんかいられるはずはないでしょう？
（間）
（少年は腰をおろす）
三人の学生
われわれは先生に言わねばならぬ。先生、先ほどこの子供についてあなたにおたずねした時、あなたはこの少年は山登りで疲れただけだといわれました。しかしいま見ると様子が非常におかしい。それに腰をおろした。言うのも空恐しいことですが、昔から固い掟があって、落伍した者は谷底へ突き落すことになっています。
教師
なに、君たちはこの子を谷底へ突き落すことを要求するのか？
三人の学生
われわれは要求します。
教師

それは権威ある掟だ。私はそむくわけにはいかない。しかしその権威ある掟にはまた次のようにも規定してある。病気になった者は、みんなが彼ゆえに引返すべきか否か、意見を求められる、というのだ。あの子のことを思うと心中に深い憐みが湧いてくる。この固い掟について私からよく言って聞かせるとしよう。

三人の学生

　是非左様お願いします。

（かれらはたがいに顔と顔を見あわせる。）

三人の学生、大コーラス

　われわれは彼にたずねたい、みんなが
　彼ゆえに引返すことを彼が望むか否かを。
　だがたとい彼が望んだとしても、
　われわれは引返そうとは思わない
　彼を谷底へ突き落してしまいたい。

教師

　私の言うことを注意して聞きなさい。このような旅へ出て病気になった者は誰であろうと谷底へ投げこまれ、たちまち命を失うというのが昔からの掟だ。しかしその掟にはまた次のようにも規定してある。病気になった者にたいして、みんなが彼ゆえに引返すべきか否か、意見を聞くという定めだ。しかし掟にはまたこうも規定してある。病気になった者は「諸君は引返すべきではない」と答えるという定めだ。もし私が君の身代りになれるなら、喜んで私が死ぬのだが。

少年

　わかりました。

教師
　みんながおまえゆえに引返すべきだとおまえは望むか？
少年
　諸君は引返すべきではない。
教師
　それではおまえは望むか、みんなの身に起ることがおまえの身にも起ることを？
少年
　はい。
教師
　みんなここへ降りて来い。掟の通り少年は答えた。
大コーラス、三人の学生
　彼は「はい」と答えた。
三人の学生
　おまえの頭をわれわれの腕にもたせかけろ。
　力を入れるな。
　ていねいにわれわれはおまえを運ぶ。
少年
　この旅に出たからには
　命を失うかもしれぬことは覚悟の上でありました。
　ただわたしは母を思うの情に誘われて

この旅へ出たのです。
この瓶《かめ》を取ってください
それにいっぱい薬を入れて
お帰りの折には
母へお届け願います。

大コーラス
それから友だちは瓶《かめ》を取った
そしてこの悲しい世の習いと
辛《つら》い定めに涙しながら
少年を谷底へ投げこんだ。
足と足を揃えて崖のふちに
並んで立ちあがりみな
目をつぶって投げこんだ、
誰かがとくにその隣りより罪深いわけでもなかった。
そして後《あと》から土くれと
平たい石を
投げこんだ。

ブレヒトが「学校用オペラ」と呼んだこのような「党員の掟」を教宣するための教育劇を書いた事情につ
いてここで簡単にふれておこう。一九二九年から三〇年当時の三十二歳前後のブレヒトの念頭にあった問題は何なのだったか。岩淵達治氏は『ブレヒト教育劇集』（千田是也・岩淵達治訳、未来社）の後に「ブレヒトの教育劇について」という解説を寄せて次のように書いている。すなわち、

ブレヒトが、社会を変革するという前向きの姿勢をはっきりと自覚し、意識的に参加を試みたとき、その努力がまず仮借ないほどに自己の恣意を抑制するという形で表れたことは容易に理解される。したがって挑発者から教育者、啓蒙家へと大きな変貌を遂げつつあったこの時期の証言として、一連の教育劇と呼ばれる試みが大きくクローズ・アップされてくる。無類の自らに課したほとんど禁欲的ともいえる態度、性急で求心的な追求を通じて、当時のブレヒトにとってすべてであった個人と共同体（党）の問題、いかにして個を克服してすべてに党律を優先させるべきか、という了解の問題が端的に論じられた。この際若いブレヒトにとって、個性の克服が関心事であったことは当然であり、しばしば厳格すぎると思われるほどの明確さで、了解の解答が提出されている。

ブレヒトはその了解という問題について、『イエスマン』を書く前の一九二八年から二九年にかけても『折りあうことについてのバーデンの教育劇』を書いている。墜落した飛行機の操縦士――その操縦士だけがサン・テグジュペリーの作品に出てくるような英雄的な飛行士と呼べるのかもしれない――は、自分が死ぬという運命にあくまで納得しようとしない。彼は個人の栄光を信じ、生きるだけ生きようとする。それに対して他の三人の機関士たちは歴史の必然の流れを承認し、不可避的な死の到来を了解する。そしてそのように死を了解したことによって死んでも死に打ち克てることができた、と告げられる。

そのような作品であるいは「了解」あるいは「納得」またあるいは「折りあうこと」と訳された言葉は、もとはいずれもドイツ語の Einverständnis であるが（英語の consent、フランス語の accord ないしは

intelligence）、この言葉はもともと神学の用語のコンセンスのドイツ語訳の由である。ブレヒトが「了解」の問題に示した関心は、ブレヒト劇の仏訳者プフリンメル教授がいうように「今日の読者にとってはただただ面喰うばかりの抽象論議」であるのかもしれない。しかしブレヒトには、先に岩淵氏が指摘したような「共産党員としての教理問答《カテキズム》」の問題意識が念頭にあったから、それで英訳『谷行』に飛びついた。そして『谷行』を一ひねりして『イエスマン』を書いた時にも、その「納得」や「了解」の問題をやはり前面へ押し出したのである。それだから少年が「山の向うの町から薬と処方をもらって来よう」と健気にいう時、教師や母がその志を褒める——しかし日本語に直訳するとどうも前後としっくりしない——

ああ、なんという深い納得！
多くの人は間違ったことを納得してきた、しかしこの子は
病気に納得せずに、
病気は治るものと了解している。

という合唱がはいったのである。そして作品の冒頭にも、英訳『谷行』にはもちろん無かった、次のような大コーラスがつけ加えられているのである。

大コーラス
まずなによりも習うことが大切なのは納得だ
多くの人は「はい」というが、別に納得しているわけではない
多くの人は意見を求められもしないし、また多くの人は

間違ったことを納得してきた。それだから、
まずなによりも習うことが大切なのは納得だ。

Wichtig zu lernen vor allem ist Einverständnis
Viele sagen ja, und doch ist da kein Einverständnis
……

一休と『谷行』

ところで読者はブレヒトの主張を十分に了解し、完全に納得されたであろうか。読者自身はたして作中の少年のごとく甘んじて死ねるであろうか。いやブレヒト自身、少年と同じ立場に立たされた時、谷底へ投げこまれ、上から土くれや平たい石を投げこまれ、殺されることに耐え得たであろうか。それとも読者はこのような「掟」に象徴される「党の鉄の規律」への服従の主張や、「惜しみなき献身」の道徳の強調に、なにかおどろおどろしい、不吉なものを感じられたであろうか。

今日の日本では、戦時中の日本と違って、個を滅《めつ》して全体のために奉仕する、という発想はあまり受けないようである。『谷行』では掟に従うことは少年の信心のあらわれであるから、共感はできないにせよ、まだしも理由はわかる。能脚本としての筋にもそれなりの整合性はある。しかし近代劇の『イエスマン』で、病気で落伍しそうになった少年がいったいなぜ谷底へ投げこまれ、石や土くれの下に埋まり石子詰めの刑にあって殺されねばならないのか。またそうした極刑にあうとわかっていながら、なぜ本人が唯々諾々として「はい」というのか。「その理由が解《げ》せない」「馬鹿々々しい」「ノンセンス」「修身教科書東独版」といった感想が筆者の演習に参加した日本人学生たちの率直な反応であった。

もちろん見方はさまざまであるから、本稿の読者の中にもブレヒトの立場を支持する人もいるだろう。党の規律をあらためて強調する人もいるにちがいない。その上、政治的・党派的見地や反ブルジョワ・反体制の気分的見地をも含めるならば、さらにさまざまな評価を下し得るはずである。しかし私がここで日本人の一文学研究者として主張したい点は、私たち日本人はこの『イエスマン』評価の問題については、おそらくドイツの学者以上に客観的な判断を下せる立場にたっている、ということである。というのは『イエスマン』が提起した問題を『イエスマン』の原曲である『谷行』の問題と比較考察できるからだ。ちょうど前章で『神曲』の詩の特性を謡曲の詩の特性に照して分析したように、この章では現代ドイツの「進歩的」な教育劇の実体を日本の中世の「封建的」な宗教劇の諸特性との対照裡に比較考察してみよう。

謡曲『谷行』は、江戸初期の『二百十番謡目録』には金春禅竹《こんぱるぜんちく》の作とあるが、作品に仏法的な色彩が強いから禅竹とされた程度で、作者はやはり不明というべきであろう。二段劇能であって、第一段は京都の少年の家、第二段は大和国の葛城《かづらき》山中である。ここでウェイリーの英訳に示されていなかった地名や人名の固有名詞を紹介すると、

前ワキ　帥阿闍梨《そつのあじゃり》
前子方　松若
前シテ　松若の母
後ワキ　帥阿闍梨
重ワキツレ　小先達
ワキツレ　同行山伏（二、三人）
後子方　松若

後シテ　伎楽鬼神

ということになる。「小先達」はウェイリー訳では「巡礼のリーダー」となっており、「同行山伏」はウェイリー訳では「巡礼《ピルグリム》」に、ブレヒト劇では「三人の学生」となった。後シテの伎楽鬼神が英訳以下に出てこなかったのは、英訳者が後段の後半をカットしたからで、全曲の筋は次の通りである。いま『謡曲大観』の佐成謙太郎氏による梗概を引用させていただく。

京都今熊野《いまぐまの》の山伏帥阿闍梨《そつのあじやり》に松若《まつわか》といふ一人の幼い弟子があつた。阿闍梨は近いうちに峯入をするについて、松若の私宅へ暇乞に行くと、折から母が少し風邪の気味であつたが、松若は母の現世祈禱の為に峯入の人数に加はりたいと願ひ出で、遂に許されることとなつた。やがて松若は師匠に伴はれて、小先達・同行山伏とともに葛城《かづらき》山の麓まで来たところ、馴れぬ旅の疲れで風邪をひいた。山伏道の大法によれば峯入の途中病に罹つたものは、谷行といつて生埋めにせられなければならない。帥阿闍梨は暫く松若の病を隠してゐたが、同行山伏に見顕されて、松若は遂に谷行に処せられた。阿闍梨は悲しんで、こゝを立去らうとしない。それで同行山伏もその心中を察して、わが行徳を以て松若を再び蘇生させようと祈つた。すると、役行者《えんのぎやうじや》が松若の孝心に感じて、伎楽鬼神に命じて、松若を土中から掘り出して蘇生せしめた。

ウェイリーは英訳へのまえがきで「『谷行』は宗教の仮借ない要求を扱ったものである」と述べている。客観的に見るならば、というか、今日の読者の感覚からいえば、惨忍な谷行の処刑はたしかに ruthless exactions of religion といえるだろう。西洋人が英訳『谷行』から受ける印象は、深沢七郎氏の『楢山節考』の翻訳から受けるのと同質のセンセーションにちがいない。R・タイラー氏はそうした印象を the barbaric quality of the climax と新訳の解説で呼んだ。そしてその「クライマックスに見られる野蛮な特質」という評が『谷行』にも、また現代のアメリカ作家ジャクスンの『くじ』にも当てはまることはすでに指摘した。しかし『谷行』の原作者の意図が、主観的には、「宗教の仮借ない要求」を描くためでなかったことは明らかだろう。作中の母子という人間関係から見れば、これは孝子物語である。師弟という関係から見れば、これは師弟愛物語である。そして近代人のように迷信とか陋習とか思わず、修験道の大法を頭から信じその掟に従ったからこそ谷行も行なわれ得たので、そうした信念を共有する人々から見れば、これは宗教的美談なのである。死んで復活するというテーマにキリスト受難劇を連想する人もいるだろう。戸井田道三氏は『能――神と乞食の芸術――』(せりか書房)七九ページで次のような説を述べている。

大峰山周辺の村々では十五歳になった男子を先達がつれて大峰山に登り、西ののぞき、東ののぞきなどという断崖のうえで、先達が足をおさえて半身をのり出させ、人としての道義を誓わせる習慣があるが、以前は兵隊検査まえに一度はのぼらねばならぬ山というのがあちこちにあった。これは村の若者を山ごもりさせて男にするという古い信仰にもとづくと民俗学では説明している。

注意しなければならないのは長崎の「しめ殺す」などといって一時、気絶させる試練で、これは再生の意をこめていたのである。

キリ能に『谷行』というのがある。少年の死と再生をあつかった能である。難行捨身の行に病者が出れば、それを谷行といって石子詰めにして殺してしまうのが大法であった。……一同が祈ると伎楽鬼神があらわれて松若をおおっていた土や石塊をはらいのけて蘇生させる。

ちょうど、これは若者組へはいる試練で殺す作法をするのと同じである。少年として死んで若者として生まれてくるのである。いくら山伏修験の行法がきびしくとも、じっさいに人間を生き埋めにしたはずがない。一種の作法が死と再生の意義を担っていたのであろう。それを殺すと伝えていたのかと思う。もともと山伏修験そのものが、若者の山入り習俗からの変化といわれている。

戸井田氏の解釈は若者組の作法から谷行の起源を説明して興味深いが、しかし謡曲『谷行』が上演された室町時代、役者も観客も谷行の民俗学的な起源に思いをいたしていたとも思われない。それに修験者の中には、湯殿山に数体遺る近世山伏の「一世行人」のミイラからも察せられるように、土中往生を本願とした山伏も実際にいたのである。

ところで謡曲『谷行』については室町時代の一観客の感想が残されている。それは禅竹の師ともいわれた一休の漢詩で、「山伏峯入谷講猿楽」という二首が『続狂雲集』におさめられている。いまその漢詩を手がかりに、当時の観劇の雰囲気をしのんでみよう。

頓巾鈴掛正僧形　頓巾鈴掛《ときんすずかけ》に僧形《そうぎやう》を正す
有馬不騎只歩行　馬は有れども騎《の》らず只歩行す
禪鬼葛神扶不得　禅鬼葛神《ぜんきかつしん》扶《たす》けんとして得ず
人々悲別已呑聲　人々別れを悲しみ已に声を呑む

一休の関心はもっぱら子方へそそがれる。中入りの後少年は「かくて小童思ひの外《ほか》、峯入りの姿山伏の、兜布篠懸苔《ときんすずかけこけ》の衣《ころも》」という装束であらわれた。兜巾《ときん》は山伏のかぶる小さな黒い冠帽で、苔の衣とは僧衣のことだが、そのような健気ないでたちの松若を見た時の感動が第一行の「頓巾鈴掛ニ正ス二僧形ヲ一」なのだろう。帥《そつ》の阿闍梨《あじやり》と松若の間には稚児愛の情が感じられるが、一休もそれと似た感動にとらえられたのかもしれない。

第二行の「有《レドモ》レ馬《ハ》不レ騎《ラ》只歩行《ス》」は、

今日思ひ立つ道のべの、
今日思ひ立つ道のべの、
たよりぞ深き志、
唯孝心の心力に
馬はあれども徒歩《かち》に行く。

の最後の句をそのまま受けている。「禅鬼葛神扶《ケントシテ》不レ得」は、峯入りの途中で病気になった者は仏罰を受けた者であるから、他の者は自分にふりかかるかもしれぬ禍難を免れるためにも谷行を行なわなければならない。その大法は枉げることはできない。鬼神も葛城山の神も松若を助けることはできない、といっている。一休がそのように書いたのは謡曲中の設定である大法の掟を自明の理としたからだろう。あるいはそうはいわずとも、少なくとも劇的設定としては谷行の掟を不合理として斥けず、すなおに受入れたことの証左だろう。修験道の掟とはこうしたものなのだ、として認める気持が当時の観客一般にも必ずやあったに相違ない。

一休が心を打たれたのは松若の健気さである。一休はこの少年の山伏姿にもすでに感動していたが、その覚悟のよさにも声を呑んだ。松若は自分の命を捨てるのは覚悟の上と納得しているが、ひとり残してきた母を思うと「母の御歎《おんなげ》きの色、それこそ深き悲しみなれ。」しかも少年は、自分を石子詰みの刑に処することを強硬に主張した同行の山伏たちに向っても礼儀正しく、心から挨拶する。

また仮初《かりそめ》も他生の縁
皆人々に御名残《おんなごり》こそ惜しう候へ。

そのように松若が健気であればあるほど、「人々悲《シミ》レ別《ヲ》已《ニ》呑《ム》レ声《ヲ》」という情景が高揚する。そのような舞台上の人情の動きや、それに共感する一休の心は、今日でいえば能というよりも歌舞伎の孝子物などを見る際に観客の間から湧きあがる感動に似ている。そしてそのような一休和尚の漢詩の感動からもうかがえるように、謡曲『谷行』は要するに孝行という筋立てと信仰という筋立てがぴったりと重なっているのであって、そのような孝心と信心ゆえの霊験譚《れいげんたん》といえるのである。訳者ウェイリーは「『谷行』は宗教の仮借ない要求を扱ったもの」と述べたが、いったん石子詰みの刑に処された松若が修験者たちの行徳によって蘇生する最後の情景を思い浮べてみよう。

伎楽鬼神《ぎがくきじん》は飛び来り、
伎楽鬼神は飛び来つて、
行者《ぎやうじや》のお前に跪《ひざまづ》いて、
頭《かうべ》を傾け仰せを受けて、
谷行に飛びかけつて、
上に蓋《おほ》へる土木磐石《どぼくばんじやく》
押し倒《だふ》し取り払つて、
上なる土をばやはらやはらと静かに返して
かの小童を恙《つつが》もなく抱《いだ》き上げ、

行者のお前に参らすれば、
行者は喜悦の色をなし、
慈悲の御手《おんて》に髪を撫で、
善哉《ぜんざい》善哉孝行切《せつ》なる心を感ずるぞとて、
帰らせ給へば伎楽も共に、
御先《みさき》を払つてさかしき道を、
分けつくぐりつ登るや
高間《ま》の雲霧伝ふや葛城《かづらき》の、……
大峯かけて遙々と、
虚空《こくう》を渡つて失せにけり。

このように地謡に歌わせた作者としては、『谷行』は宗教の限りない恩恵を扱ったもの」というつもりであったろう。しかし時代は変ったのである。そのような作者の主観的な意図とはうらはらに、冷酷残虐な谷行という印象がもっぱら強く観客に残るところに、時代の推移が感じられる。

それではブレヒトの『イエスマン』についても作者の主観的な意図と観客の客観的な受取り方の間にギャップが生じているのではないだろうか。

大法の掟と党員の掟

謡曲『谷行』が室町時代に書かれてからおよそ五百年が経った。それだけの時間的な距《へだた》りがあるから、『谷行』は宗教の仮借ない要求を扱ったものである」と評しても、もはや眉を釣りあげて反論しようとする人は誰もいない。「民族の文化遺産にたいするいわれなき誹謗中傷である」とすごまれる心配もない。「宗教は民衆の阿片だ」などと人々は相も変らず罪のない論評を下すことだろう。そして石子詰みは過ぎ去った昔の習慣で、かつて奈良の春日大社で鹿を殺した者にはそのような刑が加えられたが、しかしそのような私刑が行なわれたのもせいぜい徳川時代どまりのことと思っているから、私たちも安心して『谷行』を見ていられるのである。才気の勝ったジャクスン女史の『くじ』にしても、要するにお話で、二十世紀の社会には実際あり得ないことである。トラクターが動いているアメリカの農村でどうしてあのような掟が、不可避的な力で、民衆を支配することがあり得よう。私たちは暗黒の中世と違って、文明化した世界に生きる現代人なのだ。そうだ、私たちは文明化した現代人なのだ……

私たちはそう言って自分自身を安心させようとする。深沢七郎氏の『楢山節考』を読んだ時も、姨捨《おばすて》は過去の風習だと知っているから、それで読み了えてほっと一息つく。しかし一息つくと同時に、現代の日本にも、精神的には姨捨が行なわれていることを自覚して心やましい気持にとらわれる。中にはその心のやましさを打ち消すために、姨捨なぞは過去のことだ、とかえって強気に出たりする人もいる。それに外国人に聞かれたら私たちもむきになって答えるだろう、「姨捨だって？　飛んでもありませんよ。いまの日本にそんな習慣があるはずはないじゃないですか。」

谷行といわれる石子詰みについても同じだろう。私自身ドイツ人の一教授にブレヒトについていろいろ質《ただ》していた時、その教授から、日本ではいまでも人間を生きたまま坑《あな》の中へ突き落して、上から石を投げこんで埋《う》め殺す刑が行なわれているのか、と真顔で聞かれて、「石子詰みですって？　飛んでもありませんよ。いまの日本にそんな習慣があるはずはないじゃないですか。それは奈良の興福寺の東南の菩提院に石子詰めの跡があるのは事実だが昔の話です。そのようなことをいえばヨーロッパでも昔は石子詰めの刑が行なわれていた。ダンテの『神曲』地獄篇第十九歌を読んでごらんなさい」とややむきになって、その実はたどたど

しく、反論したものである。それだけに、連合赤軍による榛名山中の一連のリンチ殺人が明るみに出た時、そのドイツ人教授が、

〈Ach, Tanikō!〉

「あ、タニコーをやったな」と呟いたのを聞いた時、いやな気がした。身贔屓《みびいき》のせいだろうか、修験道の谷行はなにかもっとずっと純粋な、宗教的な行為のような気がしていたので、連合赤軍による処刑がかりに党の内部の掟に従った殺人であるとはいえ、それと谷行とを混同してもらっては困る、という感情が先に立ったのである。

ところで日本人である私がそのような反応を呈する以上、ブレヒトを神聖視するドイツ人（ないしはその種の政治的立場に立つ人）も『イエスマン』の少年の処刑は連合赤軍の処刑と同質である、といわれたならばさぞかし不快に思うだろう。連合赤軍のリンチ殺人とは違うと主張するだろうが、それでは謡曲『谷行』の石子詰めと『イエスマン』の石子詰めとではどこが違うのか、その異同を二つのテクストに即して考えてみよう。

驚くべきことだが『谷行』の大法の掟と『イエスマン』の掟は、テクストに関していう限り、まったく変りないのである。『谷行』の「大法」をウェイリーは Great Custom または the law と英訳した。ハウプトマンはそれを忠実に der Grosse Brauch または das Gesetz と訳した。ブレヒトはそのハウプトマンの訳稿の大部分をそのまま生かして『イエスマン』を拵えたのだから、その言葉は『イエスマン』でも当然そのままの形で出てくる。（ブレヒトの『イエスマン』をドイツ語から訳した岩淵達治氏は der Brauch に「しきたり」、das Gesetz に「掟」の訳語をそれぞれ当てている。謡曲『谷行』ではもともと両方とも「大法」と呼ばれていた。）

ところでそのような文献学的《フィロロジカル》な事実に直面すると、私たちはとまどわずにはいられない。「個を克服してすべてに党律を優先させる」というのが当時のブレヒトの関心であり主張だった。だが『イエスマン』のテ

クストに即して解釈する限り、作中に示唆されている党員の掟というものの実体は修験道の掟とまったく同一ではないか。なるほど共産党路線に走ったブレヒトにとって「党の鉄の規律」は神聖であったろう。しかしそのような党への絶対的服従と帰依は、修験者にとって「大法の掟」が神聖不可侵であるのと同じ「憑依」であったのか。

ブレヒトは科学的社会主義を標榜する人として、宗教的な『谷行』の峯入りの修行の旅を『イエスマン』では近代医学の助けを求める研究の旅に変え、作品を世俗化したかに見えた。しかしそのドラマに見られる宗教的な精神構造そのものは、旅行の目的をすげ変えたくらいでは、ほとんど変りはしなかった。ちょうどロシヤにおけるかつてのツァーへの盲目的服従が、後にソ連邦におけるスターリンへの盲目的服従に転移したように、ブレヒトはかつてのプロシャ的ドイツの規律至上主義を思わせる『イエスマン』を書いたのだった。それはいうならば唯物論者ブレヒトの宗教劇とも呼ぶべきものだろう。すくなくとも擬似宗教劇と呼ぶべきものだろう。イデオロギー信仰が擬似宗教の様相を呈し、その党組織が新興宗教の学会組織に似ている、とはかねがね聞かされていたが、党員の心を規制する掟も、中世の修験者の心を規制する掟にそのまま通じていたのである。

ところでここでそのような『イエスマン』を『谷行』と二重写しにして評価してみよう。ウェイリー訳の『谷行』を読んだ英米人は、ジャクスンの『くじ』を読んだ時と同様、ショックを受け、反撥したことだろう。そしてそれと同時に人間の深層に隠されている残酷さが「正義」の名において暴威をふるう事実に感銘を受けただろう。日本人も、今日の人は、一休宗純の室町期の人と違って、『谷行』という謡曲にいやな感じを覚える。佐成謙太郎氏はきわめて率直に氏の概評を『謡曲大観』に、

孝子を讃美した曲は、『養老』『猩々』など数少くないが、その犠牲的な辛苦を描いたものは、廃曲『家

持』など一二を除いては、ただ本曲があるだけである。しかし一曲の主題は谷行といふ極めて惨忍な処刑であつて、これを勧める同行山伏の態度が亦従つて甚だ冷酷であるから孝子物語らしい爽かな感じを与へることが少い。尤もその間には師弟の情愛をも濃かに描いて居り、殊に結末に於ては、孝行の徳によつて再び蘇生の喜びを享けてゐるが、なほ且谷行といふ不愉快な印象を消し去ることが出来ない。孝子美談の曲といふよりも、謡曲すべてを通じて最も惨虐な場面を描いたものといつた方が適当であるやうに思ふ。

と述べている。多くの日本人の同感を呼ぶ概評であるかと思う。そしてこの佐成氏の『谷行』評に共感する人はウェイリーの『谷行』評である「宗教の仮借ない要求を扱ったものである」という見解にも同意するだろう。そしてそのような評価を承認した読者は、いわば頭の論理と心の論理の必然的帰結として、ブレヒトの『イエスマン』は「イデオロギーの仮借ない要求を扱ったものである」という客観的評価に同調するにちがいない。というのもブレヒトの『イエスマン』の第一稿には、無気味なまでに、党の組織そのものに内在するスターリン主義的性格が浮彫りにされているからである。

「納得すること」の重要性が強調され、参加者の自由意志が一見尊重されているかに見えるところが、『谷行』と異る『イエスマン』の近代性だった。それだから落伍しかけた少年を谷底へ突き落すことを学生たちが要求した時、教師は、

「それは権威ある掟だ。私はそむくわけにはいかない」

と（『谷行』のウェイリー訳にあるままの言葉で）答えるが、その直後に、そのような中世的な権威主義的発想に対立する近代的な合理主義的発想といえる（『谷行』のウェイリー訳にはなかった）言葉を補足している、

「しかしその権威ある掟にはまた次のようにも規定してある。病気になった者は、みんなが彼ゆえに引返

すべきか否か、意見を求められる、というのだ」
しかし学生たちは残酷なまでに目的完遂を望む。彼らはいうならば部隊長にあたる教師が修正主義に陥ることのないよう監督にきた党派遣の政治将校なのであり、思想の純粋性の維持が彼らの使命なのである。そのサディスティックな熱情は次のような合唱にも示される。

だがたとい少年が望んだにしても、
われわれは引返そうとは思わない
彼を谷底へ突き落してしまいたい。

そのような学生たちに比べると教師はいかにもヒューマニストに見える。教師は少年に「病気になった者にたいして、みんなが彼ゆえに引返すべきか否か、意見を求めるというのが定めだ」と告げる。合理的な納得ずくの連携の精神がそこに示されているかのようである。しかしそう言った後で教師はまたこうもいい足す。

しかし掟にはまたこうも規定してある、病気になった者は「諸君は引返すべきではない」と答えるという定めだ。

なんのことはない、党には秘密の内部規定があって自由選択の余地はないのだ。ただ単に自由意志を働かせる余地がないだけではない。外部に対しては自分で「納得」したように見せかける一種のペテンでありショーである。そして、

教師　みんながおまえゆえに引返すべきだとおまえは望むか？

少年　諸君は引返すべきではない。

そして少年はこのカテキズムで自分にたいする死刑宣告に大きな声で「はい」と同意する。その「はい」がブレヒトの教育劇『イエスマン』の「イエス」なのである。

スターリン時代の一連のモスクワ「公開」裁判はブレヒトがこの『イエスマン』を書いた直後の三十年代を通して行なわれるが、ブレヒト劇の「はい」はメドヴェーデフが『共産主義とは何か』（石堂清倫訳、三一書房）に記したその裁判の被告たちの「自己誹謗《ひぼう》」と形式があまりにも似ている。外部から見ると答弁の自由があるようで、その実、

「私は有罪です」

「私は死刑に値します」

としか言うことができなかった基本構造は、ブレヒト劇と人民裁判とでまったく同一なのである。いったいこの無気味な儀式は何のための秘儀なのか。

犠牲の論理

「秘儀《ミステリー》」という言葉はなかなか多義的である。研究社『新英和大辞典』の mystery の項目には、

1　秘儀、不可思議。不思議な事件。秘密、不明。
2　古代の異教で秘伝を受けた者だけが知り得た秘法、奥義。原始民族の秘教、秘教儀式。秘密結社などの秘密の儀式。
3　キリスト教の神秘的教義、玄義。
4　カトリック教会での秘蹟、聖体。
5　キリストまたは聖人の生涯における神秘的事件。
6　秘蹟劇。奇蹟劇。
7　ミステリー小説。

と列挙されている。この分類に従えば、谷行の難行捨身の行は（2）に属するであろう。しかし謡曲『谷行』そのものは（6）へ入れた方がよいにちがいない。ジャクスンの『くじ』は（7）のミステリー小説にはいるのだろうが、作品の主題は（2）の秘密の儀式を連想させる。それにこの秘儀《ミステリー》（2）についてはなにも「古代の」と限定する必要はないという有力な説もあちこちから出ている昨今である。

山口昌男氏は『歴史・祝祭・神話』（中央公論社）で、人類学的な見地から次のように観察している。最高の位階にあるものが専有する「世界」についての知恵は、下位の成員にとってミステリーである。そして下位の者にとって到達不可能な知恵そのものが「ミステリー」として、それを専有する人間の権威の源泉となる。山口氏は西アフリカのドゴン族について述べているのだが、同時にカリスマ的な指導者とその下位にあって従う者との関係や、党中央と党員の関係についても語っているようである。山口氏が引用するケネス・バークによれば、近代社会においては、こういう「ミステリー」は、教育者、法律の専門家、文筆業者、宣伝マン、芸術家といった異なった職種に属する「象徴の使い手」の間に分配されているという。バークは

「〝演劇的《ドラマティック》〟考察の対象としての人間の行為について」という文章を書いているが、人間の政治行為を人類学や宗教学をも含めた見地から眺めているのであろう。

その種の説に刺戟されて、私も山伏修験の行法の秘儀《ミステリー》や、謡曲『谷行』『生贄』の奇蹟劇《ミステリー》や、『くじ』という恐怖小説《ミステリー》、さらには『イエスマン』にいたるまで、その「ミステリー」という語の多種多様な使用法にかかわらず、それらの作品に一貫して内在する型《パターン》ないしは論理があるのではないか、と考えるようになった。そして偶然のことかもしれないが、これらの諸作品にはひとしく「犠牲の論理」――生贄であるとか人身御供であるとか処刑者とかを選び出すことによってわれわれは罪の赦免を得られるという論理――が一貫していることに気がついた。

ここでまず精神工学《プシコテクニツク》が発達した二十世紀の政治世界における集団的な鎮魂の術について考えてみよう。それは(1)「生贄」を選び出して共同体の罪の穢れを吸収させるために罪の告白をさせる、(2)ついでこれを破壊する、という二過程を含んでいる。山口氏はいう、

裁判はそれゆえ、為政者にとって重要な役割を演じる。なぜならば不服従――悪の原理――を象徴的に顕現し、様式化し、舞台に載せ、服従に内在する原理(中心の強調)の威力に光輝が添えられるために刑罰は必要である。告解はこの時中心的な役割を占める。

このような裁判のクライマックスは、通常自白である。この場合、異端裁判以来、道をふみ違った者は、彼自身の罪を告白するばかりでなく、その罪に内在する悪も告白する。こういった裁判の象徴論的意味について、ヒュー・H・ダンカンは次のように述べる。

「裁判はきわめて劇的な瞬間である。すべての強烈な劇のごとく、それは注意深く準備して演出される。有罪者が彼に与えられた役割を順序正しく効果的に演ずることが大事なのである。すべての努力は、たん

に罪の自白を入手することだけに向ってそそがれるのではなく、効率のよい、人を興奮の渦に巻き込むような自由を得ることに向けられる。検事の義務は、たんに訴追することにあるのではない。というのは、そういった裁判において、被告が有罪と宣言されるのは自明のことであるからである。検事、つまり訴追(迫害)と復讐の劇の主人公は罪の恐怖感をつのらせて劇化しなければならない。」(ダンカン『コミュニケーションと社会秩序』ニューヨーク、一九六二年、三四〇ページ)

こういった指摘の正しさを、今日、何よりも明確に示すのがブハーリン裁判を頂点とする一九三八年のモスクワ裁判であったということは残念ながら認めなければならない。ワイスベルクの『被告』(荒畑寒村訳、新泉社)および『ブハーリン裁判』(鈴木他訳、鹿砦社)を今日読む者は、これが注意深く準備された告白と自白を中心とした悪魔懲罰劇、怨敵退散劇であったことを否定できないであろう。

山口氏はこのようにブハーリン裁判を解釈するのだが、氏は山伏の語る蘇生譚や、村の鎮魂儀礼のいわば延長線上に一連のモスクワ裁判という怨敵退散劇を位置づけてみせたのである。粛清は私にはおどろおどろしいだけで、なぜそのような非条理な裁判や大量処刑が行なわれたのか、なぜ社会主義と両立し得たのか、かつておよそ見当もつかなかったが、山口氏の所説を聞きダンカンの著書『社会におけるシンボル』等を読むに及んでなるほどと首肯する点が多々あった。そしてその種の解釈の線上に並べてみると、『谷行』の大法の掟と『イエスマン』の党員の掟が同一性質である、という事実にもまた納得がいったのである。山口氏はこう書いている。

このような追放《パージ》儀礼において、罪人はまさに生贄の供物《はたもの》になる。この「はたもの」の罪劫告白によって、彼は永遠の劫罰から救われ、その死によって共同体は悪の影響力から免れることができるのである。これは政治的状況ばかりでなく、芸能の場においても死と蘇生あるいは救済という神話的原型の様々な変種として語られるものである。

裸の王様

共同体は——宗教的共同体であれ、イデオロギー的共同体であれ——自分自身を引き締め、組織体の意識を昂揚させるためには、生贄の供物を必要とする。ヒトラーのドイツ第三帝国は六百万人のユダヤ人を生贄にした。そしてそれに敵対しようとしたいま一つの共同体であるスターリンのソ連邦も——敵対者はたがいに相似た行動様式を取るといわれているが——それに劣らぬほどの数の「人民の敵」を消した。そしてそれだけの祭儀を行なうためには、党中央の命令に唯々諾々として従う人、すなわち「イエスマン」を多数必要としたはずである。ブレヒトはそのような「イエスマン」をつくり出すために、このような教宣用の学校劇を書いたのだろうか。日本の一部のブレヒト礼讃家のブレヒト研究を読むと、そのようにも読めないわけではない。なにしろ *Jasager* をわざわざ『イエスマン』と訳しているくらいだから。そして英語の **yes man** というのは上からの命令に唯々諾々と従う人の謂であるから。研究社の『新英和大辞典』にも、

yes man 《口語》（目上の者の命令を）何でもはいはい言ってきく人。**opp. no man**

と出ている。（ここで反対語の「ノーマン」についてもふれておけば、**no man** というのは、いこじ者で自分の嫌いな相手のいうことなすことには何でも彼でも「反対、反対」という人のことである。）しかし訳者はブレヒトの *Jasager* や *Neinsager* を揶揄するつもりで日本語に『イエスマン』とか『ノーマン』とか訳したのではないだろう。訳者が英語のニュアンスに通じていなかったから、このような不敬な題名をうっかり

つけてしまったのだろう。偶然の結果と思うが、このたくまざる皮肉はブレヒトの教育劇の特質を案外上手に言いあてているのかもしれない。

しかし後世の客観的評価はともかく、ブレヒトの主観的な執筆意図はそうではなかった。ブレヒトにとっては主体的決断をもって「はい、と言う人」「はい、と言った人」が重要だったのである。（ブレヒトの *Jasager* の英訳では *He Who Says Yes* とか *He Who Said Yes* とかいう題になっている。）「イエスマン」が「はい」が一つ余計な「はい、はいと言う人」であるなら、「ヤーザーガー」は「はい、と言う人」なのである。

ところでドイツで一九三〇年にこの『イエスマン』——日本での慣行に従って筆者も引続きそう呼んでおく——がはじめて上演された時、批評家や学生・生徒はどのような反応を呈したのだろうか。東独系のブレヒト学者 Ernst Schumacher は *Die dramatischen Versuche Bertolt Brechts 1918-1933* に、また Peter Szondi は先にあげた edition Suhrkamp 版に、それぞれたくさんの批評や感想を集めている。今日から考えるとなにか意外な気もするが、批評家の中には「人類社会のために少年が自己犠牲を甘受したこと」を讃えた人（Walter Dirks）もいる。またそれを「キリスト教の根本的真理」そのもの、とさえ言ったカトリック系の批評家（Karl Thieme）もいる。しかしまた『イエスマン』に対して断乎として「ノー」といい、

「（この作品は）子供たちにただただ命令に服従せよ、といっているだけではないか。理性的に人間らしく振舞えとはいっていないではないか。この唯々諾々と命令に服する人の姿は大戦中のドイツの唯々諾々と命令に服した人の姿をあまりにも鮮やかに想起させるではないか」

と抗議した人（Ernst Emsheimer）もいる。

しかし全体のために個人を犠牲にする、という倫理は、左右を問わず、ドイツ人に訴えるところがあったから、教育劇『イエスマン』は、クルト・ヴァイルの作曲で「学校用オペラ」に仕上げられると、一九三〇年春からベルリンをはじめとするドイツの少なくとも十以上の大都市の高等学校で次々と取りあげられるこ

ととなった。そしてその上演の際、ベルリンのノイケルン地区のカルル・マルクス学校で行なわれた生徒たちの討論の記録がいま残されている。他愛もない意見も少なからずまじっているが、しかしブレヒトはその生徒たちの反応を念頭において『イエスマン』の第一稿を書き直して『イエスマン』の第二稿を作り、またそれとは別に『ノーマン』も書くにいたったのだから、年端のゆかぬ子供の感想だからといって馬鹿にすることはできない。大人たちが抽象的思弁に流れ、ドグマ的思考にとらわれやすい精神的風土で、

「王様は裸だ」

と臆面もなく言えたのはなんといっても子供たちだったからである。教条主義の心理的束縛にまだとらわれていない生徒たちの感想のいくつかをいま訳してみると、十三歳の一生徒はいう、

「(旅行の目的の)研究は一人の人間の命ほど大切ではない。……皆で努力して少年も一緒に連れていったらどうだろう。たとえばザイルで引張って……」

十二歳のW・ベルクはいう、

「残念なことにこのオペラのテクストは一箇所いかにも納得のゆかない点がある。それは少年がまるで殉教者のような高貴な姿になってしまうからだ。少年は、さからいもせず、進んで死におもむく。……まず暫くの間少年を躊躇させておいて、それから死におもむかせることはできないものだろうか?」

十歳のB・コルシュはいう、

「少年が『はい』と言ったのは、仲間にお医者様のところまで行ってもらい、そのお薬でお母さんの病気を治したかったからだろう。しかしぼくはこう思う、お母さんは子供が死んだと聞いたなら、その病気もきっとずっと重くなっただろう」

十八歳の一生徒はいう、

「はいといった者がたどる運命はどうもそれに必要なだけの必然性をもって描かれているとは思えない。

なぜ一行のうちで病気になった者を殺す代りに一行全員で引返して彼を救わなかったのか？……どうも行為の動機づけが十分はっきりしていない」

十四歳のＭ・タウツはいう、

「この作品は迷信がいかに害をもたらすかということを証明するのにも十分役立つ。日本という環境の中へ置けば説明がつくのかもしれないが、どうもぼくらには異質だ」

そして夜学に通う労働者だろうか、二十歳のゲルハルト・クリーガーはこういう、

「みんなお互いに助け合って、もう進めなくなった病人を連れ戻すようにするべきだ。いかなることがあろうとも、その少年にたいしてほかの連中が精神的に圧力をかけて、それでもって少年の同意をひき出したりするべきでない。……それから少年に犠牲になって死んでもらえばはたしてそれを上廻るだけの益が生ずるのかどうか、その点も考慮する必要がある」

ブレヒトの改作

ブレヒトはこのような生徒たちの感想に接すると、その諸発言の中に道理を認めた。そしてその演習体験を通して第一稿を改め、次のような『イエスマン』第二稿を書いた。いま手短かに改作点を並べよう。

作者は少年たちに指摘された「たかが研究旅行のために一人の人命を犠牲に供することは納得できない」という反撥を考慮に入れたにちがいない、旅行の動機づけをもっと深刻なものに改めた。

「私たちの村に厄病が発生しました、そして山の向うの町には偉大な医師たちが住んでいます」

その上、少年の母その人もまたその病気に感染しているらしい。教師が「お具合はいかがですか？」とたずねると、母は、

「いえ、残念ですけれど、良くなりません。いまのところこの病に効く薬はないという話でございます」

「いやそれだからこそ山越えの旅に出て、薬と処方を貰って来なければなりません」

と教師は答える。そしてその共同体を救うための危険な旅行に母親思いの少年もまた進んで参加を志願するのである。

山中で少年が病気になった時、その真偽を確める学生たちの質問も、第二稿では多少の手心が加えられる。教師もまず学生たちに命じて少年を引張って尾根の道を行くよう命じるのだが、しかし山は嶮しくて引きずってゆくことすらもできない。だからといって一同がいま山中にとどまることも許されない。それで第一稿と同じような問答が教師と少年の間で繰返され、第二稿では、躊躇を示すト書だろう、

(考えて間を置いた後)

「はい、私は了解しました」

と少年は答える。そして少年の方から、

「置きざりにされて一人で死ぬのはこわいから、それよりも一思いに谷の中へほうりこんでください」

という申出があって、

それから友だちは瓶《かめ》を取った
そしてこの悲しい世の習いと
辛《つら》い定めに涙しながら
少年を谷底へ投げこんだ。
足と足を揃えて崖のふちに
並んで立ちあがりみな
目をつぶって投げこんだ、

誰かがとくにその隣りより罪深いわけでもなかった。
そして後《あと》から土くれと
平たい石を
投げこんだ。

という第一稿と同じ『イエスマン』の結末となるのである。
このようにして「はい」といわせるための作品の筋は整った。しかしそれはいかにも『イエスマン』の筋の上での整合性を取揃えるための改作であった。ところがベルリンのノイケルン地区の生徒たちが『イエスマン』の第一稿に対して口々にもらした本能的ともいえる疑義の中には、唯々諾々と「イエス」をいうことそれ自体にたいする疑惑も含まれていたのである。

多くの人は「はい」というが、別に納得しているわけではない。

このブレヒトのプロローグのコーラスの言葉は、作中人物の「はい」に対する批判にも転化する可能性があったわけだ。そしてその点を考慮に入れたからだろう。ブレヒトは『イエスマン』をさらに改作して、あえて『ノーマン』も書いた。作中の少年がどのようにして「いいえ」というか、その改作点もいま手短かに見てみよう。
ブレヒトの『ノーマン』は『イエスマン』第一稿と第二段の前半まではほとんど同一の文面である。すなわち少年が病気だとわかると三人の学生は大コーラスで、少年を谷底へ突き落してしまいたい。

と歌う。教師もまた『イエスマン』の場合とまったく同じ言葉で少年を諭す。

教師　私の言うことを注意して聞きなさい。このような旅へ出て病気になった者は誰であろうと谷底へ投げこまれ、たちまち命を失うというのが昔からの掟だ。しかしその掟にはまた次のようにも規定してある。病気になった者にたいして、みんなが彼ゆえに引返すべきか否か、意見を聞くという定めだ。しかし掟にはまたこうも規定してある、病気になった者は「諸君は引返すべきではない」と答えるという定めだ。もし私が君の身代りになれるなら、喜んで私が死ぬのだが。

少年　わかりました。

教師　みんながおまえゆえに引返すべきだとおまえは望むか？それとも大いなる掟が要求するようにおまえが谷底へ投げこまれることをおまえは納得したか？

少年（考えて間を置いた後）いいえ。私は納得しません。

このNein、いいえ、と言ったことによって『ノーマン』の結末は『イエスマン』（第一稿、第二稿）とまったく別のものとなった。いま、少年が〈Nein. Ich bin nicht einverstanden.〉と答えた先を全部日本語に訳

してみよう。教師は予想外の返事に驚いて、

教師

みんなここへ降りて来い。掟の通りにあの子は答えなかった。

三人の学生

彼は「いいえ」と答えた。（少年に向い）なぜおまえは掟の通りに答えないのだ。はじめにAと言った者は、次にはBと言わなければならない。おまえは前に、旅行中に起るかもしれぬことについては、なんでも了承するか、と訊かれた時に、[5]「はい」と返事をしたではないか。

少年

あの時したわたしの返事は間違いでした。でも皆さんの質問はもっと間違っていたのです。はじめにAと言った者が、次にBと言わねばならぬことはありません。Aが間違っていると気がつくこともあるのです。わたしは母に薬を届けようと思いました。でもいまはもうできない、わたし自身が病気になってしまった。こうした新しい事態ですから、その状況に応じてわたしはすぐに引返したいと思います。それだから皆さんも引返してわたしを家に連れ戻してください。皆さんの研究は一日を争うものではないはずです。それに山の向うの先生だって、きっと、こういう場合には引返せ、とお教えになるでしょう。それから昔からの掟についていえば、わたしにはどうしても理窟に合うものとは思われません。わたしとしてはむしろ新しい掟を定めたいのです、それをすぐにでも導入したいと思います。すなわち、新しい状況に応じてそのたびに新しく考えなおす、という掟です。

三人の学生（教師に）

どうしましょうか。あの子のいうことは、英雄的ではないですけれども、理窟にはかなっています。

教師
君たちの思うようにするがいい。だが言っておくが、君たちが引返せば、君たちは人から笑い物にされ恥さらしになるぞ。
三人の学生
あの子が自分自身のために弁じたのは恥ではないのですか。
教師
いや、それが恥だとは思わない。
三人の学生
それなら引返しましょう。笑い物にされ恥さらしと罵られても、私たちは理窟に合ったことをするつもりです。古くからの掟をのさばらせて新しい正しい考えを取り入れる邪魔をさせはしないつもりです。
おまえの頭をわれわれの腕にもたせかけろ。
力を入れるな。
ていねいにわれわれはおまえを運ぶ。
大コーラス
こうして友は友をかつぎ
新しい掟と
新しい法を打ちたてて
その少年を連れて帰った。
身を寄せて横に並んで
罵られても

笑い物にされても、目を大きくみひらいていた、誰かがとくにその隣りより臆病なわけでもなかった。

マルクシズムの本来の姿

『イエスマン』にせよ『ノーマン』にせよ、それぞれ一個の独立した演劇作品として見るなら、まず傑作とは言えないであろう。ブレヒトが理窟に合うように合理的に改作すればするほど、初稿に含まれていたスリリングな意外性は薄れて『イエスマン』の第二稿も『ノーマン』も劇的な迫力を喪失してしまった。とくに『ノーマン』にいたっては、「山へ行って、病気になって、常識に従って、皆で引返した」というだけの平凡な話となってしまった。その常識に還れた点がブレヒトの偉大さだと人はいうかもしれない。おそらくそうなのであろう。しかしこの程度の常識を言うことにも並々ならぬ勇気と知性とが必要なのだとすると、私たちは人間の心を呪縛する集団の魔力にあらためて警戒の眼を光らさなければならない。組織内における上からの心理的圧迫はそれほどまでに強く、下からの掟をあらためる提言はそれほどまでに心理的な抵抗にあうのであろうか。しかしそれが一枚岩の団結を誇る党内の現実の厳しさなのであろうか。

ズールカンプ版の『イエスマン』『ノーマン』に解説を寄せたペーター・スツォンディは、ブレヒトが少年に否《ナイン》「いいえ」と言わせたこと――それもただ単に掟の実施(6)にたいしてだけでなく、理窟に合わぬ法や掟それ自体にたいして「否」と言わせたことをたいへん高く評価して、人間理性の讃歌にも似た次のようなブレヒト礼讃を書いている。

マルクス主義者の文章中で不撓不屈の情念と啓蒙開化への信頼が、この作品に見られるほど生き生きと鮮やかに示された例は類稀《たぐい》である。マルクシズムのこのような本来の姿をブレヒトに想起させたのは、実にあのベルリン、ノイケルン地区のカルル・マルクス学校の名もない生徒の功績であった。少年は「どうもあの掟についてはなにかおかしい」点があることを見抜いたからである。

スツォンディは『イエスマン』の第一稿と第二稿ならびに『ノーマン』を、その改作過程を追跡調査することによって、このようにブレヒトとその生徒たちを褒め讃えた。筆者も、個々の『イエスマン』や『ノーマン』の独立した芸術作品としての価値にたいする興味からではなく、謡曲『谷行』に発した一連の変化の過程に関心を寄せて、文芸分析を試みてきた。ブレヒト自身もそのノートで『イエスマン』第二稿と『ノーマン』を「一つ一つ別々でなく、でき得る限り一緒に上演すること」を指示しているというが、教条主義者にとってはおよそ迷惑な、しかしいかにも面白い指示だと思う。

ところでブレヒトもよく知らなかった『谷行』の原作が念頭にある日本人の私には、スツォンディのように、ブレヒトが改作過程で示した理性の優位なるものを手放しに礼讃することはできないような気がする。ナチズムを知り、スターリニズムを知った私たちには理性の勝利をそう安直に信ずることはどうもできない。

すでに読者の中にも『ノーマン』で少年が滔々と述べた釈明に異和感を覚えた人もいるだろう。少年はそこで「はじめにAと言った者が、次にBと言わねばならぬことはありません」と言い張った。だが「悪魔に毛一本渡した者は魂までもさらわれる」という西洋の諺にもあるように、一つの組織は、それに一度加わった者を身も心も引きずりこんでしまう。はじめにAと言った者は――学生運動などでもよくある論理だが――ABCDと言わされてしまうのである。それが組織自体がもつ運動法則というものである。『ノーマン』の少年が言ったように、その成員の一人々々に「新しい状況に応じてそのたびに新しく考えなおされ」ては、組織体の運営は不可能だろう。「細胞」というのは文字通り「細胞」であって「頭脳」でもなければ「中枢」でもないはずである。本来、手足のように命令に服すべき細胞の一つ一つが頭脳であって一々考えられては党中央の脳髄が困るわけだ。そしてそのような役割分担を認める人々にとっては『ノーマン』の少年の異議申立てはさぞかしわずらわしいものに映じるに相違ない。それに、あの少年が言うような小ざかしい理窟を周囲の学生たちがおとなしく黙って聞いていてたまるか、という感じもあるだろう。党員は党にたいする忠誠のあかしを立てるためにも、その過剰忠誠という自己防衛の本能的な反射運動からしても、異端的な解釈は頭ごなしに斥けるものだ。嘲弄的なせせら笑いはそのような機会に発せられる。その意味では『イエスマン』の第一稿は政治化した学生たちの姿をはるかに真実に描いていた。学生たちはこうも言ったからである。

われわれは少年にたずねたい、みんなが
彼ゆえに引返すことを彼が望むか否かを。
だがたとい彼が望んだとしても、
われわれは引返そうとは思わない
彼を谷底へ突き落してしまいたい。

人間を「理性的な動物」などと思いこむのは人間を買いかぶり過ぎた見方だろう。人間がもつ非理性的な面を描いているからこそ、その暗い残酷な真実を暗示しているからこそ、『谷行』の英訳も、『くじ』も、読者に訴えたのだ。『イエスマン』の第一稿も「イデオロギーの仮借ない要求」という広義の秘儀《ミステリー》の真実を示唆しているからこそ、空恐しいのだ。その秘儀は蛇の目のように党員を呪縛する。党の委員長や書記長は、やくざの組長などと同じく、過去に粛清やリンチや流血の経歴がある方が、時には首席としての威信の支えともなるのだ。……

ここでこの種の問題解釈にまつわる「合理主義的誤解」ともいうべき傾向について一言ふれておきたい。

その種の一例といえると思うが、日本にブレヒトを紹介して功績のある岩淵達治氏は、『ブレヒト』（紀伊国屋新書）で、

『谷行』は、母の病気の平癒を祈念するため、山伏の行に加わった少年松若が、修行の辛さに耐えられず、ついに掟（大法）に従って谷行――谷に投げ落し、さらに上から岩石を落して埋める刑――の刑に処せられる物語である。（傍点平川）

と要約している。ドイツ人も多くそのように理解しているようだが、しかしスツォンディもボーナー教授の『能』に言及しつつ説明したように、少年が旅を続けることができなくなったのは、少年の体力的な衰えが直接の理由ではない。そうではなくて病気という汚《けが》れのしるし das Zeichen seiner Unreinheit ゆえに松若は谷行の刑に処せられたのである。この区別は重要である。なぜかといえば『谷行』の場合には病気という「汚れのしるし」ゆえに罰せられたが、それが他の場合には、あるいは修正主義という「汚れのしるし」やトロツキズムという「汚れのしるし」ゆえに罰せられたのと同一の論理構造だからである。そしてそのような政治的粛清の場合にも一見「合理主義的解釈」として「ミカドのスパイ」であるとか「ヒトラーの手先」であるとかいうようなレッテルを貼ることは容易にできたであろう。自分たちにとって「いけすかない」国内敵はいくらでも作り出せたし、またそのような象徴敵を仕立てることによって同志の結束を固め、戦意を高揚させることさえ可能だったからである。ここで山口昌男氏も引いている、恐しいまでに意味深い、ラウシュニング『ヒトラーとの対話』（船戸訳、学芸書林、二六九ページ）の一節を私も引こう。

（ユダヤ人は抹殺さるべきであると考えるのかとの質問に答えて）

「そうではない」とヒトラーは答えた。「そうなったら、われわれはユダヤ人を作り出さねばならぬことになる。人は抽象的な敵だけでなく、はっきり目に見える敵を必要とするのである。」ヒトラーはカトリック教会を例に引いた。「カトリック教会も、悪魔だけで満足しているわけではないではないか。彼らとて、戦意を喪失しないためには、はっきりと目に見える敵を必要とするのである……」

「ユダヤ人が必要なのではなくて、ユダヤ人によって具現されるネガティヴな原理が必要だったのである」と山口氏は補足説明した。『谷行』の場合にも、「少年が必要なのではなくて、少年によって具現化されるネガティヴな原理が必要だったのである。」『谷行』の場合にも、山伏たちが破壊しているのは単なる一個人でなく、一つの原理なのである。公開の儀礼的な舞台で松若というスケープゴートを殺すことができたのは、少年にそのような条件が備わっていたからである。そしてその事は、裏返していうなら、山伏たちは汚れのしるしを破壊することによって党の原理の清らかさ、その純粋性を擁護しているのだ。『イエスマン』の第一稿が迫力を秘めていたのは、党のために——たとえ不合理であろうとも——命を捨てることをいとわぬ少年が描かれていたからだ。それに比べると『ノーマン』は——スツォンディは啓蒙開化の勝利として褒めるけれども——演劇作品としてはおよそ秘儀《ミステリー》を欠くがゆえにドラマティックな迫力にもまた欠けるのである。

いまここで劇的迫力の有無の問題を、日本人読者により身近な例で説明するために、『ノーマン』を謡曲『谷行』との対比において考察しよう。一休が「山伏峯入谷講猿楽」という漢詩を二首『続狂雲集』に残したことは前にふれた。一首はすでに引いたから、他の一首をここに引くと、

遠入峰山伏正傳　遠く峰に入る山伏正伝
所經道路幾山川　経る所の道路は幾山川

恨深萬仞斷崖底　恨は深し万仞《ばんじん》断崖の底
初發風流美少年　初めて風流を発す美少年

一休には、前の漢詩の際にもふれたが、稚児愛の趣味があった。『谷行』の帥阿闍梨《そつのあじゃり》と松若との間にもそれが感じられないわけでもなかった。また室町時代に猿楽を見に集った人々の興味も、ちょうど二十世紀の観客がスターに憧れるのと同じように、美少年の松若に注がれたのに相違ない。そのような背景はあるけれども、一休の漢詩は『谷行』という能楽がなぜドラマとして観客に訴えたかを明確に指摘している。すなわち劇的迫力は、

「恨は深し万仞《ばんじん》断崖の底」

という少年が犠牲に供されたことから発する悲哀の情であり、その感動を一休は、

「初めて風流を発す美少年」

と漢詩に賦した。ということは裏返していえば、少年が犠牲に供されることもなく、おめおめと引返してしまえば――それは確かに「誰かがとくにその隣りより臆病なわけでもなかった」のだろうが――それでは劇としての趣き（風流）は不発に終る、ということの逆証明でもあるのである。

『処置』のコーラス

「ブレヒトと能」について劇形式の類似点をめぐって適確な分析を加えた太田雄三氏は、『イエスマン』と『ノーマン』の関係についてては、その内容的変化を必ずしも発展とは考えず、

「ブレヒトの心を本当に捕えていたテーマは『イエスマン』のほうに表されている、共同体のための個人の自己放棄ということであろう」

とすこぶる妥当な判断を下している。その判断の一根拠は（スツォンディがその点にふれていないのはいかにも片手落ちと思われるが）、ブレヒトが『イエスマン』に引続いて書いた作品『処置』*Die Massnahme*においても作者は根本において右と同一のテーマを繰返し扱っているからである。エスリンのような鋭利な批評家はこの『処置』を目して「ブレヒトの最初の真の傑作」とか「このもっとも重要な教育劇」とか呼んでいるが、(7) ここでは『谷行』の名残りが『イエスマン』や『ノーマン』を通過した後で、なおどの程度『処置』にその痕跡をとどめているかを見てみたい。岩淵達治氏はそのブレヒト論でこの作品を次のように紹介している。

この（共同体の福祉のために個人が自己放棄をするという）考え方を現実の政治的状況で示したのが『処置』である。この作品も新しい観客形態の一つであるベルリン労働者大合唱団の集会において上演（一九三〇年）された。シナにおける革命運動の援護のためにモスクワから派遣された四人のアジテーターが、コントロール・コーラス（党の指導部）に自分たちの活動の状況を報告し、あわせて一人の同志を処分した事情を再現して党の判断を仰ぐのである。四人のアジテーターたちは交互に各場面の役を交替して、状況を説明する。コーラスは演ぜられた状況についての批判の論議に加わり、検討を行なう。……若い同志は理想主義的な、多分に感傷的なところのある正義感から党活動に加わった。彼はアジテーターたちとともに任務に就く。一同は活動に入る前に個人の名を棄て、顔を失い、党の役割の無名の代行者となる。活動の間に若い同志の未熟さと冒険主義的傾向があらわれる。……決定的な彼の誤謬は、弾圧が厳しくなり、飢えの暴動が起りかけた時期に、これ以上の貧困を黙止できなくなり、直ちに兵営襲撃を提案したことである。古典理論も本部の指令もこの悲惨を前にした彼には行動を妨げる障壁にうつる。彼は仮面をかなぐりすて、自分は貧しいものを救いに来たアジテーターだと叫ぶ。彼の正体は露見した。同志たちは彼をなぐり倒してかつぎ上げ、追手を逃れる。しかし追跡をうけた一同は、顔を知られてしまった若い同志を消さなければならない。三人のアジテーターは、今後の活動のためには彼を射殺してその死骸を石灰坑に投げ込み、彼の顔を消してしまうよりほかはないことを告げ、若い同志はこの「処置」を了解する。そしてコントロールのコーラスもその行動を承認する。

作品の限りにおいて党はここでは絶対的なものとして示されている。

個人は二つの眼をもつなら
党は千の眼をもつ
党は七つの国を見る
個人は一つの町しか見ない
個人は抹殺されることがあっても
党が消滅することはあり得ない

という党の絶対優位、「卑劣なことを根絶するためにはどんな卑劣な行為も敢えてし」「おのれの手を汚しても世界を変革する」という最高目的のための手段を選ばぬ戦略が称えられる。ブレヒト自身も「特定の断固たる処置」の学習のためにこの作品を執筆したと言っているが、インテリゲンチアの彼は自分の階級の陥り易い修正主義的傾向に対してことに峻厳な態度をとり、党に絶対的な優位を与えようとしたのである。

コミンテルンから派遣されたアジテーターが中国で任務に服する、という舞台の設定は、マルローの『征服者』とたまたま軌を一にするが、芸術的処理の形式は非常に異なっている。しかしここではその演劇の新形式の問題にはふれず、『処置』と『谷行』の関係——とくに最後のその処置なるものの問題に話題を限定したい。

ブレヒトの人と作品についてのエスリンの研究によると、戦争中ハリーウッドに亡命していたブレヒトは戦後（一九四七年）アメリカ議会の非米活動調査委員会に喚問され、この『処置』について質問を受けた。

「ブレヒトさん、この作品の登場人物の一人は彼の同志の手で虐殺されました。それはその処置が党、すなわち共産党にとってもっとも利益にかなったものであるからでした。そう取るのは間違っておりますか。あなたの御意見を委員の前で言ってください」

ブレヒトは答えた、

「いいえ、それは必ずしも話の筋に合っておりません…… 注意深くお読みくだされば おわかりかと思いますが、日本の古い劇の中と同様、問題になっているのは別の考え方です。この死んだ青年は自分が信じ自分が同意した使命に害を与えたと思い、それでその害を大きくすることのないよう死ぬ覚悟を決めたのです。それで同志に助けを求め、同志たちは皆この青年が死ぬことを助けたのです。青年は谷に身を投げます、そして皆はこの青年をいたわりながら断崖まで導いたのです。それが話の筋です」

エスリンは政治的な問題に敏感な人だが、ブレヒトが非米活動調査委員会の面々を煙にまくために、答弁に際して『処置』と『イエスマン』を意図的に混同したのだ、と解釈している。そのようにしてはぐらかしておけば、かりに委員会の側から反論が出たとしてもその際は「うっかり勘違いしました」と釈明すれば事は済むからである。そのように説くエスリンの説はいかにもうがった見方で、なるほどブレヒトならばやりかねまじい答弁だとも思える。しかしそうはいってもこうした答弁が彼にできたのは、やはり根本において『処置』が『イエスマン』や『谷行』の主題を踏襲していたからではあるまいか。青年が自発的に谷底へ身を投げるのと、射殺された挙句、顔形《かおかたち》がわからなくなるよう生石灰で焼かれてしまうのとでは話は違う、とエスリンはいう。しかしそれでも私は『処置』（初版）を読んでその結末の「はい」といわせる場面まで来た時、『イエスマン』やさらにその元にある英訳『谷行』のコーラスなどをまざまざと思い出さずにはいられなかった。いま『処置』の最後の一節を直訳しよう。

アジテーターたち
というわけでわれわれは決意した、
彼を消してしまわねばならない、完全に、
というのも、もう連れて行くことも置きざりにすることもできないからだ、
こうなれば射殺して石灰《せっかい》の坑《あな》へ投げこみ
生石灰で彼を焼かねばならない。

第一のアジテーター
彼がそれを了解したかどうか聞こうではないか、
彼は勇敢な、恐れを知らぬ、熱烈な闘士だった。

第二のアジテーター
だがたとい彼が了解せずとも
消してしまわねばならぬのだ、完全に。

第一のアジテーター（若い同志に）
われわれはおまえを射殺して石灰の坑《あな》へ投げこみ
生石灰でおまえを焼かねばならない。尋ねるが

おまえは了解したか？
若い同志
はい。
アジテーターたち
彼は「はい」と言った。
…………
われわれはおまえをどこへ連れて行けばよいのか？
若い同志
石灰の坑の中へ。
アジテーターたち
おまえは自分ひとりでやれるか？
若い同志
助けて手を貸してください。
アジテーターたち
おまえの頭をわれわれの腕にもたせかけろ、
眼を閉じろ、
われわれはおまえを運ぶ。
若い同志
共産主義の大義のために
万国の

プロレタリアの大衆の大躍進を了解し
世界の革命化を肯定して「はい」と言いつつ。
アジテーターたち
それからわれわれは彼を坑《あな》へ投げこんだ
足と足を揃えて崖のふちに
並んで立ちあがりみな
目をみひらいて
投げこんだ、
そして生石灰の塊と
平たい石を
投げこんだ。
それから町へまた戻ると
またわれわれは働いた、仕事を続けて働いた。

仕事というのは、共産主義のABCや古典理論を教宣し、圧迫された民衆を階級意識に目覚めさせる、という内容だった。

『処置』はその後、批判も浴び、改作もされた。しかし先に一休が少年が犠牲に供されたことで『谷行』に詩趣が湧いたことを詩に賦したように、この若い同志の死にブレヒトにおけるほとんど唯一の古典的葛藤と悲劇性を認めるというドイツ批評家（R・グリムなど）もいるようである。しかしそれにしても、

皆面々《めんく》に思ひ切り、
邪見《じやけん》の劔《つるぎ》身を砕く心をなしてかの人を、
嶮《けは》しき谷に陥《おとしい》れ、
上《うへ》に被《おほ》ふや石瓦《いしかはら》、
雨塊《あめつちくれ》を動かせる、
心を傷《いた》め声を上《あ》げ、
皆面々に泣きゐたり、
皆面々に泣きゐたり。

という日本の『谷行』とブレヒトの教育劇の間には、情《じよう》の上でずいぶん隔《へだた》りがあるように思われる。なにしろ『処置』では涙も流さず目も閉じず「目をみひらいて投げこんだ。」謡曲『谷行』がドイツ人の手にかかってついにこうしたものに化したのかと思うと憮然とする日本人もいるだろう。その変容の意外さに異質《フレムト》な感を覚える人は多いにちがいない。そして中にはその異和感の由来を日独両国の文化的背景の相違に求める人もいるかもしれない。だがしかし日本のかつての「党」とドイツのブレヒトの「党」と、はたしてそれほど違うといえたものか、どうか。

ブレヒトは結局、異端者か？

心理洞察を軽視したブレヒトは、人間について機械論的なアプローチをしたために「合理主義的誤解」ともいうべき皮相な論理の虜《とりこ》となった。まだ三十代でリゴリズムの傾向の強かったブレヒトは「幾何学の精神」でもって論理的に極限状況まで問題を詰めていったが、「繊細の精神」を故意に忘却したために、自分の取った一連の「処置」が、やがてモスクワで始まる三十年代の一連の政治裁判を予兆する作品になろうとは、まったく予覚していなかったのである。

とはいえベルトルト・ブレヒトはシュワーベンの農民の血を引く、黒い森《シュヴァルツ・ヴァルト》の出の、抜目のない、したたかな男であった。ヒトラーが政権を取った後、国外へ亡命した彼は、ソ連邦から招待を受けたにもかかわらず、そのソ連邦を素通りしてウラディオストックへ行き、そこからスエーデンの船でアメリカへ亡命した。また第二次世界大戦がすんだ後も、東ドイツへ帰るに先だってきわめて慎重な手を打った。まず中立国のオーストリアの旅券を申請し、西ドイツの出版社主で少年時代からの友人のズールカンプと契約を結び、スイスの銀行に口座を開いた。それだから戦後東ドイツに住むこととなったブレヒトは、そのオーストリアのパスポートでもって自由に西ヨーロッパ諸国へも往復できたのである。

ブレヒトは一九五五年にはスターリン平和賞を受賞した。そして翌一九五六年、ハンガリア事変が起る直前に亡くなった。死ぬ直前にはポーランド詩人アダム・ワジック Adam Wazyk の詩のドイツ語訳を手がけていたといわれるが、その中には次のような詩もまじっていた。

かれらはやって来た、駆けながら、叫びながら、
「社会主義の旗の下へ
切られた指はもはや痛みはしない！」
かれらは指を切った、
するとそれはひどく痛んだ、
そしてみな疑いはじめた。

このような詩を訳したということは最晩年のブレヒトのどのような感慨を示すものだろうか。筆者はこの詩を一九五八年七月二十九日の『マンチェスター・ガーディアン』紙の社説欄で読んだ。その社説は A Heretic After All ?「ブレヒトは結局、異端者か?」と題されていた。ブレヒトが死んでからはや二十年近い歳月が流れたけれども、この遺稿はその後どのように処理されたことだろうか。この訳詩はその後ドイツ民主主義共和国（東ドイツ）で計画されているブレヒトの全集におさめられたであろうか。それとも『マンチェスター・ガーディアン』紙の論説委員がおそれていたように、東ドイツではついに日の目を見ずに終るのだろうか。

あるいはしおらしく「はい」といい、あるいは舌をぺろりと出して「いいえ」と答えたブレヒトの運命は、生前も死後も、なお多くの謎を秘めているようである。

註

（1）『谷行』と『イエスマン』をめぐる従来の日本側の研究としては太田雄三氏の「ブレヒトと能」（『講座比較文学』第一巻、東大出版会）と小宮曠三氏の「能とブレヒト」（小宮『ベルトルト・ブレヒト』風濤社、所収）、ならびに岩淵達治氏の翻訳、解説および『ブレヒト』（紀伊国屋新書）などがあげられる。

（2）ウェイリーの英訳では『谷行』についても『生贄』についても「第一段」part I という指示は与えているが「第二段」という指示は与えていない。「第二段」の内容をはしょったために part II と書くことを訳者が差控えたものと思われる。説明の便宜上ここに「第二段」と指示しておく。

（3）たとえば『谷行』についての新しい英訳 *The Valley Rite*, translated by Royall Tyler in *20 Plays of the Nō Theatre*, ed. by D. Keene, Columbia U.P. はそのような正確主義を採っている。

（4）太田雄三氏は先の論文で「西洋の読者に分かりやすいようにと努めるウェイリーの姿勢は選曲だけでなく、訳しぶりにも現われている。例えば、ウェイリーは『谷行』と『生贄』の後半のハッピー・エンドに至る部分をまったく省略してしまっているが、これは神仏の助けで死んだ子供が生き返るといったいわゆる deus ex machina の解決が、自然さを重んじる近代劇を通ってきた西洋の読者には受け入れがたいと考えたためでもあろう」と解釈している。

(5)『ノーマン』でブレヒトは第一段に多少手を加え、教師が少年に「旅行中に起るかもしれぬことについては、おまえはなんでも了承するか?」と質問し、少年が「はい」と答えることになっている。『イエスマン』の第一稿にも第二稿にもなかった会話である。これは「入党の論理」ともいうべき会話であろう。

(6)ジャクスンの『くじ』の結末で黒い点のある当りくじを引いたハッチンスン夫人も「こんなのインチキだ!」と叫ぶが、しかしテシー・ハッチンスンの「ノー」は掟の実行にたいして発せられただけで、掟それ自体にたいする「ノー」ではなかったようである。

それにたいして謡曲『生贄』では――ウェイリーは英訳しなかったけれども――その結びの場面で富士権現《ごんげん》の御使があらわれ「今よりしては生贄《いけにへ》を止《とど》め、国土安全になすべし」と大法それ自体を神の威力であらためることになっている。

(7) Martin Esslin: *Brecht, the Man and His Work*, A Doubleday Anchor Book. p. 46, p.154. なお本書には山田肇氏ほかの邦訳がある。

漢文化と日本人のアイデンティティー
——白楽天の受容を通して——

白楽天の死後今日にいたるまでの評価や名声の問題について、満足のゆく解答を得るには、白楽天について何が言われ何が書かれたかをただ単に羅列して論じてみたところではじまらない。そのような評価や批評を下した人々がいったいいかなる人々であったか、またいかなる社会に住み、いかにしてそのような評価を下すにいたったかを説明しなければ、納得のゆく解答は得られないものである。もっともその問題を私自身はほとんど手掛けなかったのであるが。

ウェイリー『白楽天』、序。

先進文化の心理的圧迫

今日の日本人が西洋へ留学した際に、自分たちの先例として思い出す人は、身近な例では森鷗外、夏目漱石、内村鑑三などの明治の先輩の西洋体験であろう。しかし中には、それよりさらに古い先例として、平安朝の昔に唐代シナへ留学した日本人官吏や僧侶のことを思い出す人もいるにちがいない。『ドナウ源流行』の斎藤茂吉も『旅愁』の横光利一もヨーロッパの客舎で、それぞれ遣唐使や還学生の昔を回顧した。近代日本の西洋文化受容の体験は、それ以前の日本の漢文化受容の体験に負うているところが多く、和魂漢才のような日本人の折衷主義的な自己主張が、西洋文明の圧力下にはいるや、和魂洋才のスローガンに転じた心理についても筆者は先によそでふれた。(1) 蘭学者から今日にいたる二百年に及ぶ西洋文化摂取の歴史も、上代から幕末にいたる千数百年に及ぶ漢文化摂取の歴史と、相互に照らしあわせてみる時、それぞれの特性がいっそう顕著に浮かびあがる感がある。とくに最近数年は中国の存在がまた日本で新しく感じられ始めたので、ここで日本が漢文化から受けたものと西洋文化から受けたものの意味を、はじめに巨視的に大観し、ついで個別例に即して比較考察しよう。

水面の高さを異にする二つの湖の間に水路が通じると、高い湖から低い湖に向って水は激しい勢で流れ出す。文化と文化の関係もそれと似ている。国と国との関係をとざしている鎖国の障壁がとりはずされると、人間の関心は優越した文明へ注がれる。この場合の優越とは、国際社会での生存競争で優越した力をもつ、という意味での文化的優越である。そのような文化史的な次元にたって眺めるならば、一国と他国との関係はむしろ一方通行的なものであり、今日の相互主義的な外交儀礼の次元とは異なって、対面交通の関係ではなかった。文化上の輸出と輸入は必ずしもバランスが取れたものではない。日本についていえば、上代から書物については入超であり、留学生については出超である（この二つは日本が文化的には盛んに受容を行なってきたという同一のことを意味する）ように、日本人の目は常に文化上の先進国や大国に注がれてきたのである。

ところで今日の国際社会では、一九五〇年代から、先進国という言い方はともかく、当然それと対をなすはずの後進国（低開発国、undeveloped country, underdeveloped country, pays sous-développé, backward nation）という言い方を嫌うようになってきた。それは後進国や低開発国といういい方がその国民のプライドを傷つけるからである。そのために開発途上国（developing country, pays envoie de développement）という呼び方が採用されるにいたったが、先進国という呼び方がある以上、論理的必然として後進国が存在するという感じは誰しもが胸中に秘めているところであろう。そしてアジアをめぐる南北問題の難しさは、国際関係に国民のプライドや国家の威厳にまつわる、傷つきやすい心理上の問題が含まれているからにちがいない。そしてこうした国の呼び方に関する取扱いの変化にも示されるように、南北問題の難しさは、ただ単に通商面や

「援助する国される国」の問題だけではなく、サイコロジカルな問題であり、当局者にはその種の問題に対応できるだけの心理把握と感受性とが要求されるわけである。

今日の日本は、軍事的にはともかく経済的にはいわゆる大国となり、そのために東アジアの各地で摩擦を惹きおこして、相手に心理的圧迫感を与えているが、ここでは問題を裏返して、日本が自分を小国と感じていた際に、どのようにして大国から学ぼうとしたか、また文化的先進国にたいしてどのような劣等感を抱いたか、文化受容に伴う影響・被影響の関係を、その心理的コンプレクスをも含めて、巨視的に鳥瞰《ちょうかん》しよう。

日本が自分自身を小国と感じ「粟散辺土《ぞくさんへんど》」と意識したのは、黒船が出現するまでは、もっぱら中国（時に天竺）との対比においてであった。日本と中国の国交は当初から必ずしも対等ではなかった。聖徳太子のや肩を張った「日出づる処の天子、書を日没する処の天子に致す恙《つつが》無きや」という平等主義の主張に対して、隋の煬帝《ようだい》は「之を覧《み》て悦ばず、『蛮夷《ばんい》の書、無礼なるもの有り、復《ま》た以て聞《ぶん》する勿れ』と」いったと『隋書倭国伝』に記されている。中華の国の人は自分が世界の中心であり、一段と上にいるもののように考える習慣になれていたのである。そしてそのような相手の中華思想に迎合し、国威よりも貿易を重んじた外交は「書を大明皇帝陛下に奉った」足利義満などの外交であった。

ところで外交関係が開けたり、貿易関係が結ばれると、文化面でも流れが生じる。漢文化と日本の関係は、遣隋使や遣唐使が海を渡った奈良・平安時代が漢文化受容の第一のピークであり、足利義満が遣明船を送った室町時代が第二のピークであり、儒学が幕府の官学となった江戸時代が第三のピークであった。第四の、逆の方向でのピーク、すなわち文化の流れが逆転して中国から日本に、一年に一万名近くの留学生が海を渡って来たのは、清朝が科挙の制を廃止し日本がロシヤに勝利した直後の明治末年であった。そしてそのような漢文化との長い接触を通して、日本でもっともよく読まれた「外国の一冊の本」といえば、孔子の『論語』であった。内藤湖南も「日本文化とは何ぞや」（『日本文化史研究』）で指摘するように、多くの日本人にとって漢文の『論語』の方が和文の『源氏物語』よりはるかにわかりやすい書物であった時期さえもあったのである。この種の影響関係においては、先に影響を与えた方に歩《ぶ》があるので、絶対的な価値比較とはなり得ないが、日本における『論語』の影響の深さについては、『聖書』の影響がそれを抜くことは、おそらく千年待ってもあるまいと思われる。なおそのような外来の宗教やイデオロギーの相剋関係については、朝鮮半島やインドシナ半島における儒教の伝統、キリスト教の宣教、マルクス・レーニン主義の教宣の三つどもえの影響や習合《しゅうごう》が、短距離的には国際政治史の研究対象となり、長距離的には比較文化史の研究対象となるにちがいない。

ところで漢文化と周辺諸国の関係は、それに類した平行例を西洋に求めるならば、ラテン文化とヨーロッパ諸国の関係に対応するであろう。東アジアの国々において漢文が、菅原道真から新井白石にいたる千年以上もの時期にわたって教養語であり外交語《リンガ・フランカ》であったように、ラテン語はダンテにとってもエラスムスにとっても教養語であり外交語であった。日本の小説にあらわれる漢文教師の肖像は同時期の西洋の小説にあらわれるラテン語教師の肖像とすこぶる似通っている。(2) すなわち古風で髯をはやし、厳格で、生徒に頭ごなしに暗記を命じる。生徒はそのような旧式の授業に反撥を覚えるが、しかし年を取ってからはその古典の講読をかえってなつかしく思い出す……　もっとも漢文化と東アジア諸国との関係は、ラテン文化とヨーロッパ諸国との関係と多少異なる点もある。ヨーロッパの言語がラテン語と同じファミリーに属するのに反し、日本語や朝鮮語は中国語と言語のファミリーを異にする。ヨーロッパ人は自分たちをラテン文化の子孫と考えるかもしれないが、日本人は自分たちを漢文化の直系と考えることはできない。漢文化の直系の中国人は現に中国大陸に八億人（二〇一七年には十三億人）も生きている。それに反してヨーロッパでラテン語を話している地域はヴァチカン以外にもはやない。ラテン文化はローマ帝国の時代と違ってもう誰にも脅威を与えはしないが、巨大な人口を有する漢民族の存在は、西暦紀元前の秦の始皇帝――その治世はローマ帝国がカルタゴと戦っていた時期に相当する――の時期と同様、いまなお周辺諸国にとって時には脅威のあるプレゼンスともなり得る。西欧ではクルティウスが『ヨーロッパ文学とラテン中世』で主張したように、ラテン文化の伝統を提唱することによってヨーロッパの一体性の回復を説くことはまだしも可能だが、アジアではもはや漢文化の伝統を提唱することによって漢字文化圏の一体性の回復を説くことは華僑や華裔の間ではともかく、その他の民族の間では難しい。十九世紀中葉来の東アジアにはかつての優越した漢文化のほかに西洋文化の影響がいっそう強く感じられるからである。今日の日本で私たちが『解体新書』に始まる西洋文化摂取の二百年の歴史を、千数百年に及ぶ漢文化摂取の歴史に照して考察し得るというのも、過去における「漢文化と日本」という関係を一応歴史的に完結した影響・被影響の関係とみなし得るからであろう。もちろんこれからも中国大陸からは政治的・文化的影響が日本に及ぶにちがいないが、しかしその際はもはや「漢文化と日本」と呼ぶより「中国文化と日本」とでも呼べばよいような別の一章を設ける方がおそらく適当であるにちがいない。

ケース・スタディとしての白楽天

先ほど日本でもっともよく読まれた「外国の一冊の書物」は孔子の『論語』であると述べた。近ごろの日本で敬意をもって回想されている歴代首相の一人は広田弘毅であるが、その人の名前が広田自身が選んだ『論語』の「士ハ弘毅ナラザルベカラズ」の弘毅であるというのも、この倫理の書物の日本における影響の深さのほどを象徴的に示した一事であるだろう。英語表現で姓名の名をさす Christian name といういい方をもじれば、弘毅は Confucian name ということになる。そして私たちの周辺には儒教道徳の徳目を名前につけている人が意外に多いのである。しかし倫理の書物であるとか宗教の書物であるとか、いわゆる聖典視される書物は、先に影響を与えた方が、ややもすれば排他的に影響力を行使するので、西洋文学の影響との対比で日本における漢文学の特定の個人の影響を測る例としては、孔子のように聖人視された人物を取りあげるべきではなく、より純粋に文学者的な個人を選ぶ方が妥当であるにちがいない。それで漢文学と日本文学の関係を探る個別例としていまここに白楽天を取りあげ、この唐代シナの詩人を日本における文化受容や文化摩擦のリトマス試験紙のようにみたてて問題点を探ってみよう。なお白楽天と日本については、影響・被影響の関係の広さを暗示するように、水野平次氏の秀れた労作『白楽天と日本文学』（昭和五年）をはじめ金子彦次郎氏の分厚い『平安時代文学と白氏文集』（第一冊、昭和十八年、第二冊、昭和二十三年）、丸山キヨ子氏の『源氏物語と白氏文集』（昭和三十九年、東京女子大学学会）などの単行本をはじめ論文も多い。一作家と日本文学の関係についてこれほど多くの頁がさかれた例は西洋作家と日本文学の関係についてはいまだ見られぬところである。明治維新以後わが国において英語教育は盛んだが、それでも英文学を代表するシェイクスピアにしても彼が日本に与えた影響は、それ以前に白楽天が日本に与えた影響にははるかに及ばないからであろう。もっともその受容について高木正一氏は岩波版中国詩人選集十三『白居易』下巻の解説の結びで、日本における白楽天の影響の跡を鳥瞰した後、次のように指摘している。すなわち日本に伝わってきた「それらの詩は、多くの場合、美的表現に富む律詩ならびに長恨歌のたぐいであって、詩人が若い頃最も力を注いだ諷諭詩の精神のごときは、殆んどその影響がなかったといってよい。それが国情の相違によるのか、それともまた、これを受けいれた人々の、文学にたいする心がまえの違いによるものであったのか、いずれにしても注目すべき現象である。」

外国文学者の全貌が正確に日本に伝わっていない、といって嘆くのは日本の外国文学研究者に共通する口吻であるが、しかしなにが伝わったか、ということとともに、なにが伝わらなかったか、ということも、高木氏が指摘するように、受容する側のフィルターの特性を示すものだろう。はじめにその影響が弱かったといわれる「諷諭詩」のジャンルから二、三の詩を拾ってその特性を考えてみたい。

詩人という言葉は、近代においてはランボーやリルケなどのように、社会秩序の外や縁《へり》にいる人が連想される場合が多い。しかし科挙の試験に及第した白楽天は詩人であると同時に官僚であった。日本の文学史の中で白楽天のような一身二生の生涯を送った人を求めれば、菅原道真や新井白石や森鷗外のような人が連想に浮ぶ。そして白楽天の政治批判や社会批判が重厚な迫力をもつのも、やはり彼が官僚階梯の中にいて諷諭を行なっているからだろう。ただただ反体制気分は強いが、政治のメカニズムもわからなければ作品中に満足な政治人も描けない、というような文士気質の人とは、背景がどうも違うのである。

白楽天は平安時代の日本が遣唐使を送っていた時代、西暦でいえば七七二年に生れ八四六年に死んだ人だった。中国では隋の煬帝の時から科挙の試験制度によって官僚を選んでいたが、とくに安禄山の叛乱以後は、白楽天のような比較的低い階層の出身者も、試験に合格すれば、才能をのばして、高い地位につける見通しが開けたために、それが唐という国に新しい活気を与えていたといわれる。白楽天はだいぶ遅れて二十九歳の時、資格試験に通って進士となり、三十二歳の時、官吏採用の試験に通った。そのころ長安の都で対立していた二大勢力は宮廷内に力をもつ宦官と宮廷外に力をもつ官僚であったといわれる。白楽天がまだ三十代の官僚として職務に忠実に仕え、皇帝の側近である宦官の横暴に抵抗したことは次のような一詩からもはっきり読みとることができる。『源氏物語』の英訳者のアーサー・ウェイリーは白楽天の最良の伝記を書いた人といわれるが、(3)その第四章にこの『紫閣山北の村に宿す』の詩を引いて、作中の「神策軍」を「皇帝の身辺警護隊とは全く別箇のもので、その機能と行動においてナチスの親衛隊《エス・エス》に似ていた」と紹介している。

晨遊紫閣峰　晨《あした》に紫閣《しかく》の峰に遊び
暮宿山下村　暮《くれ》に山下の村に宿す
村老見予喜　村老　予《わ》れを見て喜び

爲予開一樽　予《わ》が為に一樽《いつそん》を開く
擧杯未及飲　杯を挙げて未だ飲むに及ばざるに
暴卒來入門　暴卒　来つて門に入る
紫衣挾刀斧　紫衣　刀斧《たうふ》を挾《さしばさ》み
草草十餘人　草草《さうさう》たり　十余人
奪我席上酒　我が席上の酒を奪ひ
掣我盤中飧　我が盤《ばん》中の飧《そん》を掣《と》る
主人退後立　主人　退きて後に立ち
斂手反如賓　手を斂《をさ》めて反つて賓の如し
中庭有奇樹　中庭に奇樹有り
種來三十春　種《う》え来たること三十春
主人惜不得　主人　惜しみ得ず
持斧斷其根　斧を持ちて其の根を断つ
口稱采造家　口々に称す　采《と》りて家を造る
身屬神策軍　身は神策軍《しんさくぐん》に属す
主人愼勿語　主人　慎《つつし》んで語ること勿《なか》れ
中尉正承恩　中尉　正に恩を承《う》く

いまこの漢詩を近代詩風に訳して解説に代えよう。なおウェイリーは、詩中にある「中尉」とは八〇六年、左神策軍の指揮をとることとなった宦官の将軍吐突《ととつ》承璀《しようさい》であろう、と推定している。吐突は新帝憲宗と皇太子時代から親しく、彼を帝位につけるのに力のあった人だった。

朝ぼくは紫閣峰にのぼった、
夕方ふもとの村に泊った、
村の故老はぼくが来たのを喜んで
ぼくのために酒樽を一つ栓を抜いた、
ぼくらは乾盃の杯《さかづき》をあげたが、まだ飲みほさぬうちに
乱暴な兵士どもがどやどや門からはいってきた、
紫色の制服で手には刀や斧を持っている、
十数人で押しあいへしあい
我勝ちに卓《つくえ》の上の酒を奪って
ぼくらの皿の料理を食った。
主人は席をたって部屋の奥にさがって立つと
両手を恭々しく袖に入れてまるで連中が賓客のようだ。
中庭に一本《ひともと》の樹があって
主人が手づから植えてもう三十年になる、
「こいつを切れ」と兵隊がいった、主人は断りもできない、
連中は斧をふるって根元から切り倒した、
口々にこれでもって家を建てるのだといっている、
なんでも親衛兵なんだそうだ、

「おい余計なことはつべこべ言うんじゃないぞ、
俺たちの大将は主席のおおぼえがめでたいんだからな」

ところでこの詩を読むと同じ主題をうたったロンサールの詩が私には思い出される。一五二四年に生まれ一五八五年に亡くなったこのルネサンス期のフランスの大詩人は、幸福な前半生と打って変った宗教戦争の悲惨をその晩年に目撃するが、死ぬ前の年には、革命軍や反革命軍によって故郷の田園が荒らされ、自分の愛するガティーヌの森の樹が無法に伐り倒されることを憤り、次のような悲歌《エレジー》を書いている。ゴーロワ気質のプレイアッド派の首領であるから、その詩に笑いや諧謔は絶えないが、しかしそれはまたなんという渋面《じゅうめん》の下の笑いであろうか。[4]

おい、樵夫《きこり》、少し手を止めろ、
おまえが地面に打ち倒しているのは樹ではないぞ、
おまえ見えないのか、血が滴《したた》っているのが
厚い樹の皮の下で生きていたニンフたちの血が？
神を畏《おそ》れぬ人殺しめ、たかのしれた品をくすねた
泥棒が首をくくられるくらいなら、
いったい、おまえ、おまえは神さまを弑《しい》した極悪人《ごくあくにん》、
火責《ひぜめ》、水責《みずぜめ》、鋸《のこぎり》、鉋《かんな》、極刑《きよくけい》、まことに万死《ばんし》に値《あたい》するぞ。

いま一つ白楽天の露骨な政治（官僚）批判が示された詩『歌舞』を取りあげてみよう。秦城は唐の都長安

をさしている。

秦城歳云暮　秦城　歳《とし》　云《ここ》に暮る
大雪滿皇州　大雪　皇州《くわうしう》に満つ
雪中退朝者　雪中　朝《てう》より退く者
朱紫盡公侯　朱紫　尽《ことごと》く公侯
貴有風雪興　貴は風雪の興《きよう》　有り
富無飢寒憂　富は飢寒の憂ひ無し

朱門車馬客　朱門　車馬の客
紅燭歌舞樓　紅燭　歌舞の楼
歡酣促密座　歓　酣《たけなは》にして密座を促《うなが》し
醉暖脱重裘　酔　暖にして重裘《ぢゆうきう》を脱す
秋官爲主人　秋官《しうくわん》主人為り
廷尉居上頭　廷尉《ていゐ》　上頭に居る
日中爲樂飲　日中より楽飲を為し
夜半不能休　夜半《なか》ばまで休《や》む能はず
豈知閿郷獄　豈《あ》に知らんや閿郷《ぶんきやう》の獄《ごく》
中有凍死囚　中に凍死の囚有るを

朱門は横浜の中華街の入口にあるような門を思えばよいのだろうか。秋官の秋は草木を枯らすごとく厳正の意で、刑罰をつかさどる官、廷尉は刑獄をつかさどる官、閿郷は河南の牢獄のある場所であるという。これも近代詩風に、ウェイリーの英訳を参照しながら、訳してみる。

長安では歳《とし》の暮になって
大雪が都にいっぱい降っている。
この雪の中を宮中から退《しりぞ》いて帰る者は
みな朱や紫の服を着た高位高官ばかりだ。
こうした貴人には雪の嵐も興のあることだろう、
裕福な人には飢えや寒さの憂いはないのだから。

繁華街には馬や車に乗って忘年会の客が来る、
歌舞《かぶ》の楼には燭台があかあかともる、
みんな感興にのって膝と膝とをすりあわせて坐り、
酒にほてって毛皮の上着は脱いでしまう。
招待主は検察庁のお偉方で
お客は司法省のお歴々だ。
音曲《おんぎょく》いりで飲みはじめたのはまだ日中《ひなか》だったが
いま夜中だというのにまだ宴会は終らない。
この人たちはいったい気にかけているのだろうか

閿郷《ぶんきょう》の牢獄では今夜も囚人が凍えて死んでゆくということを。

白楽天は『閿郷県の禁囚を奏する状』で獄中にとらわれたままでいる囚人のために弁じたことがあった。あまりに長い投獄のために妻は別の男のもとへ去り、またある者は獄死したが、その本人の代りにいまは息子が牢獄につながれている……

白楽天が官吏としてただ単に陳情書を書いただけでなく、詩人としてこの種の物語詩を書いたことについて、ウェイリーは次のような比較を試みている。「白楽天は監獄問題についての世間の関心を喚起するためにそれを詩の主題にとりあげた。それは今日のイギリスに引きうつしてみるならば、タイムズ紙に投書を寄せるとか、あるいはもっと大衆的な週刊紙にそれについての記事を書くのとほぼ似た行為であった。なぜならそうした詩はうまくヒットすれば長安中で歌われることになるからである。」

白楽天が監獄問題にふれたことは、同じく監獄問題を取りあげた『癌病棟』や『収容所列島』のソルジェニーツィンを連想させる。しかしタイムズ紙への投書の場合にしてもそうだが、投書した本人が逮捕されたりする危険性がない時に、言論の自由ははじめて効果的に機能し得るのである。ところで一面では官僚でありながら他面では花鳥風月を愛する詩人であり、その上、社会問題にも関心があって、社会正義の気持をたくみに表現する術を心得ていた白楽天という人物は、ウェイリーの訳詩や伝記を通して、イギリス人にも訴えるところがあったように思われる。とくにオクスフォードやケンブリッジ出身の civil servant 国家公務員には共感を呼ぶ節も多かったであろう。同期生との固い友情、淡々とした日常生活の詩情、書物や音楽を愛する気持、真直なしかし穏やかな人柄、宮仕えの喜びと悲しみ……　そしてそれと同じような理由で、白楽天はすでに彼の存命中から日本に名を知られ、平安時代の日本で愛読されるようになったのである。白楽天が藤原時代の学者政治家たちに読まれたことの背景にはまず大陸の先進文化というミラージュがあった。白楽天はその唐代シナでとくに愛読された詩人である。しかも言葉は平明である。官僚としての地位身分や社会生活に共通性がある。それに白楽天の性格や趣味が温雅で、日本人にも共感ができた。今日の日本では唐代シナを代表する詩人としては李白や杜甫が連想されるけれども、藤原時代の日本人にとって詩人とは、先にも述べたように、ランボーや李白のような社会にあぶれた型の人をさすのではなかったのであろう。こうして日本人にとって『白氏文集《はくしもんじゅう》』は標準教科書というか文学事典的な性質を帯びる『文集』となった。『文集』といい『集』といえばもうそれで『白氏文集』をさすほど広く読まれるにいたったのである。

　ところでそれほど広く読まれながら、なぜ諷諭詩の精神が日本に伝わらなかったのであろうか。ある文学者の外国での評価は、評価する人がどのような社会に住み、どのような人であったか、ということともちろん関係するが、しかし一般に政治批判、社会批判の詩は、とりあげられている政治問題や社会問題の背景が外国人にはよくわからないために、外国には伝わりにくいのではないかと思われる。そのような事情は日本が漢文化に対した時も、西洋文化に対した時も、それほど変りはなかったのであろう。たとえば先ほど引いたロンサールにしても、恋愛や自然を歌ったソネットは日本にも伝わるが、宗教戦争の悲惨に抗議し、平和のすすめを説いたような詩は、原作はすぐれていても、いっこうに読まれないものである。またシェイクスピアは政治人を描いて見事な劇作家であって、イギリス国民はシェイクスピアの読書を通して政治的教養を身につけるという面さえも考えられよう。もっともそのようにいうと『該撒《シーザル》奇談《きだん》自由太刀《じいうのたち》余波《なごり》鋭鋒《きれあじ》』に自由民権の思想を読みとった明治十年代のシェイクスピア受容の昔に逆行するように思われるかもしれないが、しかしシェイクスピアの政治的事件を前にしての深い感動が、日本の大学の英文科を経由して伝わると、印象がやはり稀薄になってしまうこともまた事実のように思われる。文学科を選んだという動機の裏に苛烈な政治的現実を直視したくないという逃避の心理が働いているからだろうか。それに、日本に白楽天の諷諭詩の精神が伝わらなかった、と遺憾の意を述べる日本人の中国文学研究者その人がはたして諷諭の精神を身につけているのかどうか。中ソ対立にからまるソ連批判の一環として「収容所列島」であるソ連を批判することに同調はできても、相手側が切返す「収容所大陸」という中国批判についてはかかわりたくないと思うのが多くの中国文学研究者の人情であろう。そのような心理を考えるならば、中国の監獄問題を直視して諷諭するということが白楽天にとっていかに勇気の要ることであったか、あらためて思い知らされるのである。(5)

白楽天と日本文学

白楽天は「諷諭詩」の詩人だけではなかった。一私人として、つつましやかな、無理のない、適度の楽しみを愛した白楽天は、そのような生活の感情を日記でも書くような調子で「閑適詩《かんてきし》」にうたった。その種の詩が占める割合は晩年になるにつれますます大きくなるが、日本で読まれた詩にもその種のものが多い。白楽天と日本文学の関係をかいつまんで紹介しよう。(6)

嵯峨上皇（七八六―八四二）は白楽天と同時代の人だが、まだ日本に知られていなかった白楽天の詩をひそかに愛読され、ある日『春江』の詩を小野篁《たかむら》に示された、という。

炎涼昏曉苦推遷
不覺忠州已二年
閉閣只聽朝暮鼓
上樓空望往來船
鶯聲誘引來花下
草色勾留坐水邊
唯有春江看未厭

炎涼《えんりやう》　昏暁《こんげう》　苦《はなは》だ推遷《すいせん》し
覚《おぼ》えず　忠州《ちゆうしう》　已《すで》に二年なり
閣を閉じて只《ひと》へに聴く朝暮の鼓《つづみ》
楼に上《のぼ》りて空しく望む往来の船
鶯声《あうせい》に誘引《いういん》せられて花下《くわか》に来たり
草色《さうしよく》に勾留《こうりう》せられて水辺に坐す
唯だ　春江の看《み》れども未《な》ほ厭《あ》かざる有り

縈砂遶石綠潺湲　砂を縈《めぐ》り　石を遶《めぐ》りて　緑潺湲《せんくわん》たり

詩は白楽天が四川省の忠州へ左遷されていた時の作である。嵯峨上皇が「楼に上りて遙かに望む往来の船」と「空」を「遙」にあらためて、この詩を小野篁に示されたところ、篁は、惜しむらくは「遙」の字が「空」でありましたならばと申しあげて上皇をいたく感服させたという。都へはやく帰りたい、という左遷された官吏の心境は、楼に上って「遙かに望む」よりも「空しく望む」の方に切切と示されるわけであるから「遙」よりも「空」の方が適切なわけだが、しかしこの逸話はうまくできすぎていて、話が流布したのも後代のことであるから、作り話であろうとされている。

ところで白楽天は、自分の詩が日本で読まれていることを知っていた。死ぬ前年の八四五年に『文集』の終りに自分の作品の写しが日本や朝鮮へ伝わっていると述べているからである。白楽天と日本の関係についてはまた次のような逸話も伝えられている。(7)

唐の会昌元年(八四一年)、李師稷《りしよく》が(揚子江河口地帯のすぐ南にあたる)浙東の観察使であった時、商人が一人嵐にあい、舟は遠く吹き流されてしまった。一月《ひとつき》以上漂流した後、ついに大きな山のある島に着いたが、その山にかかる雲も、木々も、白い鶴もみな実に不可思議な姿形《すがたかたち》をしていて、およそ人間界のものとは思われなかった。まもなく山から人が降りきてどうして島に着いたのかわけをたずね、商人の話を聞くと、舟をつないで陸に上るようにと言った。「あなたは天師にお目通りしなければなりません。」島の男はそういうと商人を案内して大きな建物へ連れて行ったが、それは仏教の寺とも道教の寺とも見えた。名前が伝えられた後で、商人は威厳にみちた道士の前へ通された。老師は髪も眉も真白で、広い堂の上座に坐り、数十人の侍者につきそわれていた。老師がいった、「中国のお方がこの地へ着かれたのは、なにかよほど御縁に恵まれたからにちがいありません。というのは、お知りおき願いたいが、ここは蓬萊の仙山です。ここに来られたからには、どうかこのあたりを一覧していただきましょう。」そういって老師は侍者の一人に命じて宮の内を案内させ景色や建物を見物させた。ずっと導かれて通ってゆくと、玉でできた台やかわせみのように輝く樹々もあって目も眩むばかりである。庭から庭を通って行ったが、どの院にもそれぞれ名前があった。そしてついに門が固く鎖され門《かんぬき》のかかった院の前に来た。許されたので、窺ってみると、ありとあらゆる花が庭にいっぱい咲いている。そのお堂にはクッションを置いた長椅子があり、その広間へいたる階段には香が焚かれていた。商人はこの院は何ですかとたずねた。案内が答えた、「これは白楽天の院です。しかし白楽天さんは今も中国にいらっしゃいますので、まだこの館にお住まいになっていらっしゃいません。そのうちにお見えになるでしょう。」商人はその話を記憶にとどめておき、数週間の航海の後、越州へ帰りつくと、その話を李師稷に語って聞かせた。李師稷はまたその話をすっかり白楽天へ伝えた。

この面白い、自分にまつわる話を聞いて、白楽天はまずこういう詩を書いた。『客説あり』、

近有人從海上廻　近ごろ人あり　海上より廻る
海山深處見樓臺　海山　深き処　楼台を見る
中有仙龕虛一室　中に仙龕《せんがん》あり　一室を虛《むな》しうす
多傳此待樂天來　多くは伝ふ　此れ楽天の来たるを待つと

いま七言絶句を八行詩に訳したウェイリーの英訳も掲げておこう。この英訳にはフェアリー・テイルとい

う感じがいっそう強く出ているようである。

A traveller came from across the seas
Telling of strange sights.
'In a deep fold of the sea-hills
I saw a terrace and tower.
In the midst there stood a Fairy Temple
With one niche empty.
They all told me this was waiting
For Lo-t'ien to come.'

いまこの英訳を基に自由な重訳もつけてみる。

旅人が海をわたってやって来て
不思議な景色の話をした。
「海の山の奥深いところで
ぼくは台地や楼を見た。
その中央には仙人のお寺があって
龕《がん》がひとつ空《あ》いていた。
これは、と皆がぼくにいった、これは

楽天さんが来るのを待っているのだ、と」

晩年仏教に帰依して未来仏である弥勒《みろく》を信仰していた白楽天は、仙を斥けた。彼は『客説あり』に続けて『客の説に答ふ』という詩を書き、自分が帰るところは弥勒の浄土の兜率天《とそつてん》であって、道教の蓬萊の仙山ではないと主張した。空門とは仏教である。

吾學空門非學仙　吾は空門を学ぶなり　仙を学ぶに非ざるなり
今君此説是虚傳　今　君が此の説　是れ虚伝ならん
海山不是我歸處　海山は是れ我が帰処ならず
歸即應歸兜率天　帰らば即ち応《まさ》に兜率天《とそつてん》に帰るべし

『白氏文集』に収められ「浙東の李」への返事として書かれた、と註されているこの二つの漢詩の背景について、ウェイリーは次のように推測をしている。白楽天はもうそのころ日本でも非常な名声を博していた詩人であった。それでそのころ日本を訪れた誰か中国の商人が日本側から、「白楽天はまだ生きていますか。もし白さんが日本へお見えになるようなことがあれば、すばらしい大歓迎を受けますよ」という趣旨のことを言われたのに相違ない。それでそれを聞いた李師稷が、その商人の話を前に引いたような典型的な道教風の逸話に仕立てて、病気がちの白楽天を慰めるために書き送ったのだろう、というのである。日本のことを蓬萊の島というのは中国の詩的伝統であった。

海山深き処　楼台を見る

中に仙黿《せんがん》あり　一室を虚《むな》しうす
多くは伝ふ　此れ楽天の来たるを待つと

という詩はそのような背景を踏まえているのだ、とウェイリーは解釈したのである。ウェイリーは『古今著聞集』巻第四の一〇八「大江朝綱夢中に白楽天と問答の事」などの、白楽天の来日を待望する日本人の心理のあらわれた一連の文学作品の存在を知っていたからこそ『太平広記』（九七八年）にも拾われた李師稷の話をそのように解釈できたのに相違ない。天暦六年は村上天皇の御代の西暦九五二年だが、後江相公と号した参議（相公）の大江朝綱は夢の中で白楽天と次のような会話を交わした、というのである。

天暦六年十月十八日、後江相公の夢に、白楽天きたり給へりけり。相公悦《よろこび》てあひたてまつりて、そのかたちをみれば、白衣をきたまひたり。面の色あかぐろにぞをはしける。あをき物きたるもの四人、あひしたがひたりけり。相公、「都率天よりきたり給へるか」と問たてまつられければ、「しかなり」とぞこたへ給《たまひ》たりける。申《まうす》べきことありてきたれるよし、のたまひけるに、いまだ、ものがたりにをよばずして、夢さめにければ、口をしき事かぎりなかりけり。

都率天は先の第二の漢詩の弥勒の浄土の兜率天だろう。あるいはひょっとすると大江朝綱は白楽天の二詩がなにを意味するかを知っていたからこそ「都率天よりきたり給へるか」という質問を発することができたのかもしれない。

またこれも白楽天の時代より後のことであろうが、日本には実際に西の京に白楽天の社というものが存在したこともあった。「白楽天社、在㆓北野旅社西南三町計㆒、由来不㆑貞」（『山城名跡巡行志』巻四）。日本における白楽天と目された菅原道真が北野天神に祀られたのであるから、それと同じように白楽天が日本で文珠の化身としてあがめられ、お社にまつられたこともあり得たことであろう。このような周辺文化国に特有の舶来の文物を尊重する態度に接すると、村上天皇の御代からちょうど千年後にあたる第二次世界大戦直後の日本の一部で見られた外国作家に対する異常な尊崇[8]がすでに予兆されているような印象を受ける。さすがに神社こそ立てなかったが「仏文学者何某夢中にサルトルと問答の事」に類した挿話もないわけではなかったからである。

ここで文学の上のみならず、生活の上でも白楽天のスタイルを踏襲しようとした菅原道真について考えてみよう[9]。白楽天は西暦七七二年に生まれ八四六年に死んだが、その死の前年八四五年に日本で菅原道真が生れた。菅原家は道真の祖父の清公《きよただ》が唐に学んだことのある学者で、遣唐の役に任ぜられるような家柄であった。平安時代の日本は別名を藤原時代というように、藤原家を中心とする貴族政治の時代だから、唐のように科挙の試験で選抜された官僚が統治する官僚国家と統治の構造そのものが違う。菅原家とか大江家とか三善家とかが、学問のある政治家を出したところで所詮、藤原氏に対抗できるはずはなかった。菅原道真が藤原時平にはかられてついに太宰府へ追われその地で没したのは周知の通りである。

ところで道真の時代に『白氏文集』が教養人の間の価値判断の基準となっていたことは、道真が家集二十八巻を奏進した時の醍醐天皇の御製『右丞相の家の集を献《たてまつ》るを見る』などに見られる記述からも察せられる。

門風自古是儒林　門風は古よりこれ儒林
今日文華皆盡金　今日の文華はみな尽くに金《こがね》なり
唯詠一聯知氣味　ただ一聯をのみ詠じて気味《きび》を知んぬ
況連三代飽清吟　況むや三代を連ねて清吟に飽かむや

琢磨寒玉聲々麗　琢磨せる寒玉　声声麗し
裁制餘霞句々侵　裁制せる余霞　句句侵す
更有菅家勝白様　更に菅家の白様《はくやう》に勝《まさ》れることあり
從茲抛却匣塵深　茲れより抛《なげう》ち却《す》てて匣《はこ》の塵こそ深からめ

醍醐天皇は清公《きよただ》、是善《これよし》、道真と続いた菅原家の学問をたたえ、菅家の家集は白楽天の詩に勝っているから、平生愛した白氏の文集七十巻はこれからはなげうちすてて帙《ちつ》を開くまい、「匣《はこ》の塵こそ深からめ」と過褒の辞をつらねたのである。そしてその道真自身が渤海から来た大使裴頲《はいてい》に、「礼部侍郎は、白氏が體を得たり」とその漢詩を褒められたことを喜んで記していたのである。

趣味の上の模倣がライフ・スタイルにもあらわれた例は、年輩の人々を招いて、置酒して詩を賦した尚歯会を、日本でも白楽天に遅れること三十二年で行なっていることで、『古今著聞集』には（巻四、一二二）、

尚歯会は、唐の会昌五年（八四五年）三月二十一日、白楽天履道坊にして、はじめておこなひたまひける。我朝には、貞観十九年（八七七年）三月十八日、大納言年名卿、小野山庄にてはじめておこなはれけり。

と出ている。その時、父の伴をして出席した菅原道真は『暮春に、南亜相の山荘の尚歯会を見る』という詩を賦しているが、その中でも、

逮從幽荘尚齒筵　幽荘に尚歯の筵に従ふに逮《およ》びて
宛如洞裏遇群仙　宛も洞裏《とうり》に群仙に遇へらむが如し

風光惜得青陽月　風光　惜しぶこと得たり　青陽の月
遊宴追尋白樂天　遊宴　追《したが》ひて尋ぬ　白楽天

と唐土の故人のあとを追慕している。

道真の漢詩の言葉づかいやイメージそのものに出てくる白楽天の痕跡についてはどうだろう。太宰府へ流されて、雁よ、おまえは明春北へ帰るだろうが、自分はいつの年になるだろうか、という『旅の雁を聞く』の詩、

我爲遷客汝來賓　我は遷客たり　汝は来賓
共是蕭蕭旅漂身　共にこれ蕭蕭《せうせう》として旅に漂《ただよは》さるる身なり
攲枕思量歸去日　枕を攲《そばだ》てて帰り去らむ日を思ひ量らふに
我知何歳汝明春　我は何《いつ》れの歳《とし》とか知らむ　汝は明春

の雁という主題そのものが白楽天から来ているのかもしれないが、枕を斜めにして物を思うさまが白楽天の『重ねて題す』、

日高睡足猶慵起　日高く睡り足れるも　猶ほ起きるに慵《ものう》し
小閣重衾不怕寒　小閣に衾《しとね》を重ねて　寒さを怕《おそ》れず
遺愛寺鐘攲枕聽　遺愛寺の鐘は枕を攲てて聴き
香鑪峯雪撥簾看　香鑪峯の雪は簾《すだれ》を撥《あ》げて看る

匡廬便是逃名地　匡廬《きやうろ》は便《すな》はち是れ名を逃《のが》るる地
司馬仍爲送老官　司馬は仍《な》ほ老いを送る官なり
心泰身寧是歸處　心泰く身寧きは是れ帰処《きしよ》
故郷何獨在長安　故郷は何ぞ独り長安にのみ在らんや

の第三行「遺愛寺の鐘は枕を欹《そばだ》てて聴く」から来ていることはいうまでもない。同じく配所に流されて『門を出でず』、おそれおののく気持を詩に示した時も、道真は、

一従謫落在柴荊　一たび謫落《たくらく》せられて柴荊《さいけい》に在りてより
萬死兢兢跼蹐情　万死兢兢《きようきよう》たり　跼蹐《きよくせき》の情
都府樓纔看瓦色　都府楼は纔《わづか》に瓦の色を看《み》
觀音寺只聽鐘聲　観音寺はただ鐘の声を聴く

と歌った。その際、道真が左遷された土地は廬山でなくて太宰府であったから、寺は遺愛寺から観音寺に変り、香鑪峯の雪は都府楼の瓦に置き換えられたのである。なお筑前国の鎮西府の政庁の正面にあったこの都府楼の瓦は舶来品であったといわれる。「万死兢兢たり」「何為《す》れぞ寸歩も門を出でて行かむ」という追われ者の心境にある道真が、そのような状況にあっても、あるいはその為にかえって、なお白楽天に典拠のあるような借物のイメージ、ないしはその応用によって詩を作っていたのである。

　ここで菅原道真の場合との対照裡に近代日本における西洋文化の受容の深度を測ってみよう。漢文化が日本にはいってから数世紀後の西暦九〇〇年前後の日本には、あるいは上層支配階級のみの現象であったかも

しれないが、外国語で自己の心境を詩にうたう右大臣も出たのである。明治以来の日本では英語教育が盛んとなり、近代の首相や外相でも英語が達者な人も出たが、しかし英詩で自己表現をしたというためしは聞かない。もっとも日本人にとっては英詩より漢詩の方が技巧的にやさしいのだから、この種の比較は不適当であるかもしれない。学者や教授にしても、江戸時代の儒者は漢詩文を書いたが、今日の英語教授は英詩を書けないのが普通だからである。中学校や高等学校の教育の課程では、漢文の授業の方が英語の授業よりも相対的に内実のある事柄を教えることができるのは、（あるいはできたのは、）日本人が幼年時代から漢字を習ってきた賜物だろう。

また漢文化の日常生活への浸透度も西洋文化の浸透度との対比において考えてみよう。菅原道真より百数十年遅れて清少納言が登場するが、その『枕草子』にも「書《ふみ》は、文集、文選、新賦、史記、五帝本紀。願文、表、博士の申文《まうしぶみ》」（二一一）とあり、『白氏文集』が筆頭にあげられている。そして二九九段には有名な挿話、

雪のいと高う降りたるを、例ならず御格子《みかうし》まゐりて、炭櫃《すびつ》に火おこして、物語などして集りさぶらふに、「少納言よ、香爐峯の雪いかならん」と〔中宮〕仰せらるれば、御格子あげさせて、御簾《みす》を高くあげたれば、わらはせ給ふ。

が出てくる。先に引いた『重ねて題す』の中の詩句「香爐峯の雪は簾をあげてみる」が中宮定子の念頭にあり、清少納言にもあったからこそすばやくなし得た気転であった。今日の日本でかりに宮中で妃殿下がシェイクスピアの詩句をいわれたとしても、それに応ずる女官がいるとは考えられない。それは女官の質の良し悪しの問題ではなくて、英文学の代表者であるシェイクスピアといえども、かつて白楽天が平安時代の日本で持ち得たほどの権威をいまの日本では持ち得ず、またかつて白楽天が読まれたほども広くは読まれて

いない、ということなのである。それに平安時代の日本で『和漢朗詠集』中の白楽天の詩句を朗詠したようにシェイクスピアの名句を暗誦するというような教育は近頃の日本では残念ながらはやらなくなってしまった。だが考えてみると、妃殿下と女官がそれこそ暗号で目配せでもするように、シェイクスピアの詩句で意志をさっと伝えるようなしぐさは、今日イギリスの宮廷でもはたしてできうることだろうか。

それに対して平安時代の日本の宮廷では、白楽天の有名な詩句をそらんじていた中宮や清少納言は必ずしも例外的な人ではなかった。清少納言と同時代人である紫式部は『源氏物語』の総角《あげまき》の巻に次のように書いている。

雪の、かきくらし降る日、ひねもすにながめ暮らして、世の人の、すさまじきことにいふなる、十二月《しはす》の月夜の、曇りなくさし出でたるを、簾垂《すだれ》まきあげて見給へば、向ひの寺の鐘のこゑ、枕をそばだてゝ「今日も暮れぬ」と、かすかなる響きを聞きて……

歳末の夜、降りつもった雪の上に月光がさしているこの情景は一種の「すさまじさ」を感じさせ、白楽天の『重ねて題す』の詩の朝寝坊をして起きた人のものぐさや怠惰を感じさせる詩情と雰囲気を異にし、美学の上での転調が認められる。しかし「向ひの寺の鐘のこゑ、枕をそばだてゝ」聴く、というイメージは、これはもちろん白楽天の同じ詩から来ているのである。なお紫式部が女でありながら漢文が読めるということを隠していたけれども、ついに乞われるままに、ひそかに中宮彰子に白楽天の文集をお教え申しあげたことが『紫式部日記』に出ている。『源氏物語』のはじめの桐壺の巻は『長恨歌』の楊貴妃をはじめ白楽天への言及が多いこともまたよく知られている。ところでこの『紫式部日記』でも「文集《もんじゆう》」といえば『白氏文集』をさしていたが、白楽天が平安朝の日本でいかによく読まれたかを統計的に示すことのできる材料がある。

『源氏物語』が書かれたのは西暦一〇〇〇年前後だが、一〇一八年ごろ『和漢朗詠集』という朗詠の用に供する唐人・邦人の漢詩文の佳句と和歌を集めた選集が藤原公任の手で編まれた。この『和漢朗詠集』はその後数百年にわたって日本で標準教科書的な役割も果たしたので、後にイエズス会士が日本に渡来した時、西洋人宣教師の日本語訓練用に吉利支丹版の『和漢朗詠集』が長崎で印刷されたほどだった。その内容は、

総数八〇四
- 漢詩文五八八
  - 漢家詩文二三四（内、白楽天一三八）
  - 本朝詩文三五四（内、菅原文時四四、菅原道真三八）
- 和歌二一六（内、紀貫之二六、凡河内躬恒一二、柿本人麿八）

という風に分類される。平安朝中期の日本人の趣味性がどの辺にあったか多少見当がつこうというものである。そして平安時代に限らず、それより四百年を経た後の室町時代でも、謡曲には『和漢朗詠集』からの引用が多い。白楽天の引用も、直接『白氏文集』からというより『和漢朗詠集』を介しての引用なのである。『平家物語』にも謡曲『紅葉狩』にも出てくる、

林間に酒を煖めて紅葉《こうえふ》を焼《た》く

とか、『松蟲』『西行桜』に出てくる、

朝《あした》に落花を踏んで相伴なつて出づ、暮《ゆふべ》には飛鳥に随つて一時《いつし》に帰る

とか、『鉢の木』の佐野常世がいう、

ああ降つたる雪かな、いかに世にある人の面白う候ふらん、それ雪は鵞毛に似て飛んで散乱し、人は鶴《かく》氅《しやう》を被《き》て立つて徘徊すと言へり

雪は鵞鳥の羽が散乱するようで、人は鶴の毛衣を着たようだ、という台詞も『和漢朗詠集』の白楽天の佳聯を踏まえているのである。そしてその前の、世に時めく人にとっては降りしきる雪も興があるに相違ない、という発想それ自体も前に引いた諷諭詩の『歌舞』に出ていた、「貴は風雪の興有り」。『松蟲』などには、「伝へ聞く白楽天が酒功賛を作りし琴詩酒《きんししゆ》の友」と白楽天の名前が直接出てくるが、『和漢朗詠集』にも、白楽天の、

晋《しん》の建威将軍劉伯倫酒を嗜んで酒徳頌を作つて世に伝へたり
唐の太子の賓客白楽天また酒を嗜んで酒功讃を作つて以てこれに継ぐ

という『酒功賛』の冒頭の句が引かれている。唐の太子の賓客とは皇太子の補導役をさすとのことである。

「ひいきの引倒し」

このように展望してくると、漢訳仏典であるとか四書五経であるとかのいわゆる聖典を除くなら、日本文学にもっとも影響を与えた外国文学者は白楽天であろうかと思われる。白楽天の影響の浸透度に比べるなら、

西洋のシェイクスピアもゲーテもトルストイもスタンダールも、よほど影が薄くなる。ということはとりもなおさず、明治以降の日本は西洋文明の影響を全面的に浴びたように見えるが、その実、平安時代の日本が漢文化のミラージュに幻惑されたほどではなかった、という結論にもなりそうである。しかしその日本における漢文学の影響はどのように評価するのが正当なのだろうか。

平安朝文学をはじめ白楽天の痕跡がこのように数多く見られると、そこから白楽天は日本文学の恩人と呼ぶような見方（『大衆詩人白楽天』、岩波新書、の著者片山哲氏など）も出てくる。そのように影響を重大視する見方は、影響関係を重要視する学者にはもちろんのこと、自分自身の漢文化摂取の努力を肯定されたように感じる中国文学者や、また日本文化そのものが中国文化の派生物ないしは借物のように思っている中華の国の人々の耳にもたいへん心地よくひびく。影響関係があり、刺戟が働いたことはなるほど事実に相違ないが、しかし『源氏物語』の冒頭の桐壺の巻に白楽天の『長恨歌』への言及が再三あるからといって、それでもって『源氏物語』全体が中国の影響によって出来たかのような記述に接すると、これはいくらなんでも誇大な説といわざるを得ない。吉川幸次郎氏もその点にふれて、

「比較文学的な研究が盛んになりますと、日本のいろんなことが中国からの影響というふうに言っていただけるんです。私ども中国に縁のあるものといたしましては、たいへんありがたく、感謝にたえない次第でございますが、どうもときどき、ひいきの引倒しのようです。……これからは、北京と国交も開けそうですし、両国の交通いよいよさかんになりますと、そういうひいきの引倒しみたいな議論が、たいへんありがたくはございますが、いっそうふえる心配なしとしない。」

と「中国文明と日本」（『吉川幸次郎講演集』、朝日新聞社）で皮肉を述べている。『源氏物語』のような長篇小説《ノヴェル》はもとより、長篇小説という文学上のジャンルそのものが西暦一〇〇〇年当時の中国にはなかった。『水滸伝』や『三国志』が書かれたのは十四世紀になってのことであり、（短篇小説を集めたものだが）西洋

で『デカメロン』が書かれたのもやはり十四世紀になってのことであった。白楽天の詩が局所的には刺戟を与え、色彩りを添えていることは事実にしても、その種の影響関係の意味を過大視してはならないだろう。しかし日本の高等学校の漢文教科書には、

『長恨歌』のわが国文学への影響は、はなはだ大きい。ここにあげる各時代の作品を読んで、その箇所を『長恨歌』の原文と比較しよう。

『源氏物語』（桐壺、葵、絵合、幻）、『枕草子』（三四）、『更級日記』、『今鏡』、『増鏡』、『海道記』、『平家物語』（二、三、六）、『源平盛衰記』（五、二五）、『十訓抄』、『和漢朗詠集』、『奥の細道』

などという専門家なみの努力や知力の必要な課題が生徒向けの「研究課題」に出題されている（内野台嶺ほか編『漢文選全』、教育図書株式会社）。おそらく編集の諸教授は生徒が実際に右の諸文献にあたることを期待してはいないのだろう。編集の漢学者たちは日本における漢文教育の衰退を憂慮して、漢文化が日本文化の発展に寄与した事実を右のような例を数多く並べることによって強調したかったのにちがいない。漢文化のところで周辺文化圏の知識人にありがちな中心文化につながりたい、と願う心情と、そうした心情ゆえに生ずる歴史認識の歪曲について、ウェイリーは次のように指摘している。

ヨーロッパには日本文明は独自性のある文明ではなく、もっぱら派生的な文明だとみなす人々がいる。このように間違った考え方が西洋で行なわれていることの責任の一半は、間接的にではあるが、日本の中世文学の註訳者たちの側にもある。これらの註訳者たちは別にはっきりした確信もなしに、いわば一種の学者づいた知的遊戯として、その当時の日本文学の総体をことごとく中国文学と関連づけようとした。そ

れだから清少納言の『枕草子』は唐の詩人李商隠の『雑纂』に比せられ、『源氏物語』は司馬遷の『史記』の流れを引くものとされ、『万葉集』の詩人すべてには中国にその原型があるとされた。このように日本と中国を並列させた種探しに類することはあまりまじめに受取らなくてもよいことではないか、と私は考える。才気煥発な清少納言の『枕草子』が退屈で平凡な李商隠の『雑纂』の模倣であるとは、両者を読んだ人にはいかなる意味においても考えられないところであろう。こうした学者たちが確立しようとしたのは両国の文学の間の親子関係――それも一種のシェーマに基づく関係であって、このような試みがなされたのは、やはり仏陀や菩薩が土俗の神々の姿を取ってあらわれたとする本地垂迹説という日本的神学の成功に影響されたのであろう。(10)

ウェイリーが指摘するような、実証抜きに中国文学と日本文学の親子関係を説くような主張はだんだん影をひそめた。たとえば今日、謡曲は元曲の影響を受けて書かれた、などと説く人はよほど少ないであろう。しかしそれに代って、中国文学と日本文学の影響関係を綿密にたどるけれども、今度はその実証から一足飛びに大袈裟な結論へ飛ぶ幼稚な比較文学研究が行なわれもしたのである。日本の多くの比較研究者は先進文化から影響を蒙ることを無条件的に評価し、その意味を肯定しているようだが、中国大陸と地続きなためにいわば暴力的な接触によって先進文明を上から押しつけられた半島地域の朝鮮やインドシナは、はたしてその影響によってより多くの幸いを得たであろうか。同じく島国に生きる人として大陸文化の影響の意味を比較考察するウェイリーは勉励模倣の意味もさることながら勉励創作の意味をさらに重視するようである。それだからウェイリーは従来の日本人の見方とははなはだニュアンスを異にする次のような菅原道真観も述べている。すなわち、

「道真の奴隷的ともいえるような白楽天の模倣は、かつて歴史に例を見ないほどの文学上の平身低頭を示

すものである。(11)」

なにか道真に対して酷に過ぎる評価のように感じられる。中世ヨーロッパの詩人にも日本人が白楽天を真似たと同じように、ウェルギリウスを真似た詩人がいたではないか、とも言いたくなるのである。

ところでウェイリーは清少納言の漢学知識についても一種の留保をもって臨んでいる。すなわち、「二十世紀の今日、英国の宮廷につかえる女官で多少ギリシャ語を読んだ女の人は——いやギリシャ語そのものでなくともギリシャ学者のギルバード・マリーの英文著作を多少なりとも読んだ人は——彼女の仲間内ではまちがいなく学者としてまかり通るだろう。しかしケンブリッジの女子学寮であるガートンではその程度の知識に感心する人は一人もいないに相違ない。それとほぼ同じことで清少納言が身につけた程度の漢文の教養は宮中では女官たちを驚嘆させたが、しかし藤原氏の大学寮では清少納言程度の学識はいっこう人目につかなかったに相違ない。」

人々がややもすれば清少納言の学識を褒めそやそうとする傾向に対し、ウェイリーは『枕草子』の英訳本に右のような比較例を引いて、過大評価を戒めたのである。なるほど平安朝の社会では漢文化の学識こそがもっとも尊重されたものであっただろう。それだけに清少納言たちは自分たちの平がなで綴った文章が男たちの漢字で綴った詩文に優るなどとは考えてもいなかっただろう。またそれだけに清少納言の虚栄心は自分の漢文知識が高く評価されることを望みもしたであろう。しかし平安朝の漢文志向という他者本位の価値体系がやがて風化するにつれて、平安朝の男たちの中国本位的な価値観から洩れていた母国語の著作が、後には平安朝文学を代表するものとして前面へ現れてきたのである。作品の価値は執筆時に世間の人々がもっていたコンヴェンショナルな基準を越えたところに生ずる。趣味の世界であった当時の貴族社会は、借物の漢文でなく、やまとことばを通して自己表現をした時、はじめてその洗練された感覚をのびのびと生かすことができたのである。清少納言の文章の光彩は彼女の才気に由来するのであるから、その学識の意味を過大評価してはならないのであろう。

なお日本ではこのようにして西暦一〇〇〇年前後に、作者が女性であったために、漢文でなく母国語で秀れた文学作品が書かれたが、ヨーロッパでは西暦一三〇〇年前後に、ダンテが天才であったために、ラテン語でなく母国語で秀れた文学作品が書かれた。

謡曲『白楽天』の深層心理

日本と中国の関係が、元寇の後、ふたたび緊密になるのは室町時代である。『善隣国宝記』には足利義満の『遣明書』が載っているが、国威よりも貿易を重んじたからであろう、かつての聖徳太子に比べると著しく低姿勢である。義満は出家して法名を道義と名乗っていた。

「日本准《じゅ》三后道義、書を大明皇帝陛下に上《たてまつ》る。日本国開闢《かいびやく》以来、聘問《へいもん》を上邦に通ぜざるなし。道義幸に国鈞《こくきん》を乗《と》り、海内虞《おそ》れなし。特に往古の規法に遵《したが》ひ、使肥富《こいずみ》に祖阿《そあ》を相副《そ》へ、好《よしみ》を通じて方物、金千両、馬十疋、薄様《うすやう》千帖、扇百本……を献ず。海島を捜尋し漂寄の者幾許《いくばく》の人を還す。道義誠惶誠恐、頓首々々謹言。

応永八年五月十三日」

応永八年は西暦一四〇一年だが、道真の死後五百年ほどの間隔をおいてこの時代に漢文化の影響がまた強くなった。五山の禅宗僧侶の間で漢詩文が行なわれただけではない。日中貿易そのものも禅僧により推進された。九州の商人肥富《こいずみ》に随行した祖阿《そあ》もその一人で、当時の遣明船は天竜寺船《てんりゆうじぶね》といった呼び名からもわかるように禅僧の力が背景にあった。文学も絵画も次第に中国化してゆくが、雪舟（一四二〇－一五〇六）なども幕府の遣明船で大陸に渡り北画を習ってきた一人であった。ところで右の『遣明書』にある「漂寄の者」とは実際は倭寇が捕えてきたシナ人であるといわれるが、当時の謡曲にはそのような国際関係を反映した作品もいくつか混っていて興味深い。たとえば『唐船《とうせん》』のシテの祖慶官人《そけいかんにん》が日本に抑留されているのは、

箱崎殿の説明によれば、

「さても一年唐土《ひとせもろこし》と日本の舟の争あつて、日本の舟をば唐土に留め、唐土の舟をば日本に留め置きて候」

係争があって日本船が中国に抑留されたから、対抗措置として中国船を日本に抑留した、というのである。それで祖慶官人が日本で牛馬を飼って十三年経つうちに日本人との間に子供が二人できた。ところが中国にいた二人の子供がわざわざ日本まで父親を訪ねにきた。それで父親も帰国を許されることになったが、箱崎殿は二人の日本子の方は出国を認めない。父は日本子に引かれて残留しようと思うが、そうすれば中国子のことが気にかかる。結局箱崎殿が全員の出国を認めて目出度く乗船、「楽《がく》を奏しつつ漕ぎいづ。地は筑前」なにか日本と中華人民共和国、あるいは日本と朝鮮民主主義人民共和国との間にでも起りそうな人道問題と似ているが、足利義満の時代の京都には日本人の妻子のいた魏天であるとか陳外郎《ういろう》の子の陳宗奇であるとかいった中国人も実際に暮して都の風俗に異趣を添えていたのである。

ところで上は将軍義満をはじめ人々が唐物趣味に熱中し、漢文化の影響が身辺に迫りだすと、日本では一面では漢文化に惹かれながらも、他面ではそれに反撥する心理も生じた。この種の愛憎並存《アンビヴアレンス》は大国の影響下に置かれた小国や旧植民地国にしばしば見られる心理現象であり、外来文化の影響が強大となるにつれて、自国文化のアイデンティティーについて本能的とでもいえるような危機感が湧くのである。唐風が盛んになった室町時代、その唐物趣味を盛んにした将軍義満の庇護を受けて出世した世阿弥は謡曲『白楽天』を書いたが、その作品には日本人の対中国への深層心理が如実に示されている。従来の「白楽天と日本文学」の比較文学研究は、ややもすれば影響のポジティヴな面のみに光を当ててきたきらいがあるので、ここでは文化摩擦に伴うネガティヴな面も取りあげて率直に検討してみよう。

世阿弥元清（一三六三―一四四三）は白楽天よりも六百年ほど遅れて生きた人である。その世阿弥が身辺に漢文化の影響をひしひしと感じた時、いわば漢詩文を象徴する人として彼は白楽天を思い浮べた。（ダンテがラテン文学を代表する人として『神曲』中にウェルギリウスを登場させたのと同様の心理であろう。白楽天はここでは漢文化的教養の象徴なのである。）ワキの名乗りは先にふれた『和漢朗詠集』の見事な引用で始まる。

　そもそもこれは、唐の太子の賓客《ひんかく》、白楽天とはわがことなり。さてもこれより東《ひんがし》にあたつて国あり、名を大日本《だいにつぽん》と名付く、急ぎかの土《ど》におし渡り、日本《につぽん》の智慧を計れとの宣旨《せんじ》に任せ、只今海路《かいろ》に赴き候。

白楽天の来日を待望した心理が日本人側にあったことはすでにふれた。しかし楽天が来日した事実はなかった。それが謡曲では日本の智慧をはかり「日本をば従へよ」という唐の皇帝の宣旨を受けて、

　舟漕ぎ出でて日の本の、舟漕ぎ出でて日の本の、そなたの国を尋ねん。

と九州に渡って来るのである。その筑紫の海の描写も「巨水《こすゐ》漫々として碧浪天を浸《ひた》し」と（出典は不明とされているが）いかにも漢詩風で白楽天の渡航を叙するにふさわしい。すると本人がまだ名乗りもせぬうちに日本の漁夫が、

「おん身は唐の白楽天にてましますな」

という。そして「不思議やな」と驚く白楽天と漁翁の間にはなお次のような会話が引き続く。

「いかに漁翁、さてこの頃日本にはなにごとを翫《もてあそ》ぶぞ」

「さて唐にはなにごとを翫び給ひ候ふぞ」

白楽天と漁師の地位の上下を反映してのことだろうが、白楽天の言葉づかいは高飛車で、漁翁の言葉は謙

遜である。しかし漁翁は質問に直接答えず逆に「さて唐にはなにごとを」と問い返したりもする。白楽天が、

「唐には詩を作つて遊ぶよ」

と答えると、漁翁は、

「日本には歌を詠みて、人の心を慰め候」

と返答する。「日本には歌を詠みて遊び候ふよ」といわず、言葉をかえて答えたところにすでに歌についてのある種の見方が示されているのである。白楽天と漁翁はそれから文芸競技にうつり、白楽天が漢詩を示すと漁翁はたちどころにそれを歌に詠みかえし、日本ではいやしい漁師だけでなく「生きとし生ける者、いづれも歌を詠むなり」と例をあげて白楽天を感嘆させる。このように和歌の功徳を説く漁翁は実は和歌三神の首座である住吉の神の化身なので、後場でその正体をあらわし、しまいに舞の袖の手風神風で、

「住吉の、神の力のあらん程は、よも日本をば、従へさせ給はじ、速《すみ》やかに浦の波の、立ち帰り給へ楽天」

と唐船を漢土に吹き戻してしまう。それは漢詩文の圧倒的な影響に対してやまとうたで対抗するという紀貫之以来の日本人の心意気でもあった。なお慈円（一一五五―一二二五）には白楽天の漢詩を念頭においてよんだ次のような歌がある。

　　から国やことのは風の吹きくればよせてぞかへす和歌のうら浪

謡曲『白楽天』にも「うら波」「帰る」などの言葉が見え、発想が酷似しているから、世阿弥は右の慈円の歌を念頭に置いて『白楽天』を書いたのかもしれない。

ところで謡曲『白楽天』について野上豊一郎は『謡曲全集』（中央公論社）に次のように解説している。

支那は文芸に於いて長い間日本の先進国として尊敬されてゐた。殊に白楽天は王朝以来人気を独占してゐた。その白楽天が日本の智慧を測れとの王命を受けてやつて来ると、住吉の明神は漁翁の姿で筑紫の沖に出迎へ、海上で文芸競技をして彼を圧倒し、更に舞楽の精華を示し、神風を起して唐土へ追返してしまふ。和歌の道を以つてすれば支那の詩文に退《ひ》けは取らないといふ民族的優越感が主題となつてゐる。

この「民族的優越感」という語の使用は異常な倒錯である。創作の動機は民族的劣等感でこそあれ優越感ではない。(もっとも優性コンプレクスはすぐに裏返されて劣性コンプレクスに転位するので、父親が「支那」に対して民族的優越感で臨めば、子供は「中国」に対して民族的劣等感で臨むような例も見られる。)白楽天はなにも自分から日本へ来ようとしたのではない。日本の作者が勝手に来日させ、勝手に文芸競技を行なって相手を畏伏させ、その上勝手に追返したまでである。ただ白楽天を追返すについて「優雅な舞楽の方法を用ゐたことは、能楽演奏上の必要から来たものであるとはいへ、この場合勝者の堂々たる襟度を示すのに誠に都合のよい、極めて妥当な脚色となつてゐる」という佐成謙太郎の『謡曲大観』の概評は適切かと思う。粗野なお国自慢は『春日竜神』とか『唐相撲』とかその当時の謡曲や狂言に数多いが、おおむね夜郎自大の傾きをもっている。その中で日本人の文化上の自己証明を大和歌《やまとうた》に求めた、という本曲の主題は、世阿弥がアイデンティティーの問題を相当深刻に考えていたからではあるまいか。今日の日本は幕末以来、欧米文化の影響をずいぶん受けてきたが、しかしシェイクスピアが日本を「従えよ」という英国女王の宣旨を受けて黒船で万里の波濤を凌いで来る、というような文化上の危機幻想にさいなまれたことはさすがになかった。そのような危機感はもしかするとインドの知識人あたりには生じたこともあったかもしれない。マクミランという(前のイギリス首相の一族の)書店から出た赤い表紙の英文学叢書には、特にインド学生の便宜のために詳注を付す、などということわりもついていたからである。となるとシェイクスピアの「一冊一冊が軍艦に等しい」[12]ということにも実際なり得たのである。

日本人の自己証明

ところで日本人の自己証明を和歌に求めるという発想について渡部昇一教授に『日本語について――言霊の視点から――』という興味深い論文がある。渡部氏はフィヒテの国語論（『ドイツ国民に告ぐ』の第四回講演）を引いて、ヨーロッパにおける漢文脈と和文脈の対立ともいうべき言語におけるラテン系と土着系の対立の問題をまず次のように提起する。

「新ラテン人は正確に言って母国語を持っていない」

とフィヒテは言い切った。新ラテン人というのは、ローマ帝国に移住して行ってそこの文化と言語に同化したゲルマン人のことである。……具体的にはフランス人やイタリア人など南欧諸国民のことである。そしてフィヒテによればフランス人は「死せる言語を語っている国民」なのである。

フィヒテの言う「生ける国語」と「死せる言語」の区別は独特である。しかし概念規定は明快だ。たとえばドイツ語は「生ける国語」である。というのは太古からドイツ語は中断されることなくドイツ人によって使われ続けてきているからであると言う。今の子供たちはその母親から、その母はまたその母から、そしてその母はまたその母から……という風に一度も中断しないで人類の劫初まで連続しているのがドイツ語である。その間の長さは何千年だったか何万年だったかわからないが、地質学的時代にまで及ぶのであろう。そうするとその言語とその民族の関係は恣意《しい》的決定によるものでもなければ、約束によるものでもない。こうなると「国語が人間によって形成されると言うよりも、むしろ人間が国語によって形成される」と言うことになって、その民族と国語の結びつきは必然的になる。

これに反して「死せる国語」を持つ新ラテン民族にあっては、国語と民族の結合が恣意的に決定された時期があった。ゴールの地を征服したゲルマン人がラテン語をしゃべり出した時に彼らは母国語を自ら捨てたわけなのである。……フィヒテはある国民が国語をとりかえることによって、その国語に死んだ部分が出てくることに注目する。

国語をとりかえた最近の例としては旧ポルトガル領モザンビークの原住民は、いま宗主国のポルトガルに反抗して独立したが、それでも一度捨てた土語に戻ることはせず依然としてポルトガル語を用いている。また満州族は、これは民族としての言葉も独立も、また地名も消されて、中国語を用いている、といった場合に見られる。そしてそのように国語を借りた場合、時にしみじみとした情感が湧かなくなる例として、渡部氏は仏独辞典や独仏辞典で等価物として扱われている「博愛」を意味するメンシェンフロイントリッヒカイト Menschenfreundlichkeit とフィラントロピー philanthropie の二例をあげている。ドイツ語の場合にはメンシェン（人間）とかフロイント（友だち）とかいった一語を合成する要素の一つ一つが直接ドイツ人の耳にうったえるから「人間同士みんな友だちのようにいたわりあうこと」という語の全体の意味も直観的に把握される。それに対して外来語を借りたフランス語の場合、フィル（愛）とかアントロピー（人間）とかいった一語を合成する要素の一つ一つが、この場合はとくにギリシャ語系ということもあって、直接フランス人の耳にうったえない、それで語の全体としてもエモーショナルな迫力をもたない、というのである。

ドイツ語におけるそのような特性を自覚してのことだろうが、ニーチェは『ツァラトゥストラ』を書く際、ラテン系統のドイツ語にほとんど頼らず、もっぱらゲルマン系統のドイツ語を用いた。それは日本でも国学者がもっぱらやまと言葉を用いて和文を綴ったのとどこか共通する心理である。一種の文化上のナショナリズムであり、知性よりも情感に訴えることを特色とする。それが哲学者ニーチェを詩人たらしめているのだが、ゲルマン系統の語彙のみを用いて書いてゆく時、詩的感動は魂の奥底からほとばしり、『ツァラトゥストラ』の文章はさながらオーケストラの演奏にも似た迫力を帯びる。一般にドイツ語や英語の詩をフランス語やイタリア語に訳すと、いかにも味気ない死んだ言葉に化してしまうが、それは南欧系統の言葉が「死滅した素材から組みたてられた言語」であるせいも一部にはあるだろう。それだから『ファウスト』の翻訳も仏訳や伊訳はつまらない。名訳といわれるネルヴァルの仏訳も鷗外の訳ほどの詩情を漂わせてはいない。渡部氏はそのようなフィヒテの主張を要約して、[13][14]

結局、彼の言っている「生ける」言語とは、日本式の表現を取れば「言霊《ことだま》」のある言語であり、「死せる言語」というのは言霊のない言語ということになるのではないかと思われてきてならない。

と述べた。そしてフィヒテの論を手がかりに渡部氏は東アジアの言語状況を次のように説明する。

昔、東アジアにおけるシナ文化の影響力は圧倒的であった。シナ固有の儒教文化のみならず、仏教文化もその他の更に西からの文化も、すべてがシナ文化として周辺の後進国に及んできたのである。シナ周辺諸民族のインテリは漢文で勉強し漢文でものを書いた。当然のことである。そして朝鮮民族は完全にシナ文化をマスターしたように見える。彼らは明敏であり民族的アイデンティティーもしっかりしていた。しかしインテリのシナ文化吸収があまりに完璧であったために、自分たちの言葉を自分たちの文字で書くことを十五世紀までしなかった。私はこれが強力な文明圏の周辺にある後進優秀民族の常道であろうと思う。「後進優秀」という意味は、より高い文化が他から流入して来たという意味で「後進」であるし、「優秀」というのは、それにもかかわらず、最後まで民族的アイデンティティーも国語も失わなかったという意味である。優秀でなければ強大な隣国文化に吸収されてしまって溶解し去るからである。シナ大陸に古来居住していた多くの民族、近くは満州族はアイデンティティーの最も端的な表現である国語を失ってしまっているらしい。この意味ではローマ帝国の周辺にいたゲルマン諸族にも、「後進優秀型」が少なくなかった。後進優秀民族の典型とも言うべきアングロ・サクソン人も、自民族の歴史が書かれたのは先ずラテン語によってであり、その後百数十年経ってから、それを訳すことによって自国語による自分たちの歴史を持ったのである。

そして日本の反応の特色として、後進であることに気づいているはずなのに――文字からして漢字を借りている――先進国と「張り合う」点を指摘している。その例として聖徳太子が隋の煬帝へ宛てた国書をあげ、また太安万侶（?-七二三）にとってはおそらく漢文で書くよりずっと難しい操作であったにもかかわらず、語部《かたりべ》の稗田阿礼《ひえだのあれ》の言うことを『古事記』全体の表記法を創造しながら書いていった事実をあげている。ゲルマン人の言霊的感覚が残っていたと思われる古英語時代にも、最初の英国史を書いたビード（六七三?-七三五）はラテン語で書いたし、フランク人の歴史を書いたトゥールの聖グレゴワール（五三八-五九四）もラテン語で書いた。それに対し日本人は漢文で書いた『日本書紀』の場合でも「歌」はそれを漢文に訳したり翻案したりせず、やはり古事記式に日本語の音をそのまま示した。「漢文で書いた本の中でも漢訳できないと感じられた部分、これが歌であったということは、日本人が古代において和歌に対しては特別な感じ方を持っていたことを示すものではなかろうか。」

渡部教授の発想はまことにユニークで、ユダヤ・キリスト教流の「神の前の平等」や、独立宣言流の「法の前の平等」に対し、日本には古代から「和歌の前の平等」があった、と主張する。「大君は神にしませば」といわれた時代にも『万葉集』には上は天皇や皇后から下は乞食やうかれめにいたるまで歌が集められてい

た。この国民歌集を貫く原理は「歌の前の平等」以外に考えられない、というのである。もっともここで私見をまじえれば、

「不思議やなその身は卑しき漁翁なるが、かく心ある詠歌《えいか》を連らぬる、その身はいかなる人やらん」

と問われた謡曲『白楽天』の浦の老人は、

「人がましやな名もなき者なり、されども歌を詠むことは、人間のみに限るべからず、生きとし生けるものごとに、歌を詠まぬはなきものを」

といって、『古今集』の序への言及だが、

「花に鳴く鶯、水に住める蛙《かはづ》まで、唐土は知らず日本《にほん》には、歌を詠み候ふぞ」

と答えている。さながら「生物すべて歌の前では平等」といっているかのようである。そうなると神様の位の違いなどももはや問題ではない。謡曲『白楽天』で舞をまった住吉明神は皇統につながるやんごとない出自だが、それと並んで衣通《そとおり》姫をまつった玉津島明神も、また微賤の出の人麻呂をまつった柿本神社も、ともに和歌三神としてあがめられている。また連歌のおこりともいわれる日本武尊の、

にひばり　筑波を過ぎて　幾夜か宿《ね》つる

とそれを受けた御火焼《みひたき》の老人の、

日々並《かがな》べて　夜には九夜《ここのよ》　日には十日を

の応酬も、歌の前の平等を示すように階級差や年齢差を越えて行なわれている。その平等は外人に対して

も及ぶので、日本人が百人一首の会の始めに詠みあげる、

難波津《なにはづ》に咲くや木《こ》の花冬ごもり今は春べと咲くや木の花

が百済《くだら》から帰化した王仁《わに》の作であることも渡部教授は指摘している。

外人であっても、天皇に敬意と親愛の情を持ち、和歌を上手に作れることを示せば、何ら差別されることなき日本人であり、勅選歌集の序文をかざるのである。そして日本人はその歌を「歌の父」として学び、朗詠し続けてきたのである。それは星条旗に忠誠を誓い、英語がよくできれば、ドイツからやってきたユダヤ人でもハーバードの教授にも、国務長官にもなれるアメリカと似てないこともない。

すると「日本人とは何ぞや」の定義も大変簡単なことになる。それは「天皇」と「和歌」に自己のアイデンティティーを認める人間のことであった。考古学や民族学などはいろいろと形而下的なことを難しく言うであろうが、上代の日本人の意識が「同胞」の条件と感じたのは天皇と和歌だけであった。これがわれわれの先祖にとっての現実であったのである。そしてそれが日本人にとっての平等の基盤でもあった。このセンスは今日のわれわれにも多少残っている。昨年〔昭和四十九年〕の「歌会始」の入選者にアメリカのオレゴン州に住む日系人の女性がいたが、われわれは国籍に関係なくこの人を本物の日本人と思うし、また実際に天皇と同席できる。なお入選者の中には目の不自由な人もいたし、そのほか老若男女や貧富には関係ないことは誰でも感じている。

そして「天皇」と「和歌」とが日本人の自己証明であることを示すかのように、謡曲『白楽天』でも、和

歌の功徳が証され、神々が舞をまい、その袖の手風神風で唐船が漢土に吹き戻された時、天皇讃歌ともいうべき、

げに有難や神と君、げに有難や、神と君が代の、動かぬ国ぞ久しき、動かぬ国ぞ久しき。

という舞い納めの言葉がうたわれるのである。その祝言も、そして海青楽を舞い始めた時の神の御歌の「葦原の、国も動かじ、萬代《よろづよ》までに」という言葉も、私たちの国歌『君が代』の歌詞とまたなんと似ていることだろう。明治になって制定されたとはいえ、古歌の中から『君が代』を選びだした人は、日本人が古くから抱いていた民族の祈願を正確に選び出していたといわなければならない。

ところで前に引いた白楽天の来日を待ち望んだ日本人の気持を伝えた一連の挿話を読んだ後で、謡曲『白楽天』に接すると、(15) 後進国日本の文化人が先進大国に対した時の相矛盾する心理の動きが露骨に示されていてほとんど苦笑せざるを得ないほどである。

白楽天が日本という国の存在を知っていたことについてはすでに述べた。自分の詩がその地で読まれていることも知っていた。しかし中華の地を離れて海を渡って倭国へ行こうなどという気は毫末もなかったであろう。それなのに、日本人はある時は白楽天の来日を切望して夢にまで見たのだが、しかし漢文化の影響があまりに強くなり、自国の文化的独立や自分自身の存在の意味について危機感を覚えると、空想場裡に白楽天を日本へ渡航させ、空想場裡に勝負して打負かし、神風の力でまた白楽天を唐土へ吹き戻しているのである。それはまるで弱虫の子供が一人相撲を取って「勝った、勝った」と喜んでいるようなものである。しかしそのような他愛なさにもかかわらず、この作品が文化摩擦から生じる深層心理を示して興味ふかいことはすでに説いた。作中の文芸競技も他愛ないといえばそれまでだが、しかし菅原道真が渤海の大使と交歓した

時も、新井白石が朝鮮をはじめ外国の使と応待した時も、それぞれ自分の詩文の力を誇示する心理が働いたことは明らかで（もっともその場合は日本人側も和歌ではなくて漢詩文で応待したのだが）、あながちその種の競技を児戯に類するものとして一笑に付することはできないのである。所詮、国威というものもその国人一人々々が身につけた人間的な力によって光を発するものであろうから。

ところで中国の側では日本人の世阿弥がそのような一人勝負を取って悩んでいたことなどおよそ知らなかったであろう。大国というものは自分は無頓着で無自覚のまま、その存在それ自体によって周辺の国々に心理的圧迫を加えるものである。しかし過去において大国の中国は、無頓着であり悪意も別になかったにせよ、それでもなお日本人の世阿弥に identity crisis をひき起させるほどの、吸引力と反撥力を内に蔵していたのである。

文化がその内に秘めている磁力のプラスとマイナスの作用の不思議は世阿弥元清の場合にも観察される。世阿弥は自分の長男元雅《もとまさ》が死んだ時、「子ながらも類なき達人」と嘱望していただけに家と芸事の後継者を失った嘆きは深かった。数え年七十の世阿弥は『夢跡一紙』にその心境を、

あはれなる哉。「孔子は鯉魚に別れて、思火《おもひのひ》を胸に焼《た》き、白居易は子を先だてゝ、枕間《まくらのほとり》に残る薬を恨む」といへり。

と書いた。世阿弥にとっても、道真などと同じく、先例として言及すべき典拠は、このような悲哀の極にあっても、白楽天だったのである。しかしそれほどまでに意識されていた漢詩文の代表者であったからこそ、日本文化の自己同一性を守りたいという本能が働いた時には、謡曲『白楽天』などが国威の問題と結びついて書かれもしたのである。そしてそのような国民的自負と結びついていることが能楽関係者にも直観された

からであろう。この曲は日支事変から大東亜戦争にかけて比較的多く上演されたということである。『白楽天』は文芸的価値はさ程すぐれた謡曲ではないかもしれない。しかし中国と日本の間の文化摩擦を考察する上では一つのリトマス試験紙とも呼べるような作品であるかと思われる。

漢詩の美学と和歌の美学

漢文化の重圧に悩まされた世阿弥は、自分の日本人性の証明をやまと歌に求めた。ところでこのような心理に接すると、それから五百年後に西洋文化の重圧に悩まされた夏目漱石が、自分の日本人性の証明を俳諧に求めた心理が想起されてならない。謡曲『白楽天』の中で作者は、漢詩文に対抗して、「げにや和国の風俗の、げにや和国の風俗の、心ありける海人《あま》びとの、げに有難き慣《な》らひかな」と和歌の功徳を自画自讃したが、それと同じように『草枕』の中で作者は、西洋詩文に対抗して、「うれしい事に東洋の詩歌はそこを解脱《げだつ》したのがある。此別乾坤《このべつけんこん》の功徳は……凡てを忘却してぐっすりと寝込む様な功徳である」と俳諧の功徳を自画自讃した。しかしすでによそでふれたように、漱石の日本人性の証明である俳諧には、漱石が意識してかせずしてか、シェイクスピアの詩境がはいりこんでいる句もある。シェリーの詩境がまじりこんでいる漢詩もある。だとすると世阿弥などが日本人性の証明としてそれにすがった和歌にも、同じように舶来の漢詩の美学がしのびこんでいたに相違ない。だとすると「日本人であることの定義は和歌に自己のアイデンティティーを認める人のことである」という見方も、いつのまにか裏面から穴を掘られ崩されているおそれもなしとしない。それでは漢詩の美学の浸透がどの程度のものであったのか、いまその実例を「白楽天と日本文学」の枠内で考えてみよう。

謡曲『白楽天』の中で白楽天は「いでさらば目前の気色《けしき》を詩に作つて聞かせう」といって、

青苔衣《せいたいころも》を帯びて巌《いはほ》の肩に掛かり、
白雲《はくうん》帯に似て山の腰を囲《めぐ》る。

の漢詩を漁翁に聞かせる。(この漢詩は『江談抄』第四に見え、都在中の詩の由だが、世阿弥は『金島書』の若州と題する小謡でも同じ漢詩を引いて白楽天の名をあげているので実際白楽天の作と思っていたらしい。)すると日本の漁翁は「面白し面白し、日本の歌もただこれ候ふよ」、日本の歌もこれとまったく同じです、といって次の三十一文字《みそひともじ》をよむ、

苔衣著《こけごろもつけ》たる巌はさもなくて衣著《きぬ》ぬ山の帯をするかな

この歌も『江談抄』に列挙され(「苔衣着たる巌はま広けむ衣着ぬ山の帯するはなぞ」、異本は末句「帯をするかな」)、女房の歌であるのを世阿弥が漁翁の作のように取りなしたのである。ところでもとの漢詩が秀れていないということもあって、それを翻案した和歌も知的遊戯に堕しておよそ秀作とはいいがたい。(またかりにもとの詩が秀れている場合にしても、それを翻案した歌が和歌として秀れるという必然性もない。それは近代においてもシェイクスピアやゲーテの名詩に必ずしも名訳が伴わないのと同じことであろう。)そして西洋詩歌の邦訳に、原詩にこだわるあまりかえって拙ない日本語の措辞が感じられることがままあるように、白楽天の詩句を三十一文字《みそひともじ》にやわらげた場合にも上手下手が見られる。大江千里は宇多天皇の勅命によって『句題和歌』を奉った歌人で、三十六歌仙の一人だが、白楽天(彼は眼が悪かった)の「老眼花前暗」という句を踏まえて、いかにも直訳調の、

年ふかく老ぬる人のかなしきはさける花さへくらきなりけり

などという稚拙な句題和歌も残している。しかし平安朝前期の三十六歌仙の中にもすでに漢詩を見事に和歌によみかえた人もいるので、紀友則は白楽天の「池有二波紋一氷尽開、春風春水一時来」を『後撰集』で、

水のおもにあやふきみだる春風や池のこほりをけふやとくらん

と優雅にやわらげている。また同じ一つの原の句がいくつもの和歌によみかえられている例もある。「不レ明不レ暗朦朧月」という白楽天の句を九世紀の後半の人大江千里は『句題和歌』の題詠では、

てりもせずくもりもはてぬ春の夜のおぼろ月夜ぞめでたかりける

と直叙的によんだ。その大江千里の歌をもとに十一世紀初頭の『源氏物語』のころには、

てりもせずくもりもはてぬ春の夜のおぼろ月夜に似るものぞなき

の歌が生れ、それがさらに十二世紀の前半には藤原基俊の、

てりもせずくもりもはてぬ春の夜のおぼろ月夜にしくものぞなき

へと変ってゆく。平安朝の前期・中期・後期と時の下るにつれて、中国大陸と違って水蒸気の多い日本の風土に則した審美感覚が意識され強調されるようになった、と見るべきだろうか。白楽天などの漢詩文の美学が背後にあることも『万葉集』の時代と違った、新しい日本の歌風が生れた一因であろう。先に引いた白楽天の『春江』の、

鶯聲誘引來花下　　鶯声に誘引せられて花下に来たる

の一行も平安朝を通して日本の歌人に次々と歌を詠ませている。大江千里は『句題和歌』で、

鶯のなきつる声に誘はれて花の下にぞ我は来にける

と直訳調に訳した。それが平安朝末期の慈円の句題和歌では、主客の立場を逆にしてみせた、

うちかへし鶯さそふ身とならむ今夜は花の下にやとりて

となり、鎌倉初期の藤原定家は語調そのものも言葉の鍵盤の上を玉を転すように、より審美的に細かく、

ころもでにみだれておつる花のえや誘はれ来つる鶯の声

と繊細に美を歌い、土御門院はむしろ主情的の心境を伝える、

鶯の誘ふ山べにあくがれて花の心にうつるころかな

と詠まれた。ソフィスティケーションとでも呼ぼうか、洗練の度も進み、歌人たちはもはや大江千里などと違って原の白楽天の詩へのこだわりなどを見せず、いわば自分自身の和歌としてうたっている。今日の日本人の読者の多くは定家の歌や土御門院の歌の背後に漢詩があったことなど別に意識しないでこれらの和歌に接しているのではあるまいか。

しかし日本の近代詩人がある時には立原道造のようにドイツ語詩の語彙や語順まで意識しつつ十四行詩を書き、また多くの人が訳詩や翻訳された詩論に触発されて詩を書いていったように、平安時代の和歌にも背後に中国詩歌の世界が重なって見える場合が多々あったのである。だとすると日本人の自己証明が和歌にある、という主張もナイーヴに額面通り受取ることはできない。筆者は先ほど世阿弥は謡曲『白楽天』を書いた時、もしかすると慈円（慈鎮和尚）の、

から国やことのは風の吹きくればよせてぞかへす和歌のうら浪

を念頭においていたのではないか、と書いた。そのような日本人性の強調は歌人慈円が漢文化を強く意識していたから生れたことである。そしてそのような意識を強いられた慈円は当然漢詩文の影響を浴びていた。右に引いた「から国やことのは風の吹きくれば」の歌も、慈円が『白氏文集』の句題によって詠じた百首の結びに添えた和歌だったのである。そして慈円の「よせてぞかへす和歌のうら浪」の中には先に引いた「鶯

声誘引来花下」に応ずる

うちかへし鶯さそふ身とならむ今夜は花の下にやどりて

の歌も含まれていたのである。実にやまと歌は漢詩文とのいわば吹きつ吹かれつの往復運動を通しても発展したのであった。

白楽天と西洋音楽

日本人にとって、過去における漢文化摂取の体験が一つの先例となり、それが近代における西洋文化摂取を容易ならしめた過程について筆者は「和魂洋才の系譜」を論じた際にすでにふれた。そしてその意外な実例の一つとして言葉による音楽の描写も拾うことができるので、以下付録のように補足させていただく。

明治以降の近代日本文学史の冒頭に森鷗外のドイツ留学の記念である『舞姫』『うたかたの記』『文づかひ』が並ぶことはほぼ定説に近い。それらの短篇はドイツを舞台とし、作中に日本人やドイツ人が登場する。日本人の読者には『舞姫』に描かれたドイツの庶民の生活も、『うたかたの記』に描かれたドイツの芸術家の生活も、『文づかひ』に描かれたドイツの貴族の生活も、それぞれ興味ふかいであろう。とくに貴族の生活やその令嬢の心理は自分たちとは縁遠い世界であるだけに、なお一層の興味をそそられるのである。ところで明治維新以後の日本人の前に新しく差し出された西洋芸術には西洋絵画とともに西洋音楽があった。第二次世界大戦後の日本では西洋音楽も広く普及したが、しかしそれ以前は必ずしもそうではなかった。日本人の子女がいやいやながら洋楽を習うために音楽学校へ通わされているむねが明治期に来日したドイツ人によって報告されている。日本人が西洋音楽に慣れしたしむためにはずいぶん時間がかかったのである。

ところが明治二十四年に発表された森鷗外の『文づかひ』にはデウベン城の城主ビュロオ伯の令嬢イイダが青年士官の所望を断りきれず、母親の伯爵夫人の言葉添えもあって「つと立ちてピアノにむかひぬ」というピアノ演奏の場面がある。青年士官のメエルハイムは、

「いづれの譜をかまゐらすべき、」と楽器のかたはらなる小卓にあゆみ寄らむとせしに、イヽダ姫「否、譜なくとも」とて、おもむろに下す指尖木端《タステン》に触れて起すや金石の響。しらべ繁くなりまさるにつれて、あさ霞の如きいろ、姫が瞼際に顕れ来つ。ゆるらかに幾尺の水晶の念珠を引くときは、ムルデの河もしばし流をとゞむべく、忽ち迫りて刀槍斉《ひとし》く鳴るときは、むかし行旅を脅しゝこの城の遠祖も百年の夢を破られやせむ。あはれ、この少女のこゝろは恆に狭き胸の内に閉ぢられて、こと葉となりてあらはるゝ便なければ、その繊々たる指頭よりほとばしり出づるにやあらむ。唯覚ゆ、糸声の波はこのデウベン城をたゞよはせて、人もわれも浮きつ沈みつ流れゆくを。

イイダ姫はメエルハイムを好いていない。姫のおしころされた想念が演奏にあらわれ、一声一声に彼女の思いがほとばしり出る。「平生志《へいぜいこころざし》を得《え》ざるを訴《うつた》うるに似たり、眉《まゆ》を低《た》れ、手に信《まか》せて、続続《ぞくぞく》と弾《ひ》き、説《と》き尽《つ》くす心中無限の事……」

『文づかひ』のイイダ姫の胸中は白楽天の『琵琶行』の女の胸中にそのまま通ずる、

絃絃掩抑聲聲思
似訴平生不得志
低眉信手續續彈

そして「ムルデの河も」とドイツの地方色が取りいれてあるが、そのピアノの演奏はいかにも激情的であり「大絃《たいげん》は嘈嘈《さうさう》として急雨の如く、小絃は切切《せつせつ》として私語《しご》の如し。嘈嘈と切切と、錯雑して弾《ひ》き、大珠《たいしゅ》、小珠、玉盤《ぎよくばん》に落つ」という『琵琶行』の調子はそのまま『文づかひ』のピアノ演奏に移されているかに感じられる。とくに「銀瓶《ぎんぺい》乍《たちま》ち破《やぶ》れて水漿《すいしやう》迸《ほとばし》り、鉄騎《てつき》突出《とつしゆつ》して刀槍《たうさう》鳴《な》る」という白楽天のすばらしい音楽描写が『文づかひ』の中でも「忽ち迫りて刀槍《たうさう》斉《ひと》しく鳴るときは」と同一の表現を用いて繰返されているのを読む時、森鷗外のドイツ音楽把握が白楽天の語彙とイメージを借りて見事に実現したものであることを知るのである。

西洋の作家にしても西洋音楽を言葉でもってとらえようとすればおかしな間違いをすることの多いことは、ケーベル博士の『随筆集』（岩波文庫）中の「音楽雑感」の指摘からも察せられる。それなのに明治二十年代のはじめに、若い日の森鷗外は自分自身の見聞と漢詩文の教養でもってピアノの演奏風景を日本語に描き出す、という離れ技を演じてみせた。それは一知半解からくる強みだったのかもしれない。しかしそれはまた漢詩文の教養でもって西洋文化を把握する、という明治の代表的知識人の態度を象徴的に示した一エピソードとも取れるように思われる。

野火焼ケドモ尽キズ

大陸文化とその周辺に位置する島国の文化の関係についていろいろと思いめぐらしてきた点にかけては、やはり島国のイギリス人が第一であったろう。イギリス人の関心は長い間、大陸のフランスやイタリアやまた時にドイツなどへ向けられてきた。カーライルがドイツ文化を志向すればアーノルドはまたフランス文化を志向した。もちろん中には島国へ閉じこもることを良しとした人もあった。イギリスと大陸との関係は、大陸の政治事情にイギリスの国政が左右されるほど緊密で、イギリス人は divide and rule ということをつねに考えねばならなかった。（日本人がかつて中国大陸に対して「分断して統治する」などという外交技術を駆使し得たためしがあっただろうか。）ナポレオンやヒトラーの軍隊の侵入はドーヴァー海峡のお蔭で防ぐことができたが、朝鮮海峡はそのドーヴァー海峡に八倍するほどの距離を持っている。カレーからドーヴァーまで泳ぎ切る人はいるが、釜山から下関まで泳ぎ切る人はいないのである。

イギリス人の東洋学者ウェイリーも、中国文化を学び日本文化を学んだ人として、中国大陸の文化と島国日本人の文化の関係をヨーロッパ大陸の文化と島国イギリスの文化の関係との対比において考え、かつその相違点についても思いめぐらしたのだと思う。ウェイリーの『枕草子』の抄訳の冒頭には、この地球上で日本文化が占める特殊性についての興味深い観察が見られる。日本は大陸から農具や家畜や漢字や仏教などを輸入できるほど十分近く位置していたが、しかし軍事的な侵入は受けないですむほど十分遠く離れていた――実際、その「即《っ》かず離れず」semi-detached の関係は理想的であった、という見方である。

この日本が置かれている地理的環境の優劣については長所と思われていた点が裏目に出ることもあるのだから、一概に結論的な判断を下すことはできない。がいずれにせよ筆者が「漢文化と日本人のアイデンティティー」の問題を白楽天の場合を通して考察した際に、ウェイリーの論説に言及することが多かったのは、やはり彼の見方に秀れた洞察が多く、筆者も首肯することがしばしばだったからである。それに比べると率直にいって従来の日本人学者の比較研究はややもすれば事実羅列的で、立体的把握に欠け、平板の域を免れないものが多かったように思われる。

以上、過去における「白楽天と日本」の関係を一瞥してきたが、これから先の関係はどのようになるのだろうか。中国の一詩人が日本の文壇の大勢を動かす、などという強力な影響を及ぼすことはもはや望めないであろう。しかしエピソードとなるような事件はこれからもあるいは起るかもしれない。白楽天と日本についても、筆者が好ましく思う挿話は、日本における漢文化の教養が衰えつきようとした昭和二十年の晩春に起きている。日本の海軍省の建物はその年の五月二十五日の空襲で全焼した。米内光政《よないみつまさ》海軍大臣はその海軍省敷地内の大防空壕で空襲のない時も執務していたが、六月初旬、第三国を仲介とする平和の動きが見られ始めた頃、山梨勝之進がぶらりと訪れた。山梨は米内の四期先輩で昭和五年ロンドン会議の時海軍次官を勤め、軍縮条約締結に努力したため後に海軍を追われ、当時は学習院長を勤めていた人である。山梨が米内の血圧を心配していうと、米内は、

「いやあ、海軍省まで焼かれるようでは、自分の体なんか考えてはおられませんよ」

と答えた。すると山梨が急に思いもよらぬ話題に転じた、

「君、白楽天の詩を読んだことがあるかね。ぼくはいま白楽天を勉強しておるがね、いい詩があるよ。

野火焼ケドモ尽キズ、春風吹イテ又生ズ

まあ、今は焦ってもどうにもならんな。焼け野の草も、いずれ春風が吹けば、また生ず、さ。なあ君、白楽天はよいことを言っているじゃあないか」

それだけいうと、山梨大将は祝田橋の方に歩み去った、というのである。

離離原上草　離離《りり》たり　原上の草
一歳一枯榮　一歳に一たび枯栄す
野火焼不盡　野火《のび》　焼けども尽きず

春風吹又生　春風　吹いて又《ま》た生ず

この白楽天の詩を朗読すると、筆者の瞼《まぶた》には見渡すかぎり焼野が原となった昭和二十年の東京がまざまざと浮ぶ。そして戦後十六年も過ぎてお目にかかった山梨提督の面影や声音がなつかしく思い出される。白楽天は千百余年も昔に亡くなった異国の詩人だった。しかしその故人の詩句が、日本の歴史の決定的な瞬間に生き生きとよみがえり、人々の胸を打ったその不思議な、真実な力を私たちも感ぜずにはいられない。平和を願った故人の心は日本の平和に生きたと思う。

註

（1）『和魂洋才の系譜』（『平川祐弘著作集』第一巻、第二巻）。

（2）『即興詩人』に出てくるハッバス・ダアダアは黴の生えた講釈を嫌われたラテン語教師であり、映画にもなったジェームズ・ヒルトンの『チップス先生さようなら』は愛着をもって回顧されるラテン語教師の姿である。

（3）**Arthur Waley: *The Life and Times of Po Chü-i*, George Allen & Unwin.** なお花房英樹訳『白楽天』、みすず書房、がある。訳は必ずしも上手とはいえないが実に良心的に原の漢詩文にあたって調べてある。ただし訳註でウェイリーの誤りとしている箇所で誤訳とはいえない箇所も多い。

（4）ロンサールには「演説」**discours** という詩のジャンルがあるが、彼はそこに平和へのすすめを深い感動をこめて記した。

百姓がすっかり物思いになやみ快々《おうおう》として、
ある者は泣きながら牝牛の角《つの》をとってひいて行く、
ある者は肩に子供たちや寝台を担《かつ》いで行く、
眼《ま》のあたりにこれを見て俺は心おさまらず眉を顰《ひそ》め、
三日間一室に閉籠《とじこも》り、紙をとり墨をとり、怒りにまかせて、この不幸なる時代の悲惨をば書きしるした。

いまその詩を白楽天の『村居寒に苦しむ』などと比べてみよう。詩人としてのテンペラメントに多血質のロンサールと体温の差もあるように感じられるが、描かれている情景とそれに対する同情において二人はまたなんと似通っていることだろう。

この元和八年、十二月には
五日もの間雪がひっきりなしに降りしきった。
竹も柏もみな凍えて枯れた。
それなのに私は知っている、外套一着《いっちゃく》すらない人がいるのを。
道すがら下の村を見てまわると
十中八九は貧乏だ。
北風は剣のように鋭く、
ぼろの棉入れは体をおおいはしない。
わずかに藁や蕀《いばら》をたいて、
悲し気に夜通し坐って明方を待っている。
私にもよくわかる、大寒が来るとお百姓には
どんなにみじめでつらいかが。
で、自分はいったい何をしている、こうした雪の降る日に?
立派な家の奥に住んで
上等の毛皮にぬくぬくとくるまれて
坐るにせよ寝るにせよほかほか暖い、
運よく生れついたのか野良仕事もしなくてよし
飢えや寒さの苦しみも知らぬ、
だがほかの人のことを思うと恥しい気もする、
私は自分自身にたずねる、いったいこれはなぜだ。

また次のような「詩日記」の描写においてロンサールと白楽天はまたなんと似ていることだろう。拙著『ルネサンスの詩』(『平川祐弘著作集』第十九巻)からふたたび引用させていただく。

サラダ

手を洗え、きれいに清潔にしろ、
寝呆けるな、手拭いを持って来い。
サラダを摘むのだ、今年も
走りの産物をわれわれも頂戴いたそうじゃないか。
たよりない足取り、目はあちらこちら
ちらちらとうろつかせて
岸の上や堀の端、
畠の上には百姓が
耕しもしないで取っていった
草や葉が沢山うかつにも散らかっている、
俺はひとり離れて別に行くよ。
おまえはな、ジャマン、別の場処で
注意深くなずなの沢山生えた辺りを探せ、
葉の薄い雛菊、
はこべは血にも、脾臓にも
脇腹の痛みにもいいぞ。
俺は、苔のはえた辺りで、
根の甘い釣鐘草、
また真先に春を告げる
すぐりの新芽を摘んでいるよ。
さてそれから、素晴らしいオヴィディウス
愛の教の美しい詩句でも誦しながら、

一歩々々　館へ戻るとするか。
そこで袖を肘までまくって
俺の家の美しい泉の聖なる水にひたして
両手にいっぱい葉を洗おう。
塩をぱっぱと白く振る、
薔薇色の酢《す》をかける、
油はプロヴァンス産に限る、
フランスのオリーヴ油ときたら
腹をこわす、使物《つかいもの》になりはせぬ。
さあこれが、ジャマン、これが俺の大好物、
この上は俺の血管から
呪《のろ》うべくぞっとする四日熱が消え失せりゃ万歳なんだ、
このせいで俺は心身とも憔悴《しょうすい》しきる、
毎日鬱陶《うっとう》しくて生きた心地がせぬ。
……
いや説教が過ぎた、俺にサラダをよこしてくれ。
何、おまえなに言う、病人には冷た過ぎます、
おいよせよ、ジャマン、お医者の真似はよせよ！
まあせいぜいおしまいまで俺の思い通りに
生かしてくれよ、……

それに対して白楽天の『渓中の早春』は次のような詩である。これも口語近代詩風に訳して比較の参考に供する。

南の山から雪はまだ消えていない、
日のあたらぬ斜面にはまだ白い斑《まだら》が見える。
西の谷では氷はすでにとけ、
春の水は新しく硬玉の色を帯びている。

東の風が吹き出してまだ数日にしかならぬが、
それでももう虫は動いて木の芽は開きはじめた。
おだやかな季節はそっと仕事をはじめたのだ、
そのひそやかな感触が一日として感ぜられぬ日はない。
暖くおだやかな天気を私は心から愛する、
小川のほとりの岩に来て塵を払い、
ひとたびそこに腰を据えるともう
暮方になって鳥がやかましく鳴くまで帰ろうという気も起らない。
桑や棗《なつめ》の木にからんだ蓬《よもぎ》の茂みの向うに
夕闇の中で煙りの火がちらちら光って見えた。
家へ戻って夕飯はなにかと聞いたら
家の者はなずなの汁を拵えている、といった。

(5) 白楽天の後半生の一連の作品は、『酔吟先生伝』をはじめ、酒と琴と詩を愛し、不平不満もいわず、適度の快楽を享受しているかに見える。そして従来日本人は白楽天の言葉を額面通りナイーヴに受取ってきたようである。ところがウェイリーはその種の甘い解釈を斥けて、それらの一連の詩は白楽天が世間に対して長期にわたって行なってきた「自分は政治的に無為無害な男だ」という自己宣伝と解釈している。派閥による迫害や追放をおそれなければならぬ政治的風土では、非政治的な閑適詩すらも高度に政治的な狙いで書かれたこともあったのだろう。「自分の解釈は **perverse** だと多くの読者は思うであろうが」と前置きして述べたウェイリーの見方はイギリス人らしい政治感覚を備えていると思うので、あわせて紹介しておく。（花房訳『白楽天』四〇九ページ参照）。

(6) 主として前掲の水野平次、金子彦次郎、丸山キヨ子氏の研究による。水野平次氏の『白楽天と日本文学』（昭和五年）は、著者は自覚していないけれども比較文学研究 **littérature comparée avant la lettre** となっている。そして方法論を自覚した人がそのためにかえって視野が狭くなり、いわゆる「種探し」の比較文学に堕しがちなのに反して、水野氏の労作は、世間で比較文学が提唱される以前の研究であったためか、いかにものびのびと表も裏も見、公平な評価を下しており、鑑賞も味わいに富んでいる。

(7) 出典は『太平廣記』巻第四十八「白楽天」である。岡本サエ氏の御好意により次にその直訳文を掲げる。

唐ノ会昌元年。李師稷中丞、浙東観察使ト為ル。商客有リ、風ニ遭ヒテ飄蕩ス、止ル所ヲ知ラズ。月余ニシテ、一大山ニ至ル。瑞雲奇花、白鶴異樹、尽ク人間ノ覩ル所ニ非ズ。山側ニ人有リ、迎ヘ問ヒテ曰ク、安ゾ此ニ至ルヲ得シカト。具ニ之ヲ言フ。舟ヲ維ギテ岸ニ上ラシメテ云フ、須ク天師ニ謁スベシト。遂ニ引キテ一処ニ至ル。大寺観ノ若シ。一道ヲ通ズ、入ル。道士鬚眉悉ク白シ、侍衛数十アリ、大殿ノ上ニ坐ス、与ニ語リテ曰ク、汝中国ノ人ナラン、茲地ニ縁有リテ方ニ一タビ到ルヲ得タリ、此レ蓬萊山ナリ、既ニ至レバ看ルヲ要《もと》ムル莫キヤ否ヤト。左右ヲ遣シテ宮内ヲ引キテ遊観セシム。玉台翠樹、光彩目ヲ奪フ。院宇数十、皆名号有リ。一院ニ至ルニ扃《けい》鐍甚ダ厳ナリ。因リテ之ヲ窺ヘバ衆花庭ニ満ツ、堂ニ裀褥有リ、香ヲ階下ニ焚ク。客之ニ問フ、答ヘテ曰ク、此レハ是、白楽天ノ院ナリ、楽天ハ中国ニ在リテ未ダ来ラザルノミト。乃チ潜《ひそか》ニ之ヲ記ス。遂ニ之ト別レテ帰ル。旬日ニシテ越ニ至ル、具ニ廉使ニ白《まう》ス。李公尽ク録シテ以テ白公ニ報ズ。

是ヨリ先、白公平生唯《ただ》上坐ノ業ヲ修ス。李公ノ報ズル所ヲ覧ルニ及ビ乃チ自ラ詩二首ヲ為リ以テ其事ヲ記シ、及ビ李浙東ニ答ヘテ云フ、近ク人海上ニ従ヒテ回ル有リ、海山ノ深処ニ楼台ヲ見ル、中ニ仙龕有リテ一室ヲ開ク、皆言フ此レ楽天ノ来ルヲ待ツト。又曰ク、吾空門ヲ学ビ仙ヲ学バズ、恐ラクハ君ノ此ノ語是虚伝ナラン、海山ハ吾帰スル処ニアラズ、帰スレバ即チ兜率《とそつ》ノ天ニ帰スベシ。然レドモ白公ハ屣ヲ煙埃ニ脱ギ軒冕ヲ投棄セルハ夫レ味味ナル者ト固ヨリ同ジカラズ。安ゾ謫仙ニ非ザルヲ知ランヤ。

（8）サルトルやボーヴォワール夫人が来朝するとセンセーションをまき起すというような現象はしかし日本だけのことではないらしい。スタール夫人がロシヤの都にあらわれた時の熱狂はプーシキンの短篇『ロスラーヴレフ』に鮮かに描かれている。平川、「西欧化の社交界」（『平川祐弘著作集』第十一巻）を参照。

（9）道真の漢詩や醍醐天皇の漢詩については『菅家文草菅家後集』、川口久雄校注、日本古典文学大系、岩波書店、を参照。また『和漢朗詠集』については、川口久雄校注、日本古典文学大系、岩波書店、の解説を参照。

（10）Arthur Waley: *The Originality of Japanese Civilization.* この論文の抄はウェイリーのアンソロジーである *Madly Singing in the Mountains,* George Allen & Unwin, ed by. I. Morris におさめられている。訳文は平川。なお「唐代民間文学と枕草子の形成」は川口久雄『平安朝日本漢文学史の研究』、明治書院、で詳しく取扱われている。

（11）Arthur Waley: *The Nō Plays of Japan,* George Allen & Unwin. p. 248.

（12）福原麟太郎『春のてまり』、三月書房、二七一ページ。なおこの見解は福原氏が皮肉な一友人の見解として引いたものである。

（13）『ツァラトゥストラ』は全篇ゲルマン系のドイツ語でもって書かれているから、「賤民について」の章で Zisterne という語に出会った時、筆者は当時大学四年生であったが、奇妙な印象を覚えたことをいまも記憶している。Zisterne は「水槽」を意味するがラテン系統の言葉であり、そのために前後の文章との間に異和感を覚えたのである。

(14) T・S・エリオットもその言語的特質に気がついたと見えて評論『ダンテ』の中で、

「ダンテを英語に訳す時よりも、シェイクスピアをイタリア語に訳す時の方が、原作の味がより多く失なわれる。私はその点をとくに強調したい」

と述べている。なお早期に完成し固定化したイタリア語やフランス語よりも、イギリスやドイツのように文化的には後から開けた国の言語の方が、いわゆる mixed language となり、語彙の選択の幅が広く、そのため外来文化の受容力に秀れる点については、「地獄の門――鷗外、敏、漱石の文体――」『中世の四季――ダンテとその周辺』(『平川祐弘著作集』第二十巻) 参照。

(15) 佐成謙太郎『謡曲大観』には『白楽天』のアイの言葉 (狂言) も載っている。原作者の執筆にかかわるものか否か判然としないが、謡曲『白楽天』の趣旨が明確に示されていると思うので、一つの作品解釈として参考に引用する。なお発言するアイは、住吉大明神に仕える末社の神ということになっている。

「御身は唐の白楽天にてましますな」と〔漁翁の姿をした住吉大明神が〕仰せ候へば、楽天大に驚き、「われ日本に始めて来るに、白楽天と知る事不審なり。さて日本には何を翫《もてあそ》ぶ」と尋ねければ、「日本にては歌を詠みて遊び候。唐土《もろこし》にては何を翫ぶ」と仰せられ候へば、「唐土《たうど》にては詩を作り遊ぶなり。いで目前の様体を詩に作り聞かせう」とて、「青苔衣をおびて巌の肩にかゝり、白雲帯に似て山の腰をめぐる。心得たるか尉《じよう》」と申す。明神「面白く候、日本の歌も左様の事にて候。苔衣《こけごろも》着たる巌はさもなくて、衣きぬ山の帯をするかな」と詠み給へば、楽天肝を消し、「あれ体《てい》の漁夫だにも歌をよむ。上臈達はさぞあらん」と申す。明神「わが朝は小国なれども神国にて、人間は申すに及ばず、鳥類畜類までも歌を詠み候」とて、その證歌を御物語あれば、楽天もよわ〳〵となられ候。その時明神異見申し、「日本の都に御出であつて御為いかゞなり。これより御帰り候へ」との御事なれば、楽天も合点せられ、「既に戻るべき」との御事なり。「されば楽天この度海路に赴き給ふ徒然《つれづれ》に、舞楽を奏し慰め申さうずる」との御事にて、

それから「西の海、檍《あをき》が原の波間より、現はれ出でし、住吉の神」が真の序の舞を舞うのである。なお狂言でも日本人は「唐土《もろこし》」と訓で発音するのに対し白楽天は「唐土《とうど》」と音で発音する区別がほどこされている。謡曲でも日本人は「日本《にほん》」、白楽天は「日本《につぽん》」と違えて発音する流派もあるとのことである。

なお天明六年（一七八六年）に初演された文楽『彦山権現誓助剣』の大序「住吉浜辺の段」では真柴久吉（羽柴秀吉）の海外出兵が話題に上るが、そこでも日本人と唐国人との言争いが、謡曲『白楽天』を踏まえて次のように繰返されている。参考までに引用する。

「聞えた、かの晩唐の白楽天、日本の智慧を計らんと渡つて来たる人真似して、久吉公の軍立《いくさだて》、軍慮の底を採りに来たよな、真楽の神兵程なく押寄せ手並は汝が国で見せん、はや本国に立帰り首に名残りを惜しんで置け。」

朝日選書版へのあとがき（一九七五年）

私事にわたり恐縮であるが、この書物の成立について二、三説明させていただく。雑誌『文學』昭和四十七年十一月号の「鷗外の文学と人間」の座談会で拙著『和魂洋才の系譜』が暗に話題にあげられた際、寺田透氏がいわれた言葉に、

「僕はあの〔東大〕比較文学の大学院の教師をしていたことがあるんだけれども、あれはだいたい昭和の新しい開国のときに出来た学科ですよね。それで学生たちは日本のことを熟知して、それから外国に出て行くというんじゃなかったですね。むしろ外国にいきなりとりついて、外国の方から日本を説明するという傾向でしたね。」

敗戦後の日本の新しい開国の時、東大教養学部教養学科は昭和二十五年に、比較文学比較文化の大学院は二十八年にいずれも駒場のキャンパスに創設された。実は私はそこで寺田氏からも多少お習いした一人で、日本のことを何も知らずいきなり外国へ出て行った、という氏の揶揄はどうも西洋かぶれだった私などをさすらしい。そしてそれはまた事実なのである。私は二十三の齢に国外へ出、長く西欧諸国で苦学したので、文芸復興期のロンサールやダンテに読みふけった二十代の末ごろは、同じ十四、五、六世紀の人間ならば、室町時代の日本人よりルネサンス時代の西洋人の心境の方がはるかに親しみが感じられ、なにか日本人離れしたような、不安さえ覚えた。だからといってダンテの詩的世界やボッカッチョの狂言綺語の世界が真によくわかったというのでもなかった。足利時代の母国の文化は自分にとって異国の文化よりも疎遠、というか近づこうにも適切な手がかりが得られない不安感を覚えたのである。その気持は帰国して十年以上経っ

た今日、多少薄らぎはした。しかし題に「謡曲」の字を冠するこの書物を世に問ういまとなっても、中世芸能の世界が自分にわかっているなどとはおよそ言えないのである。それだからまことにお恥しい話だが、私はいまでも能楽堂の帰り、ナイーヴな質問を発しては、小山弘志教授や田代慶一郎教授、また研究室嘱託の小松紀子嬢にも笑われているのである。

その私が昭和四十九年度の比較文学演習に「謡曲の詩と西洋の詩」を取りあげたのはいかにも盲蛇に怖じずの感があったが、謡曲御専門の小山教授がその年要職につかれ大学院を休講されたので、自分が思いきってあつかましくも横合から乗りだした次第であった。もっともその前年、林達夫氏の依嘱で明治大学の演劇学科に出講し、同じテーマを取りあげ多少下調べはしてあった。それでこの種の比較研究が、謡曲それ自体の縦に連なる国文学研究に寄与することはまずなくとも、それでも横にひろがる文芸比較の上ではなにがしかの新しい視角を開くであろう、という感触がなくもなかった。その視角とは、寺田氏がいう「外国の方から日本を説明する」行き方なのである。私はもっぱら自己の感性を頼りに、ナイーヴな質問を繰返し発しては、当然自明と世間で思われている前提が必ずしもそうではない場合のあることをいろいろ掘りさげてみた。そして私のような一見アマチュア風の近づき方も、明治生まれの人と違って日本の古典がいささか疎遠になっている若い世代、とくに留学から帰国して日本をまた新しい目で見直そうとする大学院学生には、興味を惹くアプローチでもあったようである。私はまたそれより先、京都で開かれた日本文化研究国際会議でJohn Hall教授の次の発言を耳にした。

If Nō is boring, why show it to foreigners in the first place? And if modern Japanese are unable to understand why Nō has had such a tremendous universal appeal outside of Japan, then what is the poor foreigner to do? If Japanese are to show off their culture, they themselves must understand what they are displaying.

近代の日本人が能は退屈なものと思いこみ、謡曲が海外であれほどアッピールした理由が理解できないというのなら、いったい外国人、とくに外国人日本研究者はどうすればよいのか。まず日本人自身が自分たちの文化をわかっていてもらわねば困る、という趣旨である。私はジョン・ホール教授のこの挑発的な発言に苦笑いして応じたというわけでもないけれども、謡曲の詩がウェイリーの心に訴え、ブレヒトの頭に訴えた経緯を明らかにしてみたく思ったのである。そしてその際一歩を進めて、日本人の学者として「日本の方から外国を説明する」行き方も心がけた。そうした行き方は日本人である以上当然と読者は思われるかもしれないが、どうして当り前ではない。西洋人の西洋研究の枠組の中に自らを強いて押しこめようとする埋没傾向の支配的な日本の外国研究者の間で、謡曲によって『神曲』を説き、谷行の掟によってブレヒトの党員の掟を解明する、という相互照射の行き方は、良かれ悪しかれ、新機軸に属するだろうと思う。またそれだけにカトリシズムの信者やコミュニズムの信者の中でも保守的な方には不快な節もあるやもしれない。しかしだからといって右顧左眄《うこさべん》することもせず率直に書かせていただいた。筆者は先に『和魂洋才の系譜』（河出書房）を刊行した際、中野重治氏の鷗外遺言状解釈の誤りを率直に指摘したために、中野氏のたいそうな御立腹（『文藝』七三年四月号）にあい、かえって米仏の日本学者から綿密詳細な学問的書評を受ける栄に浴したが、引続き内外諸賢の御批判・御高評を仰ぐ次第である。

ここで欧米人の日本学者のことにふれたのは、筆者が比較研究者として、日本の学者の研究とともに、外国人の東洋研究からも数多くの刺戟や恩恵を受けてきたからである。とくにここに集めた四篇は、題こそ多岐にわたるが、いずれもウェイリーの能楽脚本英訳の業績と関係している点で共通している。すなわち㈠「謡曲の詩と『神曲』の詩」はウェイリーの試作能ともいうべき『アマルフィ公爵夫人』を共通項としており、㈡「ウェイリーの『白い鳥』」は彼の謡曲『初雪』の英語翻案そのものを論じ、㈢「党員の掟」はブレヒトの『谷行』翻案を分析したが、ブレヒトはウェイリーの英訳『谷行』に閃きを得て自分の作品を書いたのである。㈣の、前三篇とは趣きを異にする、比較文化史の論文「漢文化と日本人のアイデンティティー」についていては能楽脚本英訳者としてのウェイリーからも『白楽天』の伝記作者としてのウェイリーからも教えられるところがあった。このような形で一冊にまとめたのは筆者が演習に使用したテクストが Waley: *The Nō Plays of Japan*（George Allen and Unwin）であったから、それが共通のつなぎとなったためもあった。初出は㈠が『季刊藝術』一九七四年秋号、㈡が『比較文学研究』二十七号、㈢が『季刊藝術』一九七五年春号、㈣が東京大学『教養学科紀要』七号（アジア分科創設記念号）である。学会等での口頭発表にいちはやく留意されて掲載を薦められた関係の編輯各位にこの機会にあらためてお礼申しあげる。なお㈡の東京都千代田区飯田橋二―七―九　朝日出版から出ている東大比較文学会編輯の『比較文学研究』二十七号はウェイリーの特輯号なので、ウェイリーについてさらに知りたい方は同号を見られたい。

筆者は、言論自由のこの日本に生きて、自分の学内での仕事をこうした形で次々と活字にし、学外の諸賢に問う機会に恵まれたことをまことに有難く、かたじけなく思う。また周囲に気兼ねせずにいうなら、それが大学教授のライフ・スタイルであるべきかにも感じている。すくなくとも自分自身が長く教授会メンバーの外にいて教授にたいして強く批判的であった時には業績刊行を学者の義務のように感じていた。しかしだからといって、産業社会の効率本位の倫理が本来閑暇のあるべき大学内にも持込まれ、いわば Ph.D. 産業とでもいうようにペーパーが出てくる風潮にもすくなからぬ疑問を覚えている。私が一時代前のイギリス人ウェイリーの膨大かつ良質の翻訳と研究を尊ぶのは、それが東アジアの文化の精髄を伝えるものであるとともに、それがつねに雅致に富める文章、ウェイリー自身の芸術作品となっているからである。

本書の執筆中、小山、田代両教授をはじめ数多くの方から貴重な示唆をいただいた。『谷行』と『くじ』を重ねてみるというパターン認識は学生である竹下節子氏から得た。『くじ』の訳者深町真理子氏からは作者ジャクスンについて御教示を得た。「漢文化と日本人のアイデンティティー」は、なぜ中国へ行くと心理的に威圧される日本人が多いのか、という点を問題とされていた国際関係論の衛藤瀋吉教授主催の学際的な研究会で発表した一文で、吉川幸次郎教授がこの朝日選書1の『吉川幸次郎講演集』で日本比較文学会のある種の学風を批判されたことを受けている。なお日本における白楽天の受容については金沢大学の川口久雄教授に東京大学で御講演をお願いし、筆者もまた金沢大学で謡曲英訳について再度発表し、その際川口教授から貴重な指摘をいただいた。あつく御礼申しあげる。なにか文章を発表するたびに一言でも感想を寄せてくださる読者は有難いが、私はその種の文明の風のある先輩知友に恵まれたことを深く感謝する次第である。

最後に、亡父が謡本を揃いで持っていたことについ昨日まで気がつかなかった私が、こうした私事を述べるのも恐縮だが、しかし血のよみがえりというか、私が謡曲の詩に心打たれるようになった第一のきっかけは、やはり長女がお仕舞をするようになったからだと思う。手狭な、天井の低い家にいるので、謡の言葉がなにかと私の耳に入り、うるさく感じられた折節もあったが、家人が意味もよくわからずに謡っている日本語の美しさに私が思わず耳を留めたことも、またその謡を聞きながら寝入ったことも、幾度かあった。娘たちが大きくなり、あのころの父は夜昼とり違えてこうした文章を書いていたのかと読む日が来れば、それもまた楽しいことであろう。家人にも謝意を表する次第である。

シテとなったデズデモーナ

宮城　聰

私はまことにツイていたと思います。

「文学界」という雑誌を買ったことはそれまでほとんどなかったのですが、たまたまその号は（私の生業の）演劇関係の気になる文章が載っていて購入したのでした。そしてその日は稽古で横浜まで行かねばならなかったので、やや長い道中、渋谷からの東横線の車内でその「文学界」を開きました。すると平川先生のウェイリー伝が一挙掲載されており、練達の平川節にたちまち引き込まれてページを繰っていたところ、その一段落との電撃的な出会いがあったのでした。

そこには、ウェイリーがロンドンのジャパン・ソサエティで、日本の能（いわゆる複式夢幻能）の台本構造をイギリス人に理解してもらうために、当時ロンドンで上演されていたジョン・ウェブスターの戯曲『アマルフィ公爵夫人』を題材に用いて「これが能の台本だとこうなります」という説明をした、と書かれており、さらに平川先生は、このことは『謡曲の詩と西洋の詩』でも書いていたので、ここでは『アマルフィ公爵夫人』の代わりにシェイクスピアの『オセロ』を題材にしてみよう、と進まれて、ウェイリーがどんな説明のしかたをしたかを実にわかりやすくときあかしてくれていました。

もしシェイクスピアの『オセロ』を複式夢幻能の台本で書くなら、シテはデズデモーナの霊になること。デズデモーナの霊は、浮気を疑った夫オセロの誤解から殺されたために成仏できずに魂魄この世にとどまっていること、そしてオセロに首を絞められて殺されたその瞬間をワキの旅僧の前で再現して演じることによりデズデモーナの霊は成仏すること。

それらが、「文学界」の誌面でわずか二ページという驚くべき簡潔さのうちに記されていました。

私は、大げさではなく息が止まるほど圧倒されました。演出家をやっていれば、『オセロ』を演出してみようかなと考えたことはそりゃ二回も三回もあったわけですが、そのたびに踏み切れなかったのは、どうもこの戯曲に出てくるデズデモーナという女性に厚みが感じられず、言わばオセロという主役の悲劇性をひきたてるための書き割りにすぎない、という印象がぬぐえなかったからでした。いわゆる「お人形さんのよう」な造形で、主体的に生きている人間には見えないのです。

シェイクスピアのすごいところは、登場人物が「類型」におさまらず、観客がその登場人物の発言を聞いているうちに「この人物は、世界にふたりといない、ここにしかいない人物だ」と感じてしまうようなセリフを書いたことです。ところがことデズデモーナに関しては、まったくステロタイプな書かれかたをしています。それでもシェイクスピアの時代の劇場では、女性の役は声変わり前の男性が演じていたのでこの弱点はさほどの障害にならなかったのでしょうが、こんにち『オセロ』を上演しようとすると、「デズデモーナをやりたがる女優がいない（少くともうまい女優はやりたがらない）」という現実的な問題にぶつかります。それで結局、世の『オセロ』の上演は、オセロ役とイアーゴ役の男優の腕前の披露が見所になり、デズデモーナ役は、演技はともかくルックスだけは美しい……というパターンが一般的になっているわけですね。

そんな中での、平川先生のくだんの一節です。何が素晴らしいって、この平川レンズを通すことで、『オセロ』の弱点が、即ちデズデモーナのステロタイプ性が、そっくり逆転して最大の強みになるのです。というのもデズデモーナが「世界にふたりといない」造形を得ていないからこそ、彼女が劇の終わりで成仏することが、観客の側にあるあまたの「無念」をシテが吸い上げ、観客に浄化をもたらすことに直結するからです。

ひたすらパッシブはデズデモーナが、舞台の書き割りではなく劇の中心に持ってこられることで、にわかに「聖母」的な機能を発揮するようになるわけです。

そしてこの平川版夢幻能が世阿弥以来の伝統的夢幻能とは決定的に異なる新しさを持っていることもここで明らかになります。

その話の前にまず複式夢幻能のはたらきがどのようなものかを整理しておくと、それは「ある事件により世界から切り離されてしまった孤独な魂が、その事件を他者とともに追体験することによって孤独から解放され、〈魂たちのふるさと〉に合流する」システムだ、と言えるでしょう。ここでの「他者」とはむろんワキのことですが、ワキはそもそも観客たちの属する共同体と舞台とをつなぐ「窓」なので、孤独な魂による「事件の再演」は、つまりは共同体の面前でおこなわれるわけです。そして伝統的な夢幻能では「世界から切り離された魂」は誰もが知っている神話的人物であり、観客たちとは比べようもない巨大な霊的パワーを持っているので、そのスーパーパワーが現世への怨みに向けられるのではなく〈魂のふるさと〉に合流してくれることになれば、共同体はそのスーパーパワーによって護られるはずだ、という前提で上演が成立しています。

ところが平川版『夢幻能オセロ』では、シテは神話的巨大さと並外れた霊的パワーを持っているであろう悲劇的英雄オセロではありません。オセロ将軍の霊であれば、現世に怨みを残しているあいだはこの世の人々に対し様々な禍いをもたらしそうだし、それがひとたび共同体の守護神になってくれればいかにも強い力で外敵をやっつけてくれそうです。乃木神社や東郷神社のように軍神としてお祀りする、そのための芸能として芝居が正当化されます。

しかしここでシテとなっているのはデズデモーナなのです。オセロを愛すること以外は何ひとつできずに、「彼女にしか言い得ぬセリフ」も「彼女にしかなし得ぬアクション」も何ひとつ与えられぬまま、ただただ男たちのパワーゲームの犠牲者として、流れ弾に当たるかのように死んでしまったデズデモーナ。決して並外れた霊的パワーを持っていない彼女は、それゆえに神として崇められるのではなく、観客ひとりひとりが日常的に抱えている、金輪際歴史に残りようのない不幸や無念をすべて載せることのできる無限大の舟となって、彼岸へと旅立ってゆくのです。

このような聖母性はこれまでの夢幻能のシテには見られないもので、まさに「現代の観客のための夢幻能」がここに誕生したと言っていいでしょう。

洋の東西と時の古今をこんなにマジカルに接続し混淆させることのできる人が、平川先生以外に果たしているでしょうか。

（演出家、公益財団法人静岡県舞台芸術センター芸術総監督）

世界文学としての能

成恵卿

『謡曲の詩と西洋の詩』は、比較文学的な視点からみた能に関する研究である。日本が世界に誇る古典芸能である能は、六百年以上も前の様式を継承して今も演じられる世界に類例を見ない舞台芸術である。能楽堂は、能の公演を観に来る観客でいつも賑わう。とはいえ、中世のことばと能特有の演技様式で演じられる能は、現代の人々にとって決して分かりやすいものとはいえない。ましてや、能の内容や歴史的背景を知らない外国人にとって、能は近寄りがたい世界であるといっても過言ではない。いわば難攻不落の要塞とも思えるこの世界を、まったく新しい視点で、しかも、ダンテの『神曲』やマーテルリンクの『青い鳥』といった世界的な名作と引き合わせながら論じるこの本を読んでいくと、能が急に身近なものとなり、その魅力と、普遍性、そして特殊性に改めて気づかされるのである。ダンテが師のウェルギリスの手に導かれて地獄や煉獄めぐりをしたように、読者は著者の手に導かれながら、日本中世の劇世界を遊泳し、知的冒険に浸ることができるのである。

本書は四章からなる。「謡曲の詩と『神曲』の詩」、「ウェイリーの「白い鳥」――『初雪』の英語翻案――」、「党員の掟――ブレヒトの『谷行』翻案――」、「漢文化と日本のアイデンティティー――白楽天の受容を通して――」がそれである。謡曲、『神曲』、ブレヒト、白楽天と、一見、関連のないものの集まりのようだが、これらの章を繋ぐ共通の糸は、イギリスの東洋学者アーサー・ウェイリーである。ウェイリーは『源氏物語』を西洋世界にはじめて知らしめた人物として有名だが、彼は能に対しても深い関心を示し、ユニークですぐれた訳書を出した人物でもあった。本書はウェイリーの訳を手掛かりに、従来の能の研究者たちとは異なる方法で、能の構造的特徴や現代的な意義などを鮮やかに浮き彫りにしてくれる。

この本の最大の魅力は、古今東西の文学や芸術を自由に行き来しながら、思いもよらないところで能との接点や類似点を拾い上げて、両者を結びつけ、その共通性と相違点を明らかにするところにあるといえよう。ダンテや夏目漱石といった東西の数々の作家とその作品をはじめ、あまり名の知られてないミステリー作家の作品にいたるまで、読者は実に多様な窓口を通して能の劇世界の断面を垣間見、その都度、新鮮な驚きと知的発見の喜びを味わうことができるのである。しかし、それだけではない。本書を読むもう一つの楽しみは、ウェイリーが見事な英語で訳した能の世界――それは正確で忠実な訳というよりは翻案や創作に近いものといえるのだが――を、また平明で美しい日本語に訳し直したものを読むことである。ウェイリー訳『初雪』を読んだイギリスの女流作家エディス・シットウェルは、彼に宛てた礼状のなかで、「ほんとうに信じられません。どのようにしてあなたがあのようなものを作り出せるのかわたしには夢想だにできません」と書いているが、そのウェイリーの英訳を著者がまた日本語に訳し直したものも、詩情に富み、美しく、新鮮である。著者はダンテの『神曲』の名訳で知られるが、ここでも、取り上げられた多くの作品が丁寧に訳されており、いずれも学問的な正確さを保ちながらも文学的香気を失わない。

日本の中世に、劇芸術として飛躍的な発展を遂げた能は、多くの名作を今に伝えている。総合芸術である能の研究はいよいよ盛んで、多角的な方法による研究が試みられているが、本書は、その題目「謡曲の詩と西洋の詩」からも窺えるように、もっぱら文学としてのアプローチを貫いている。すなわち、能の台本である謡曲を「詩」としてとらえているのである。それは、能がはじめて西洋に紹介された時、西洋人が堅持した視点と軌を一にする。そしてそれは、それまで日本にはほとんどなかった視点であった。先入観にとらわれない視点で能を見ることができた西洋人は、能をすぐれた文学として見てとったのである。西洋人と能との出会いが、舞台芸術や公演といった形ではなく、もっぱら翻訳によるものであったため、それは当然の成り行きといえるかもしれないが、それはさておき、このような視点が、能研究の新たな地平を切り開く契機を作ったことは紛れもない事実である。西洋人の外なる視点が日本の能研究に新鮮な風穴を開けたように、従来の能研究にとらわれることなく、しかも世界文学のなかの謡曲という視座を保ちながら能を俯瞰する本書は、数々の発見に満ちている。

多くの西洋人が注目し、また魅了されたのは、「複式夢幻能」という形式で書かれた一連の作品であったが、本書の第一章「謡曲の詩と『神曲』の詩」は、この形式の特徴と心理的普遍性についての考察である。ウェイリーは複式夢幻能の構造を英語圏の読者によりよく理解させるために、イギリスの劇作家ジョン・ウェブスターの悲劇『アマルフィの公爵夫人』を謡曲に仕立ててみせるという実験を行った。この実験作を手掛かりに、著者は『神曲』の詩の特性と謡曲の詩の特性についての実に精巧かつ鮮やかな比較分析を試みる。死者が現世の人間の前に現れ、死してもなお消えないこの世への執着や恨みを語るという複式夢幻能の劇形式は、『神曲』の構造と共通している。時代や文化圏を異にする二つの作品が同じ地平でとらえられるのは、「亡霊のいわずにはいられぬ気持ちや救いを求める気持ちが東西に原理的には相通じて」いるからである。「魂の根源的な欲求は、型として把える時、両者において共通」していると指摘する著者は、古今東西のさまざまな作品を引き合いに出しながらも、常にその根底にある共通の型《パターン》を直視することを忘れない。

第二章「ウェイリーの「白い鳥」――『初雪』の英語翻案――」では、ウェイリー訳『初雪』と原典との比較を通して、日本中世の阿弥陀信仰にまつわる霊験譚がいかにして白一色の美しく清らかなメルヘンの世界と化したかが究明されている。具象的なイメージを避けたり、生と死の境界をわざとぼかしたりするなど、ウェイリーの細かな工夫やいくつかの意図的改変・改訳によって、『初雪』はマーテルリンクの『青い鳥』を思わせるような、一篇の象徴的な詩劇へと生まれ変わったのである。此岸から彼岸への旅という共通の型《パターン》を夢幻能やダンテの『神曲』に見出していた著者は、ウェイリー訳『初雪』と『青い鳥』にもそれに似た構造があることを明らかにしている。ウェイリーは自らの翻訳作品を、原作の「単なる写真」ではなく、「芸術的作品に仕立て」たいと思い、そのための自由な裁量による改訳・改変を行った。その結果、夢幻能『初雪』という、「英語の芸術作品として永く尊ばれるに違いない」作品が生まれたのである。本書ではウェイリーの翻訳観がたびたび紹介される。彼は、「各国の言語にはそれぞれの特質《ニュアンス》に適した言語を飾る仕組みがある」ことを認めた上で、英語で等価物を提出できない掛詞や縁語といった言語遊戯などは大胆に削ったり、翻訳した作品が「それ自体が言語芸術作品として独立した価値を持ち得るよう」、さまざまな工夫を自由に用いた。すなわち、「彼一流の晴朗な賢明な翻訳《インタープリテイション》を行ったのである。そのお陰で門外漢にも詩文学としての謡曲がはっきりした骨格をもってみえるようになった」と、著者は書いている。ウェイリーの翻訳観についてはさまざまな意見があろうが、翻訳を志す者には啓発されるところが多い。

第三章「党員の掟――ブレヒトの『谷行』翻案――」は、ウェイリー訳『谷行』に触発されて、ドイツの劇作家ブレヒトが書いた一連の作品をめぐる論考である。能『谷行』は、孝心と信仰を扱った霊験譚であるが、ウェイリーの一連の改変によって、人間がもつ非理性的な面と、その暗い残酷な真実を暗示する作品へと作りかえられた。彼はこの作品の主題を「宗教の仮借ない要求」と説明しているが、ブレヒトもまたこれを踏まえて『イエスマン』という教育劇を書いたのである。しかしその後、『イエスマン』第二稿、そして『ノーマン』を手掛けるにいたって、その作品世界には変化が生じる。著者はそれを精密に検討しながら、ブレヒトが日本の能に見出したものと、イデオロギーや、秘儀、共同体といった問題についての深層的な分析を試みる。また、謡曲『谷行』とブレヒトの教育劇との接点と相違点、その時代的背景と文化の違いについての細かい比較分析を通して、それぞれの作品がもつ特徴や日本とドイツの思想と美意識の違いをも明らかにしている。

第四章「漢文化と日本のアイデンティティー――白楽天の受容を通して――」は、平安時代以降、日本でもっとも愛読された外国詩人である白楽天をめぐる論考である。世阿弥作『白楽天』は、日本人の対中国への深層心理が読み取れる作品だが、著者は文化受容に伴う影響・被影響の関係を、その心理的コンプレックスをも含めて、巨視的に鳥瞰している。漢文学の圧倒的な影響に対して大和歌《やまとうた》で対抗するという、紀貫之以来の対応の型《パターン》を確認できるこの作品の創作動機について、著者は、「民族的劣等感でこそあれ優越感ではない」、「後進国日本の文化人が先進大国に対した時の相矛盾する心理の動きが露骨に示されている」と書いている。比較文学比較文化研究の大作『和魂洋才の系譜』の著者であり、古代から近代にいたるまでの日本人の異文化交流の歴史とその心理の機微についての卓越した業績を残した著者の複眼的かつ立体的な視点に基づく論考は、いずれも刺激的で示唆に富む。

世界文学のなかの謡曲の位相を鮮やかに浮き彫りにした本書の最大の魅力は、前述したように、その自由でとらわれない目と、能の劇世界を分かりやすく、平明な文章で説いてくれるところである。能を知らない人でも、本書を一読すると、あるいは謡曲を紐解いてみたくなったり、一度能楽堂に足を運んでみたくなるに違いない。

（ソウル女子大学教授）

『謡曲の詩と西洋の詩』解説

川本皓嗣

「奇妙な脱線をすると読者はお考えになるであろうが」――ウェイリーの英訳した謡曲『谷行』(たにこう)と、それを翻案したブレヒトの劇『イエスマン』との異同を扱った一章のなかで、アメリカの女流ミステリー作家の短篇を引合いに出すに当って、著者はわざわざこう断っている。たしかに能とミステリー小説との対比はいかにも唐突であって、この本は他にも謡曲『景清』とウェブスターの『アマルフィ公爵夫人』、あるいは白楽天と鷗外の『舞姫』といった、読者の意表をつく組合わせや「脱線」にみちている。

しかしこの本を読む大きな快感のひとつは、まさにそうしたわき道へそれたかのように見えた議論が、実は話の本筋をなすものであることがわかり、一見唐突な作品どうしの突合わせによって、その両者に思いがけない光が投げかけられるのを見ることであって、その時の印象は、空気の澱んだ部屋の窓が次々と明け放たれて、さわやかな風が吹込んでくる時のそれに似ている。

ものを読むに当って精神に余計な足かせをはめないというのが、比較文学における著者の一貫した姿勢であるように思われる。たとえば日本人の読者が『神曲』を読んで、ウェルギリウスに導かれたダンテが地獄や煉獄をめぐり、死者の語る現世の恨みや後悔に耳を傾けるという各詩篇の構成のなかに、能舞台のおもかげを見出すというのは、いわばごく自然な成行きである。もしもイタリア語で書かれた作品だというだけの理由で、そうした自然な連想をおさえるならば、われわれが『神曲』を読んで得た感銘の一端が損われるばかりではない。この世界で『神曲』のもつべき意味の一部がそうして失われ、従って『神曲』の全体像が軍要な一環を欠くことになるのであって、そうでなければ、中世のイタリア人でないわれわれが『神曲』を読み、論じる意味がない。謡曲についても当然、同じことがいえる。こうした「比較的」な考察は、根も葉もない脱線であるのとは逆に、われわれが作品そのものから触発されて生じた印象にもとづいているだけに、直接謡曲や『神曲』のプロットや文体、あるいは語彙に足がかりを求めて行く著者の議論は、きわめて手固い。

著者は第一章「謡曲の詩と『神曲』の詩」のなかで、両者の根本的な類似が「複式夢幻能」的構造すなわち現世の人間が幻想のなかで死者の霊とめぐり合う、そして死者が現世への執念を語って解脱を願うという構成にあることに注目し、そうした現世の絆からの解放への闘い (soul's wish to cast off its bonds) のなかに、文化形態の相違を越えた、中世人特有の感性と想像力の型を見出している。

生者と死者の魂の触れ合い、現世と来世の境界を越えた精神の飛翔に強くひかれる著者の姿勢は、そのまま本書の全体を貫く思想でもあって、こうした彼此岸往来のパターンは、白一色のイメージに彩られて美しい第二章「ウェイリーの『白い鳥』」にも共通している。

姫君の寵愛していた白い鶏が死に、悲嘆にくれる姫君の祈りによって死んだ鶏が天上から姿を現わすという謡曲『初雪』がウェイリーの英訳では、「一連の意図的な誤訳」によって面目を一新する(意図的である所以も着実に証明されている)。白鶏が名も知れぬ白い鳥にかわり、鳥の死という事実がぼかされ、「かひご」(卵)という語が「巣」に置きかえられるといった、いくつかの微細な改変が指摘され、その全体に及ぼす効果が明らかにされる。そうして生れかわった詩劇『初雪』がどのような印象を観客に与えるかを説明するために、著者はマーテルリンクの『青い鳥』を持ち出している。この対比が単なる思いつきによるものでないことは、ただちに納得されるところであって、著者はこの世紀末の象徴的詩劇を引合いに出すことによって、要するに能のもつ抽象的、象徴的な一面を、そういう大層な語彙を使わずに浮彫りにするとともに、世界の文学において謡曲の占めるべき位置のひとつを的確に示唆しているのである。

続く「党員の淀」も、外国語訳や翻案による改変の綿密な検討を通じて、それぞれの作品のもつ共通性や特異性を明らかにする試みであるが、今度は扱われる対象がもとの謡曲『谷行』、ウェイリーによるその英訳、ブレヒトの秘書による重訳、ブレヒトによる翻案劇『イエスマン』、それに対する批評家やベルリンの学童たちの反応、それにもとづく改作『イエスマン』と『ノーマン』という風に多岐にわたっているために、相当手がこんでいる。

山伏の峯入りに加わった少年が病気にかかり、山伏道の大法に従って谷行（生埋め）にされる。もとの謡曲では、祈禱による少年の蘇生が用意されているが、その後半をあっさり切捨てたウェイリーの訳筆によって、「孝心と信仰ゆえの霊験譚」が一変して、「宗教の仮借ない要求」を扱った、ヨネスコやピンターに通じるような無気味な残酷劇となる。ブレヒトは、この宗教の仮借ない要求を、党員の党是に対する無条件の服従の要求に見立てて、教育劇『イエスマン』を書いた。著者は宗教の「大法」と党の「掟」との同一視（用語の同一）のなかに、「イデオロギー信仰」のもつ「擬似宗教の様相」を認め、宗教的、政治的共同体におりる不条理な「いけにえ」の要求に説き及んでいる。改作はいずれも表面上の整合性のみに気をとられ、安易な理性への信頼を強調した改悪にすぎず、少くとも第一作は、ブレヒトの意図とは裏腹に「マルクス主義本来の姿」をあざやかに露呈している点で興味深いというのが、著者の結論である。

最後の「漢文化と出本人のアイデンティティー」は、明治以後の西欧化に先立つ日本人の漢文化の受容を、強力な先進文化の一方的な流入としてとらえ、それを受入れる側の、讃仰と反撥のいり混った複雑な心理を説いたものである。著者はその具体例を、日本で最も愛読された外国詩人である白楽天の受容に求め、発想や個々の語句にはじまって生活のスタイルに及ぶ模倣や影響のあとをたどるとともに、謡曲『白楽天』などにうかがわれる、余りにも強大な感化力に対する反撥、というよりは、一人相撲に似た自己存在の主張の努力を語っている。

著者がそのしなやかな知識と感性の触手を四方八方に伸ばして行き、遂に豊かな鉱脈を探り当ててまっすぐに掘進んで行く有様は、一種の壮観である。数々の大胆な飛躍を支えているのは、事物の根底にあるパターンを的確に見抜く直観力であって、ここに盛られた刺激的な議論に異議が生じることはあっても、そうした異論を立てるきっかけを提供してくれたことに対して、本書に感謝する理由は十分にある。

（東京大学・大手前大学名誉教授、東大『教養学部報』一九七六年六月七日号）

著作集第二十三巻に寄せて
――『謡曲』から『夢幻能オセロ』へ――

小山弘志先生

ダンテの『神曲』を私は一九六六年に河出書房から訳した。当時の私は東大の大学院比較文学比較文化課程の助手で、主任の富士川英郎先生と同じ部屋にいた。ある日、国文学教室の主任教授が富士川主任に相談に見えた。それは国文学の成瀬正勝教授が停年退官されるので、その後任にどなたを比較の大学院の教授とするか、という話で、国文学教室の年長教授の名前をあげて推薦された。ところが富士川先生ははっきりと、

「いや、小山弘志先生にお願いします」

と言われた。それで話はすんなりと決まり、翌年度から大学院で小山先生が岩波書店の日本古典文学大系の『謡曲集』を用いて、授業をされた。比較文学の大学院には外国語のよく出来る、西洋志向の学生が多く集まっていたが、そのころ大久保直幹氏が修士論文『イェイツと能――『鷹の井』を中心に』を『比較文学研究』12に発表するなどして、日本文学の中では謡曲が西洋文学とかかわることが深いことが次第に知られつつあった。それで富士川主任がまだ四十代の小山先生に謡曲の講義をお願いしたのだろうか。それとも小山先生の学者としてのお人柄をとくに見こんでお願いされたのだろうか。私もこの謡曲講義を傍聴させていただいた。小山先生はテクストを読んでは講釈される。『敦盛』でワキとシテとの応対があり、樵歌《しょうか》牧笛《ぼくてき》の故事についての条《くだ》りに「言葉咎め風なやりとり」とか「対立の消滅、同調」などと本に鉛筆で記してあるが、

それは先生の説明を私が書きこんだ名残《なごり》だろう。あの「笛づくし」の条りは『敦盛』という曲全体の悲劇的な雰囲気とは違う軽みがあるので、私も気になったにちがいない。ちなみにその条りはアーサー・ウェイリーが *The Nō Plays of Japan* で訳をはしょった箇所でもある。その小山先生の授業にはパリ帰りの田代慶一郎氏も時々傍聴に来た。田代氏は後に『謡曲を読む』(朝日選書)で文学博士となり、『夢幻能』(同)で国際的に高く評価される人となった。

かすかに感じはじめた

そうこうするうちに私がかすかに感じはじめたことがあった。それは『神曲』の一曲一曲の構造が複式夢幻能の構造と似通っている、ということである。いま両者の共通性を登場人物という点から整理しよう。謡曲ではワキとして坊様や旅人があらわれ、亡霊であるところのシテに会う。謡曲の世界では、道行《みちゆき》で謡われるように、ワキの僧やワキヅレは現世で旅をして、途中で夢を見たのか、作中の主人公であるあの世のシテの亡霊と出会う。いまそのシチュエーションを『神曲』の上へ引きうつしてみる。『神曲』では作中人物としてのダンテがワキにあたり、ワキヅレにあたるウェルギリウスとともに生き身のままあの世へ道行というか旅をする(この彼岸の旅はダンテの夢 vision と考えてもよい)。そしてあの世で出会う人は、地獄であれ煉獄であれ、死者の霊である。それはあるいは道ならぬ恋に陥《お》ち夫に殺されたフランチェスカであり、あるいはピサの塔中に子や孫とともに幽閉され、飢えて、怨みをのんで死んだ伯爵ウゴリーノである。その怨霊《おんりょう》がシテとして、ある者は恥ずかしげに、ある者はたけだけしく進み出て名を名乗り、ワキのダンテに向かって心中に積もり積もった思いのたけを述べ、怨念《おんねん》を洩《も》らす。その語りの内容は、あるいは生前の身の上や末期《まつご》の苦しみであり、あるいは死後の自分の境涯などである。

謡曲にしても『神曲』にしても、作者は作中人物の気持をわが物としていわば口寄せの巫女《みこ》のように語る。

すると今は亡き人々の止むに止まれぬ気持が、語らずにはいられぬ激しい表現衝動となって表にあらわれる。そして亡霊は、一つには語るというカタルシスによって、二つには人に話を聞いてもらい、自分たちの死後の冥福《めいふく》を祈ってもらうことによって、気が鎮まる。謡曲も『神曲』もその点ではともに鎮魂の文学なのである。芸能として考えるならば、舞があり音楽がはいる謡曲は『神曲』とたしかにジャンルを異にする。しかし詩文学として能楽脚本のみを考えるならば、ともに亡霊が現われて現世の人に身の上を物語り、ワキが冥福を祈る（あるいは亡霊の伝言を身内の者へ伝えることを承諾する）、という自己表現と鎮魂の形式において『神曲』、とくに煉獄篇の一曲一曲と共通する面があるのである。「今はこの世に亡き者と、思ひ切つたる乞食《こつじき》」の景清は娘の人丸《ひとまる》に向かって自分の菩提《ぼだい》を弔ってくれるよう頼む。娘の祈りが「盲目の、暗き所のともし火《び》、悪しき道橋《みちはし》と頼むべし」という。そして同じようにマンフレーディも娘のコスタンツァに向かって、またブオンコンテは妻ジョヴァンナに向かって、忘れずに自分の後世《ごせ》の幸いを祈ってくれと頼む。空也上《くうやしょう》人《にん》の

ひとたびも南無阿弥陀仏《なむあみだぶつ》といふ人の蓮《はちす》の上にのぼらぬはなし

の歌が引かれて、ひとたび御名《みな》を称《とな》えれば仏に成る、という阿弥陀信仰が説かれるが、それは煉獄篇の、ひとたびマリアの御名を唱えれば救われる、というマリア信仰とそっくりである。私は一九七五年に『謡曲の詩と西洋の詩』（朝日選書）にその文芸比較を詳述した。そしてその内容を英語にして講演した。The *Divine Comedy* and the Nō Plays of Japan: An Attempt at a Reciprocal Elucidation は *Comparative Literature Studies* Vol.33, No.1, 1996, Penn State Press に載せてある。（後に S. Hirakawa, *Japan's Love-Hate Relationship with the West*, Global Oriental, UK, 2005 に収めた。カルガリーでは聴衆のインド人教授から「Yama は Lord of Hell で

はないぞ」と指摘された。サンスクリットの原義では違うのだが仏教に入って閻魔《えんま》大王になったのである。)

フェノロサ、パウンド、イェイツ

フェノロサ遺稿を手直ししたパウンドも謡曲と『神曲』の類縁性を感じた詩人らしく、註にダンテへの言及がある。このフェノロサ゠パウンド訳の *Certain Noble Plays of Japan*(一九一六)は、それに刺戟《しげき》されてウィリアム・バトラー・イェイツが西洋謡曲集とでも呼ぶべき作品を次々と書き出したこともあって、とみに著名となった。ウェイリーの *Nō Plays of Japan*(一九二一)もパウンド訳の手助けをしたことがきっかけで始められた翻訳の仕事で、題名も前者の題名を念頭に置いたものだろう。

イェイツが当時西洋で主流をなしていたリアリズム演劇を脱却しようとして日本の能にヒントを得て書いた作品には『鷹の井戸』(一九一七)、『エマーのただ一度の嫉妬』(一九一九)、『枯骨《ここつ》の夢想』(一九一九)、『カルヴァリーの丘』(一九二〇)、『窓ガラスに刻まれた文字』(一九三四)などの詩劇があるが、根底においてより深化した謡曲の影響を感じさせる傑作は『煉獄』(一九三九)だろう。このイェイツと能との関係について近年のもっとも注目すべき研究は韓国の成恵卿《ソンヘギョン》氏が東京大学に提出した博士論文である。この『西洋の夢幻能』は河出書房新社から九八年には出版されたが、成さんは桜井錠二の協力を得て謡曲を訳したメアリー・ストープス――彼女は産児制限論の先駆者としても知られる――のことなどもさらに調べて慎重を期している。そして九七年夏にライデンの国際比較文学会で美しい発音の英語で謡曲と『煉獄』の関係について発表した。いまや謡曲の刺戟でイェイツが詩劇を書いたこと、イェイツの「夢みなおし」dreaming back の手法が複式夢幻能の手法と共通していることは、世界の学界で定説となった。

しかし Purgatory「煉獄」と聞けば誰しもが思い出すのはやはりダンテの『神曲』だろう。その煉獄の名を掲げてイェイツが西洋流の複式夢幻能を書いたことほど、日本の謡曲とダンテの『神曲』の共通性を裏打ちするものはない。三十年前、小山先生の謡曲演習に出席して、ダンテの『神曲』の煉獄篇と構造が似ている、と若い日の私、が直覚したのは、やはり正しかった。——

一九九八年に出た小学館の「日本古典文学全集」の『謡曲集』②の『月報』に私は右のような小文を寄せた。その後で気がついたことも二、三あるので、この著作集第二十三巻の後記に書き添えたい。

『アマルフィ公爵夫人』から『夢幻能オセロ』へ

演劇学で名をなした高橋康也氏と私とは同学年で、ともに中学四年で旧制高校一年を経て大学へ進んだ。英文科の秀才として知られた高橋さんはいちはやく東大駒場へ就職した。私もだいぶ遅れて同僚となり、廊下でよく顔もあわせたが、彼は「平川さんは一高だから」などと妙な遠慮を口にして、学問上の会話はしない。それだから『謡曲の詩と西洋の詩』を私が一九七五年に世に出した時も、表象文化論の大学院課程設立を目論んで比較文学比較文化課程と対抗しようとしていたハイ・ブラウな高橋さんや渡辺守章などの目にはふれないのだろう、いやふれていても口にしないのだろうとずっと思っていた。しかし高橋さんがそんな品性の悪い人だとは信じられなかった。そんなであっただけに、高橋氏歿後の二〇〇三年、岩波から出た遺著『橋がかり』を遺族から贈られて「ベケットと能」の章になんと私の名をあげてウェイリーのエリザベス朝演劇の謡曲翻案を上手に紹介しているのに気づき、驚いた。褒めてくれるなら私に面と向かって褒めてくれればよかったものを、と思ったりもした。しかもそれには後日談もある。

ウェイリーは『アマルフィ公爵夫人』を能に仕立てたが、それと同じ流儀で『オセロ』を能に仕立てるとこうなる、という話を私は大教室でしたこともある。デズデモーナを殺害しようとするオセロが「雪より白き君の肌」と低い声でうめき、地謡が「雪より白き菊の花」とうたうと、その台詞を聴いて学生たちがどよめいた。その時「この作品はものになるな」と自信を獲た。それで直腸癌の手術が決まった時、万一を顧慮して長年あたためてきたウェイリーについての長文を『文学界』に寄稿することとした。たしか二〇〇四年八月号に発表したと記憶する。それでその際にシェイクスピアを能仕立にする可能性について言及したのである。(それは本著作集第二十四巻『アーサー・ウェイリー『源氏物語』の翻訳者』の第二章「西洋人の謡曲発見」の冒頭に収めてある)。

台本の作製

すると未見の演出家宮城聡氏からク・ナウカ・シアターのために『夢幻能オセロ』の台本を書いてもらいたいという依頼が舞い込んだ。思いもかけぬ事であったが、喜んで承知した。私は筋の単純化、人間関係の明確化を心掛けた。英文で *Othello* を読み直して台詞を拾った。近年、西洋の演出家はイアーゴの心理の動きに専ら注意しているが、それはあるいは人種差別の問題を避けたがる近代人の解釈が主流となったからではあるまいか、などとも感じた。人種を異にする男女の愛をめぐる疑念と嫉妬こそがシェイクスピアの主題だったのではないか、という強い印象を受けた。原作は露骨で「黒き牡、白き羊と交はりて」などどぎつい言葉がちりばめられている。だがその力に打たれた。色彩も油絵風である。他方、謡曲集からもいろいろ拾った。謡曲には掛詞《かけことば》が多い。駄じゃれは好きだから、書きながら私も言葉遊びをした。「オセロは白人どもを出し抜きてひそかに慇懃《いんぎん》を通じたるか」の「慇懃」を敵と気脈を通じたの意味と男女が情を通じたの意味とに掛けたなどがそれである。ヴェネチアが占領していたヴィナスの島サイプラスが何者かの裏切りで敵手に落ちたというのは歴史にまつわる作り話だが、年号などの史実は『イタリア大百科事典』に基づいている。勝手に取捨選択して書いて楽しかった。複式夢幻能の構造はあらかじめ決まっているから、後は言葉の錦を綴るのが仕事である。脚本で一番利いているのは最後に用いた漱石の『オセロ』を詠んだ句であろう。ただしそれが生きるか死ぬかは演出次第で、デズデモーナが成仏するか否かもそこにかかっている。仕上がった能楽脚本を宮城氏に送ったところ、下町の廃校となった小学校校舎を借りて下稽古をしているから、というのでそれを見に出かけて宮城氏の行き届いた指導力・教育力にひそかに敬意を表した。

『夢幻能オセロ』公演

『夢幻能オセロ』はこうして二〇〇五年十一月一日から十三日まで東京国立博物館の日本庭園の特設能舞台で上演された。後ジテの美加理が面をつけないまま能面のような顔をして舞台に現われる。美加理は驚嘆すべき迫力で、私の手を離れて創られて独り立ちする演劇美にひきこまれた。別天地の感銘は後にＮＨＫのＢＳの録画を見た時も同様だが、徳川家の寛永寺の庭園の夜景を背景に繰り広げられる能の世界に吸い込まれて私は半ば夢心地であった。

初演直後に『日本経済新聞』に出た長谷部浩氏の劇評（後に長文の批評『雪より白き』が「シアトリカル・シナリー」第十八回に掲載された）もエンスージアスティックだったこともあり、切符は完売、私も面目をほどこした。もっとも間狂言のみに自分の『オセロ』訳のさわりの二場面が用いられた小田島雄志氏には違和感があったとしても不思議はない。シェイクスピアが能仕立てにされてしまったために、小田島訳の出番が減ったからだが、しかし『夢幻能オセロ』はそれだけ西洋演劇の翻訳から遠く離れてオリジナルな性格を帯びたということでもある。宮城聰は単に特異というのではない、東西の演劇について方法論的自覚がすみずみまで行き届いた驚くべき奇才だと感じた。小山弘志先生には『夢幻能オセロ』ごとき創作は邪道と思われるかと懸念したが切符をお届けした。するとある日お電話があり、いろいろ好意的に話された。宮城聰が『観世』二〇〇六年三月号に面白いことを随筆に書いている、とコピーまで頂戴した。ク・ナウカ・シアターはインド、デリーの演劇祭にも『夢幻能オセロ』で参加した。急いでテロップ用の英訳を用意したが、たとえまにあわずとも、本説が世界に知られているので外国公演にも向いていただろう。二〇〇八年、思いもかけぬ金額の振り込みがあり、なにかと思ったら韓国の劇団によってソウルでも上演されたと知った。その劇団は来日して上演した。ソウルで見そびれたと成恵卿さんは東京池袋で私たちと一緒に観劇した。

細かい事をいうと次第の詞章「ぎらつく剣《つるぎ》ははや鞘《さや》に　蔵《おさ》めよ　夜露に刃《やいば》の錆びぬ間に」はシェイクスピア『オセロ』第一幕第二場五九行である。原文で剣は複数だが、ここでは音の調子を良くするために次第のイタリア語訳では単数に改めた。「リンフォーデラ、ラ・スパーダ、リスプレンデンテ（繰返し）、ケ、ラ・ルジャーダ、ノン、ラルルッジニスカ」と発音する。

そんな演出演技の細部もさることながら、スクリーンに詞章が映し出され、語り手が語る様に謡曲台本の作者として私は特段に注意した。上野の藝術大学でオペラ『オルフェウス』が上演され、そのときスクリーンの鷗外訳の台詞の美しさに心打たれた直後だったからである。擬古典的な日本語文には問題もあるに相違ないが、cross-cultural experiment 交差文化研究の実験結果として、またウェイリー研究の副産物として、『夢幻能オセロ』を著作集では本巻の付録として掲げさせていただく次第だ。

平川祐弘とウェイリーとのベクトル

二〇〇八年は源氏物語千年紀で、京都で国際フォーラムが盛大に催された。国文学の枠組をとりはずした、国際的かつ学際的な企画であったから、私も竹西寛子、ロイヤル・タイラー氏らとともに招かれて「ウェイリー源氏の衝撃」と題して基調講演を行ない、かつその機会にあわせて『アーサー・ウェイリー『源氏物語』の翻訳者』を白水社から刊行した。するとその年の十二月七日の『読売新聞』に河合祥一郎氏の筆になる大きな書評が出たのである。それは格調の高い一文で、拙著がこう紹介されていた。一端を引用させていただくと、ウェイリーの翻訳のすばらしさはどこにあるのか。それを解き明かすために、本書は冒頭から、頭の固い旧弊な学者の及びもつかぬウェイリーの新鮮な『詩経』訳を紹介して読者の度肝を抜く。訳者が作品世界を深く理解していればこそ迫力のある翻訳が成ったことが、多くの実例を通してわかってくる。……本書の醍醐味は、異国の文學を自国の文化に吸収するという点で、著者平川祐弘とウェイリーとのベクトルが見事に重なるところにある。ウェイリーと同様にテクストに真摯に向き合って行う平川の比較文学のありようが、ウェイリーの翻訳のありようとぴったり重なるのである。

この評語の妥当性は著者である私が云々すべきことではないだろう。読者が本著作集第二十四巻『アーサー・ウェイリー『源氏物語』の翻訳者』をじかに手に取ってお読みいただくことにする。ところでここに河合氏の書評を引いたのは、氏の個性的な私語りともいえるこんな打明け話がまじっていたからである。

二〇〇四年のこと、私は、シェイクスピア上演を考えていた演出家・宮城聡と話をしているとき、平川祐弘のことを話題にして二人同時にそれぞれの鞄から『文学界』を取り出して、その偶然に驚いたことがある。その雑誌には、平川がウェイリーに倣って『オセロ』を夢幻能に仕立てればこうなると説いた文章が掲載されていた。そののち宮城は平川に『夢幻能オセロ』の執筆を依頼し、それを演出・上演したが、その台本が本書（『平川祐弘著作集』では第二十三巻『謡曲の詩と西洋の詩』）の付録に掲載されている。そこには、真に研究対象を理解するなら自国の文化でそれを表現できるはずだというウェイリー流の気概が籠められている。

『アーサー・ウェイリー『源氏物語』の翻訳者』のこの書評は「学ぶところがあまりにも多い本なのであ

る」という過褒の辞で結ばれる。私は恐縮した。しかし私は子供のころから「一丁やってみるか」という、やんちゃといおうか知的な負けじ心で『夢幻能オセロ』や――後には『夢幻能桜』(著作集第十六巻に収録)までも――詩劇に仕立ててみたまでなのである。『詩経』の一詩を「なに着物七着無くはないさ、でも君のネグリジェ気持よくて嬉しいぞ」と訳した際と同様、ほとんど悪戯心に近い企みなので「気概が籠められている」などといわれると、こそばゆい感じがする。

河合氏の文章で二つのことがわかった。第一に、これでなぜ私のところに未見の宮城聰氏から執筆依頼が来たのかということ。そして第二に、一九七五年に私が大学院の授業をいちはやくとりまとめて公刊した『謡曲の詩と西洋の詩』以来の私のウェイリー研究は、日本の優秀な英文学者や独創性のある演出家たちにも読まれてきたということである。高橋康成教授が私の『謡曲の詩と西洋の詩』を丁寧に読んでいたことは先に述べたが、河合祥一郎准教授こそ知る人ぞ知る、高橋教授の学統を継ぐ新世代のシェイクスピア学者だからである。

『謡曲の詩と西洋の詩』の英訳

日本国内における学問芸術のそんな縦の連続性も心嬉しいが、日本国外への横のひろがりもそれに劣らず有難いことなので、一言添えたい。『謡曲の詩と西洋の詩』については、本書刊行直後、上智大学のトーマス・インモース神父は、神父自身の謡曲研究者としての関心もあってのことかと推察するが、上智大学外国語学部英語学科の卒業資格取得の条件として一学生に本書の英訳を命じた。なぜそのような仕事を課したのか、それが私にわかったのは、その学生松下祥子《さちこ》さんの父君が東大駒場のフランス語教室の年長の同僚の松下和則先生だったからである。「娘が君の『謡曲の詩と西洋の詩』を訳した。和文英訳の訓練のようなものらしいよ」と謙遜していわれ、その膨大なコピーを私に渡された。

日本人が自分で直接英文を書くのならまだしも、平川という他人の日本語を本人にとって外国語である英語に訳すのだから、いかに上智のもっとも優秀な学生であろうとも、またいかに西洋風の発想の平川の日本語文章であろうとも、大変な仕事である。一応意味が通じる英文になったとしても、その英語文体に問題があるのは避けがたい。私はおそるおそるページを繰ったが、しかし私が一番不満に感じたのは、帝国海軍をきちんと抑えて日本に和平を回復した終戦内閣の米内光政海軍大臣の名前が Yonai でなく Yoneuchi と訳されていたことの方であった。

『謡曲の詩と西洋の詩』刊行後二十月で渡米した私は、在米第二年目からは毎月のように各地で講演した。それができたのは私に日本語論文が少なからずあったからであり、そこには国内だけでなく国外でも関心を惹き得る独自性があったからである。その日本語文章を外国の聴衆向けに按配して英訳すれば、それで次々と学会などで発表することができた。すると英文で修辞を工夫することが次第に楽しみにさえなった。それだから気楽に次々と講演を引受けたのである。

しかしそれはあくまで二年目になってからの話で、渡米第一年目、ウィルソン・センターに来て八カ月、東アジアについて知ることの少ない諸外国のフェローを相手に発表するよう求められた際は、甚だしく緊張した。そのフェローの一人だった小川平四郎初代中国大使から「プロフェッサーは話がうまいから羨ましいよ」といわれたときは「なにをおっしゃる。大使はジョージ・ケナンと組んで発表をさっさとすませて羨ましいよ」と思った。そのナショナリズムについての研究会で発表したのが本書最終章の「漢文化と日本人のアイデンティティー——白楽天の受容を通して」の英語版だが、この話題ならば西半球の学者たちの関心を惹くことも予期できたからである。その際、私は米国へも持参した松下祥子訳も参考にした。上智大学の論文指導はしっかりしており、引用箇所に根拠ある英訳が用いられ、その出典が必ず明記されていたから、まことに有難かった。

米国から帰国して松下先生にその旨礼を述べ、令嬢の消息をうかがうと「英国留学中」とのことだった。あれだけ英語が達者な令嬢だからさぞかし英国生活を楽しんでいるだろうと思った。ついで私は「漢文化と日本人のアイデンティティー——白楽天の受容を通して」のフランス語版をパリ第七大学で講演した。これは後になってパリ L'Harmattan 書店から出した Sukehiro Hirakawa, *À la recherche de l'identité japonaise—le shintō interprété par les écrivains européens* に収めてある。フランスから帰国して令嬢の消息をうかがうと「向こうで英国人と結婚した」と松下先生はやや残念そうな口ぶりでいわれた。

二〇〇七年、松下先生が亡くなり、急遽帰国された祥子さんに葬儀の場ではじめてお会いした。そのあとSukehiro Hirakawa, *Japan's Love-Hate Relationship with the West* を英国にお送りした。三十年前に上智の大学院生として祥子さんが英訳を試みた『謡曲の詩と西洋の詩』の全四章が、その書物に今度は私の手になる英訳で、すべて収められていたからである。お返事に「当地ではかつての〈フジヤマ、ゲイシャ〉から〈三島、谷崎、川端〉を経て、このごろでは〈ニンテンドー、マンガ、村上春樹〉の日本になりました」とあった。

『源氏物語』と『細雪』と『山の音』

そのお返事をいただいてからもはや十年が過ぎた。谷崎、川端の名前が出たついでに、ここで日本語芸術作品の歴史を巨視的に大観し私感を述べたい。ウェイリーの英訳以来、世界に姿を現わした日本文学を大づかみに眺めると、こんな感想が浮かぶ。北米で私は『細雪』を読み、ついで『山の音』を読んだが、この両作品は昭和日本を代表する二人の作家が紫式部を熟読した後に『源氏物語』を頭の隅に置いて書いた作品といえるだろう。おおまかな見方を述べて恐縮だが、なにとぞ国文学の専門家諸氏は、平安文学とか現代文学とかの専門に囚われず、『源氏』と『細雪』を並べて、あるいは『源氏』と『山の音』を比べて、その優劣を虚心に考えていただきたい。日本人にとって千年前の古文と現代文とではいかにもかけ離れていて、畑違いに見えるだろう。両者を同じ土俵にあげて比べようにも、そんな取組みは、平安朝の女が昭和の男と相撲を取ることがないと同様、あり得ない取合せと思われるかもしれない。違和感がある、というのが普通の国文科学生の反応だろう。ところが紫式部と川端と同じ英訳者――この場合はサイデンステッカーだが――の手で英訳されると、二人の作品は同じアメリカ英語で読む関係で、同じリングにのぼることとなり、比較の對象にもなりやすくなる。しかも一旦両作品を英訳で読み比べ、その後であらためて日本文に戻ると、平安朝の古典文学も昭和の小説も、不思議や、今度は一望のうちに収めやすくなるのである。

『源氏物語』を読み、感心し、昭和の日本語に訳した谷崎が、その長年の紫式部との付き合いを通して受けた刺戟や浴びた感化が限りなく深いであろうことは推測に難くない。その源氏読書を糧《かて》として谷崎は蘆屋に住む大阪船場の没落商家の四人姉妹を描いた。このようにして谷崎の代表作『細雪』は生まれた。（そしてその逆の感化で谷崎源氏は商人の源氏の色彩を帯びた）。そんな経緯を承知の上で、あらためて『細雪』と『源氏物語』を精読して比較してみると、多くの人は谷崎が紫式部に及ばぬことを感じるのではあるまいか。なお『源氏物語』の精読とは私の場合はウェイリーの英訳と照らし合わせて教室で丁寧に読んだ、ということである。

『源氏物語』の原文と英文とその訳文のこと

なお『源氏物語』の原文と英文の両者を福岡女学院大学で読み比べた時の印象は、北御門智子さんが著作集第二十四巻の末尾に実に的確な文章で書いている。荻窪でも講読が気持よく進むのは、紫式部の見事な文章とウェイリーの美しい英文のお蔭だが、私は九州の教室で北御門さんのような学生にめぐり会えたことの好運を感謝せずにはいられない。旧姓牧智子さんの文章には、私の当時の授業ぶりが記録されていてまことに嬉しかった。

ここで一言添えたい。アーサー・ウェイリー英語訳『源氏物語』の日本語訳という不思議な里返りが、源氏物語千年紀の年に世に出た。これは現在の日本の英文学界では十分通用する水準の訳だそうである。誤訳が少ない点、あるいは水準以上の英文和訳なのかもしれない。だがウェイリーの英文の香気が必ずしも伝わらない。大学の試験で英文和訳の答案を書くと同じような配慮で訳しているせいだろうか、recherche esthétique に欠けているからであろう。この平凡社ライブラリー版『源氏物語』を読んだ一国文学者から「ウェイリーなど大したことはないですね。お蔭でウェイリーは気にしなくてもよいということがわかりました」とご挨拶を受けた。ウェイリーについて書物を著わした私に対して悪意と嫌味なしとはしないご挨拶だが、しかしそれはある意味で正直でまともな感想といえる。そのことを私は否定しない。『神曲』の翻訳についても「ダンテなど大したことはないですね。お蔭でダンテは気にしなくてもよいということがわかりました」というのが正直でまともな感想であるような翻訳が出たことも また何度かあったからである。

文学の翻訳は訳者の用いる母語において優れているか否かが大切で、言語芸術作品として価値があるか否かは、リプリントが出るか否かで証される。幸い新しいペーパーバックの *The Tale of Genji, The Arthur Waley Translation of Lady Murasaki* が二〇一〇年に従来とは別の新しい版型でふたたび Tuttle から出た。源氏物語千年紀を機に日本側読者からの注文がふえたからではあるまいか。なお一般に翻訳に就いてはウェイリーの Notes on translation は精読に値する。これはウェイリーのアンソロジー Ivan Morris, ed., *Madly Singing in the Mountains* に収められている。

英語芸術作品の歴史の中で

翻訳を話題としたついでに、翻訳をも含む英語芸術作品の歴史を大観しておきたい。『源氏物語』が書かれた西暦一〇〇〇年前後のイギリスは依然として未開野蛮の粗野な格闘の土地だった。中世のチョーサー

（一三四〇－一四〇〇）はボッカッチョの『デカメロン』と同工異曲の話を『カンタベリー物語』の中に書いた。そのことは平川訳『デカメロン』（河出書房新社、二〇一二年）の解説でもふれたが、当時は文化先進国イタリアの影響がヨーロッパ各地に翻訳翻案の形で及んだのである。英語の歴史を巨視的に眺めると、素人じみた感想を述べて恐縮だが、この大陸のはずれの島国の最大の英語作品の一つは実は翻訳であることがわかる。欽定聖書と呼ばれるジェイムズ一世時代のバイブルの英訳がそれで、それによって近代英語そのものが確立したといわれている。これは近代ドイツ語そのものがルターの聖書独訳によって確立したといえるのとほぼ同様なことではあるまいか。そのように翻訳を言語文化の大切な遺産として視野に入れて、狭く英国国文学史でなく、広く英語言語文化史を眺めると、従来とは別様のめりはりのある見方も可能となるのではあるまいか。

たとえば十九世紀は英国の詩の盛期だが、その際フィツジェラルドの『ルバイヤット』を訳詩であるからといってそれを一連の英国詩史から排除せよとは誰も言うまい。日本詩の場合は最良の詩そのものの幾つかは訳詩の中にあるのではないか。鷗外や敏の西洋詩文学の翻訳は日本語芸術作品として真に優れたものである。荷風の場合、創作詩よりも『珊瑚集』の訳詩の方が記憶されている。第一次世界大戦に際しローレンス・ビニョンによって歌われた *For the Fallen* は英国で戦死した者のための鎮魂歌として国民的な詩として末永く記憶されている。当時ビニョンの下で大英博物館で働いていたウェイリーが英訳した屈原の『国殤』も、訳詩であるためにそうと気づく人は少ないが、やはり英国で戦死した者のための訳者の鎮魂の情がこめられた詩なのだろう。

十九世紀はまた英国の小説の盛期である。オースティン、ディケンズ、サッカレー、ブロンテ姉妹、ジョージ・エリオット、ハーディなどと続いて、フォースター、ヴァージニア・ウルフなど二十世紀にいたるが、そんな一連の大小説の山脈に連なる最後の高峰が Lady Murasaki, *The Tale of Genji*, tr. by Arthur Waley なのだという見方も、英語芸術作品の歴史をすぐれた翻訳をも含む文化史として幅広く見るならば、許されることではあるまいか。

ウェイリーの没後に出たモーティマーの追悼文にthe most beautiful English prose of our time（*Sunday Times*, July 3, 1966）とある。ウェイリーの英語は「われわれの時代のもっとも美しい英語散文」というが、それはなによりまずウェイリー英訳『源氏物語』の英語散文を指すに違いない。ドナルド・キーンが、十一世紀の小説としてでなく、二十世紀の最大の小説として *Tale of Genji* を挙げたのは、もちろんウェイリー英訳が念頭にあってのことである。

しかしそれでも私は最後に、長年の体験として、付け加えたい、『源氏物語』の原文と英訳文を並べて精読した人は、時にはウェイリーの英文を原文よりも見事と感心するが、それでもさらに多くの箇所で紫式部の文章に及ばないと感じるであろう、ということを。

ウェイリー『枕草子』にまつわる思い出

ここで個人的な思い出も述べさせていただく。

ウェイリーに心打たれたのはフランスに留学して二年過ぎたころ、きっかけが何であったか記憶にさだかでないが、セーヴルの女子高等師範学校で英語の非常勤講師をしていたイギリス女性Ruthと親しくなり、あるとき『枕草子』のウェイリー英訳をプレゼントしたからである。パリ大学出版局の洋書部売店で求めたのだが、贈物として渡す前に読みかけて、その清新な英語に驚嘆した。中学のときに国語教科書で読んだ古文とは印象がまるで違う。ただすぐにルースにあげてしまったので、詳しく原文と照らし合わせることなどなかった。それでもすばらしい、という印象は永く残った。訳文もさりながら、訳文の前後にウェイリーが添えた文化史的コメントに目が開かれる思いがしたが、当時は自分がウェイリーを将来学問の対象に取り上げるなどとは考えてもいなかった。だが訳詩の前後に評釈を加えて修士論文とした『ルネサンスの詩』などの表現形式は、もしかすると無意識裡にウェイリーに学んだなにかであったかもしれない。外国研究者として古典的詩文の翻訳に重きを置くとする態度である。

ルースはパリ大学都市のメゾン・ブリタニックに住んでいた。日本館の斜め前がその英国館なのでたまに寄った。当時のフランスでは学生食堂が学生に提供する昼・夜の食事は、実費の七分の一ほどの安値で、私はもっぱらそれをたよりに生きていた。そんな切り詰めた生活なものだから実費を払う朝食を食べずに暮らした。それでも通訳の仕事に出かける朝だけはあるいはジュルダン通りの向かいのカフェでクロワサンを自分に奢ったり、あるいは英国館の地下室で出る簡単な朝食をとりに立ち寄ったことはあったのである。当時の日本館が女人禁制であったのと違い英国館は女子学生も住んでいた。ただ男女の部屋が左右に階段できちんと仕切られている。——それが当り前だと思っていただけに二十年後、オクスフォードの学寮で男女が混ざって住んでおりバスルームもシャワーも共用であることに驚いた。若者の性関係が変化したのは避妊法の普及と密接に関係するが、千九百五十年代のフランスや六十年代のイタリアは、当時の日本よりも保守的で、コンドームは市販されていなかった。まだそんなお堅い時代だったのである。*The Pillow-Book of Seishōnagon* を渡そうと門番に呼び出してもらうと、すこし具合が悪くて寝ていたとかで、ガウンをまとった姿で降りてきた。そうした姿に二十五歳の若者の心はときめいた。

大舞踏会

外務省の官補の加藤淳平の車で、六人一緒にノルマンディーへドライヴしたことがある。そのときルースもゴドラも誘った。若い男女満載の車のブレーキが利かず、坂で止まらない。一度踏んだだけでは駄目だが、二度立て続けて踏むとやっとブレーキが利いた。運転交代要員の私は地図を見ながら前方座席にいた。共通語はフランス語ではしゃいでいる。当時は貧書生はパリ郊外へ出る機会は滅多にない。金まわりのよい外交官の成り立ては車は持っているが外国の友人はまだいない。留学生のある者は金まわりは良くないが友人に恵まれている。それでこんな日曜日の遠出となったのである。交代してハンドルを握ったが、運転で夢中だった。それでもルーアンの近くの丘でバゲット、パテ、葡萄酒の草上の昼餐は忘れられない。帰り雨が降り出し、夜道、目を凝らして前方を見つめて運転したが難儀したことを覚えている。後部座席に隣り合わせで詰めて座ったわけでもないから、思い出そうとしてもほのかな匂いの記憶もない。

私はルースを私たちが主催したメゾン・デュ・ジャポンの大舞踏会に招いたことがある。タキシード着用の私が彼女と広間の中央で颯爽と踊った。菅原治子が第十九巻に寄せた思い出にその夜のbal のことも出てくる。その夜、仲間が私の部屋で撮った写真は青春の記念《かたみ》で、『正論』二〇一〇年三月号巻頭の「私の写真館」にも乗っている（本巻の巻頭写真参照）。私がそっとその背に手をかけているのがルースで、その隣がゴドラだ。八十二歳になったゴドラはミュンヘンから六十年前の思い出を著作集第十九巻のために書いてくれた。ゴドラの後がインゲ、ゴドラの隣が柏原玲子、端が松原治子、後の菅原夫人である。インゲは高橋礼司さんとの結婚を打ち明けようとしていた。

ルースはこの仲間と付き合っていると自分も、と将来のことを考えたのだろう。私が『枕草子』の世界はすばらしいでしょう」というと「でもあれは千年前で今の日本ではないわ」といい、自分は東洋の地へ行くつもりのないことをそれとなくほのめかした。当時の私は人間結婚したら男が稼いで一家を支えるものと頭からきめていた。貧乏国出身の自分は帰国しても西洋人の十分の一の収入にもありつけないと観念していたし、日本が西洋並みの経済大国などになろうはずはない、と頭から思い込んでいたころである。そんなわけで結婚は念頭にないのだが、それでも西洋女性と付き合うのが好きだった。深い付き合いではない。ルースがリーズ大学卒業とは聞いたがフランス文学の何を専攻したかも聞かずに終わってしまった。後年スコットランドのピトロクリに寄ったとき似た顔立ちの女性を何人も見かけたので昔を思い出したことがある。

ウェイリーの東洋詩歌英訳

それから十数年たって大学で教えたころ、夏休みは執筆に専念したが、それでも読書に夢中になったことが二度ある。一度は Arthur Waley, *The Life and Times of Po Chü-i* で、英語に表記された漢字名が何かすぐわからぬものだから、飛ばし読みした。もう一冊は Elizabeth Stevenson, *Lsfcadio Hearn* で、いずれも私の論文執筆を触発した。衛藤瀋吉教授主催の研究会で「漢文化と日本人のアイデンティティー——とくに白楽天の受容をとおして」を発表したのはウェイリーに刺戟されてのことである。衛藤氏は詩文を解する社会科学者で、私が白楽天を近代詩風に訳したら、ひどく興じて喜んだ。ウェイリーの英訳、

I have got her.
Have got Yasumiko
She who for any man
Was thought hard to get,
Yasumiko I have got!

を私がくちずさむや、衛藤先生は「鎌足だな」と言い、即座に、

我れはもや安見児得たりみな人の得がてにすてふ安見児得たり

と朗々と原歌を唱えて私を驚かしたことがある。その学際的な研究会の写真も雑誌に載ったことがある。ウェイリーについては四十代前半に『謡曲の詩と西洋の詩』を出し、これが『平川祐弘著作集』の第二十三巻となり、七十代後半に『アーサー・ウェイリー『源氏物語』の翻訳者』を出した。これが第二十四巻となる。『袁枚の詩』や『源氏物語　荻窪の巻』と私が呼ぶところの同地のよみうりカルチャーの講義は第二十五巻『東西の詩と物語』の巻に収められる。

ウェイリーについてはいろいろ書いた。『『源氏物語』の翻訳者』の題で大冊にまとめたときは、それまで記した思い出や研究もなるべく中にとりこみ、それでもう目落としはあるまいと思っていた。ところが著作集を編むに際し、アルバムを繰っていたら、ウェイリーを利用しながら、それを失念していた一文を発見した。それが日本語の言霊《ことだま》にふれた本巻の巻末に掲げる論文である。それでなぜ私がウェイリーを用いつつ渡部昇一氏のために海外で英語で弁じたのか、その執筆経緯もこの際記しておきたい。

渡部昇一氏の『日本語について――言霊の視点から』

上智大学の渡部昇一氏とは二人がまだ助教授のころから日本文化会議で一緒した。しばしば啓発された。とくに神道についての解釈に感心した。氏の神道に対する共感的理解が深いので、氏がカトリックであるなどとはずっと思い及ばなかった。また貧しい学生生活の思い出を印象深く読んだので、氏が豊かな蔵書家と聞かされると、間尺《ましゃく》が合わなかった。英国でルイ・アレン氏と親しくなると、共通の知人が渡部氏であったりする。もっとも一度迷惑したことがある。氏に「早い時期に人生の出世街道に乗ったような人は修養で苦しむことがなかったからではないか」と教養は重んずるが、修養に不足する人の例としてなんと私の名をあげたからである。不徳の至りで私は周囲からそのように目されてきたのである。私はたとい人生の出世街道から外されていようとも、とてもそうとは見えぬ、自信に満ちた、速進の幸運児として映じたのであろう。

渡部氏の言語文化論を私はいつも興味深く読んだ。「漢文化と日本人のアイデンティティー」の中で和歌の功徳を論じた際（本書二二四—二二九頁）、私は渡部昇一『日本語について——言霊の視点から』を援用した。するとそのころシアトルで *Journal of Japanese Studies* を主宰していた Roy Andrew Miller ロイ・アンドルー・ミラー教授が、渡部批判を同誌一九七七年夏号に掲載した。そこには、以下の平川の英語反論でわかるかと思うが、初歩的な誤りもあり、甚だ合点が行かぬことが書いてある。プリンストンで不満を洩らすと、ジャンセン教授も「ミラーが *Journal of Japanese Studies* を自分で勝手に編集するが、よくない。反論するがいいでしょう」と穏やかにきつい事をいい、マイナー教授は「異論があるならお書きなさい。同誌に載るよう口をきいてみます」という。よもや載るまいと思ったが、帰国寸前に反論を書いて渡しておいた。その際、論の枕にウェイリーの『万葉集』の英訳を用いたのである。平川論文がその雑誌の THE WORLD SEEN FROM JAPAN の欄に採用された時は、マイナーは学界で顔が利くのだな、米国は推薦がものをいう社会だな、と感じた。

なお渡部昇一教授について私が惜しむのは、なぜ英語で対外的にもっと主張しなかったか、ということである。二〇一七年四月に亡くなられたが、氏がホストをつとめる「渡部昇一の大道無門」の番組にゲストとして招かれ、天皇御譲位と難民移民の問題について親しく対談したのが氏との交誼の最後となった。一月二十七日に放映された日本文化チャンネル桜の貴重なこの録画をあらためて眺めて、尊敬すべきオピニオン・リーダーをわが国は失なった、と感じた。その日も私たちはウェイリー英訳の日本文学について語りあった。氏は西洋文学に通じた平川のような人が『源氏物語』の価値を説くと発言に重みがあって、などと言った。実は私は非専門家である自分が日本古典文学について語る際、思わぬ誤りをしでかすのでないかと心のどこかでいつも懸念しているのだが。

近年、手痛く論評されて信用を失墜した外国人日本研究者に二〇一一年ごろ、靖国や天皇の儀礼や権力についてさかしらな論じ方をした在日の英国人学者がいた。ただその時は論争の場は日本で書評も日本語であったたし、大きな問題とはならなかった。しかしその西洋人神道研究者の失態のことが話題となった時、一米国人が「そういえばロイ・ミラーという言語学者が以前、日本の学者にさんざ叩かれたなあ」とぽつりというのを聞いて、自分の反論がそこまで利いたのか、となんだか別世界の他人事のような気がした。ミラーは日本語には敬語があるから日本社会には平等が徹底しない、とか主張して日本でも俗受けしたことのある人である。わが国でアナウンサーが皇室関係の報道で敬語を略するようになったのも、ひょっとしてそんな説の影響もあってのことだったのかもしれない。しかしミラーの論には私以外にも異論をさしはさむ日本の学者はいたのではあるまいか。私のミラー批判の英文は投稿して二年後、*Journal of Japanese Studies*, Vol.7, No.2, 1981号に掲載された。

poetical quality of the original, the controversy would be more productive.

It does happen, however, that Japanese scholars sometimes chauvinistically present certain features of Japanese culture as special or unique, and by implication superior. I suppose they tend to take refuge in this when they cannot explain these features properly in rational terms. There may still be some nationalists who feel that the spirit of their language or *kotodama* puts Japanese above all other languages, but most Japanese feel, naturally and rightly, that their language has a spirit of its own distinguishing it from all others. According to the Fichte-Watanabe definition, there are many "living" languages, each with its own spirit and its own evocative power. In other words, every word in every language is more than just a means for the communication of logical ideas. That is why we should pay close attention to the emotional connotation of words and phrases in ancient Japanese songs, for the deepest layer of Japanese culture is also the most lasting one. The poetical world of *Yamato kotoba* has a stronger appeal for the Japanese than the subsequently superimposed values of imported cultures. That must be the reason why Japanese students, when they were called to the front during the crisis of the Pacific War, often took with them a copy of the *Kojiki* or the *Manyō-shū*.

I much appreciate all the fine work Professor Roy Andrew Miller has done on the Japanese language. I am afraid, however, that there are some occasional excesses in his *JJS* article. That is why I have tried to refute Miller's arguments and put the point of *kotodama* into perspective.

UNIVERSITY OF TOKYO

emotions rose from the depths of his heart, so the language in *Zarathustra* is exceedingly powerful.

According to the Fichte-Watanabe definition, it is the native language of "*Yamato kotoba*" that stirs the soul of the inhabitants of the Japanese archipelago. Watanabe tries to demonstrate what *kotodama* is through examples, by showing that there are certain unique qualities which translate badly in other languages. He compares the Emperor Jomei's poem in *Manyō-shū* with a translated passage from Shakespeare's *Richard II*. The following is the translation of the *Manyō* poem by J. Tsunashima, quoted in the *Japan Echo* (1:2:16, Winter 1974):

Of all the mountains in the Land of Yamato,
Towering most sublime is the Heavenly Kagu-Yama.
Climb atop and view afar,
Mists hand over the fields; waterfowl fly above the lake,
This fine country,
Japan, the Land of Yamato!

And a passage from *Richard II*:

This royal throne of kings, this sceptered isle,
This earth of majesty, this seat of Mars,
This fortress built by Nature for herself against infection and the hand
of war,
This happy breed of men, this little world.

Miller's comment is as follows: "It will come as no great surprise to learn that when, in this fashion, one of Shakespeare's most stately passages is pitted against a childish English version of an early *Man'yōshū* poem, Shakespeare wins" (*JJS* 3:2:254, Summer 1977). But the problem is not in this sort of comparison. The point lies in that, although it may sound childish to Miller in this English translation, the original is one of the best *Manyō* poems and has as strong an appeal to the Japanese as Shakespeare's lines to the English. Let me give it in Japanese:

Yamato ni wa murayama aredo toriyorou amano Kagu-yama,
Noboritachi kunimi o sureba kunihara wa keburi tachitatsu,
Unahara wa kamome tachitatsu;
Umashi kuni so, Akizu-shima Yamato no kuni wa.

This powerfully stirs the soul of most Japanese. I will not enter into the details of Miller's argument, but I am curious to know what kind of poetical emotion he received from the original *Manyō* poem. Had he translated it into a good English poem, or at least explained the that term was used by the German patriot-philosopher Johann Gottlieb Fichte [1762–1814]), with French and the other romance languages, which for Fichte—and now apparently for Watanabe also—are examples of "dead" languages:

> After pondering his statements, it is probably safe to conclude that what Fichte called a "living" language is, in the Japanese style of expression, a language with "spirit," and a "dead" language, one without it. Having made such a definition, we are compelled to examine what is widely known in Japanese as *koto-dama* (the spirit of language), whose substance, however, remains very much in obscurity (p. 10).

I find these excerpts unfair to Watanabe. He is not a dogmatist, and his use of Fichte's distinction between "living" and "dead" languages is responsibly made. Specifically Watanabe says in the *Japan Echo* (1:2:9–10, Winter 1974):

> Fichte applied a unique criterion to distinguish between "living" and "dead" languages. His basic premise was unequivocal. In his opinion, German, for instance, is a "living" language, for it has never ceased to be spoken by the Germans from time immemorial. Children today have inherited the language from their parents, who received it from their own parents, and so on. In other words, the continuity of the German language has never been interrupted since the origin of mankind, which may date back to tens of hundreds of, or tens of thousands of, years, or even to the geological age. . . .
>
> In contrast, for the new Latins who speak "dead" languages, there was a period when this linkage was arbitrarily decided upon. The Germanic tribes chose to forsake their mother tongues when they conquered Gaul and began to speak Latin. In this case, the linkage between a race and its language is not inevitable.

As examples of a "living" language and of a "dead" language Watanabe gives two words of the same meaning, one German and one French. The German word *Menschenfreundlichkeit* and the French word *philanthropie* are regarded as equivalents in dictionaries. However in the case of the German word, each element—*Menschen* (man) or *Freund* (friend)— appeals to the German ear, so the meaning of the word, "to treat people kindly as if they were your own friends" is grasped instantly. On the other hand, the individual elements of the French word, *phil* (love) and *anthropie* (man), do not directly appeal to the French ear, so the word has little or no emotional power. Another example may be added. Conscious of this characteristic of the German language, Nietzsche wrote *Zarathustra* using exclusively words of Germanic origin. That makes Nietzsche's work poetic. Since Nietzsche wrote only in Germanic vocabulary, his poetic

mer 1977 issue of *The Journal of Japanese Studies*. He is extremely critical of Watanabe, but some of Miller's charges seem to me to be poorly based. Since the notion of *kotodama* as set forth in Watanabe's article has little to do with the prewar nationalistic myth, I was very surprised to read the following passage in Miller's article (p. 253):

> The most recent official revival of the myth of the *kotodama* may very well be traced to the publication of an English translation, in the *Japan Echo* (1:2.9—20, Winter 1974), of an article by Watanabe Shōichi originally published in Japanese in the Iwanami publishing company's enterprising journal *Shokun* in August of the same year.[7] This latest official revival of the myth ought probably to be dated from the publication of this English version of Watanabe's article in the *Japan Echo* rather than from the appearance of its original Japanese text in *Shokun*, because this was the first issue of the *Japan Echo* to receive official, world-wide distribution from Japanese embassies and consulates throughout the English-reading world; and it is difficult to believe that the appearance of Watanabe's article, under the title "On the Japanese Language," in that, the first issue of the *Japan Echo* to receive such official distribution by the Japanese Foreign Office, was a total coincidence.

I do not believe that the publication of the English version of his article in the *Japan Echo* means that Watanabe's view received an official endorsement, and the editors disclaim responsibility for views expressed in its pages. The articles selected for the Winter issue, 1974, of the *Japan Echo* were chosen from representative Japanese monthly magazines such as *Chuō-kōron*, *Shokun*, *Sekai*, *Seiron,* and *Keizai-ōrai*.

Miller continues in the article:

> Watanabe, a member of the faculty of Jōchi University in Tokyo, is a specialist in German language and literature who also teaches and writes widely about English. He demonstrates his impressive familiarity with both languages in the opening passage of his article, where he compares German and Japanese, which he believes are examples of "living languages" (in the very special sense in which

7. The Iwanami publishing company has nothing to do with the publication of *Shokun,* which is a monthly journal of the *Bungei-shunjū* company. Miller's presentation of Watanabe is not correct. Professor Watanabe Shōichi of Sophia University in Tokyo is a specialist in the history of the English language. Watanabe's articles concerning the Japanese language were later published in book form under the title *Nihongo no kokoro* (Kōdansha, 1974).

of Yamato, stems from a self-assertive reaction by the Japanese to the overwhelmingly strong influence of Chinese poetry, which at the time threatened to stifle the native art.

Some five hundred years later, when Chinese influence again became pervasive, a Nō playwright, most probably Zeami, felt a sort of identity crisis and wrote the Nō-play *Haku Rakuten* (the Japanese reading of Po Lo-t'ien, another name of the T'ang poet Po Chü-i). Arthur Waley summarizes the plot as follows:

> Rakuten is sent by the Emperor of China to "subdue" Japan with his art. On arriving at the coast of Bizen, he meets with two Japanese fishermen. One of them is in reality the god of Japanese poetry, Sumiyoshi no Kami. In the second act his identity is revealed. He summons other gods, and a great dancing scene ensues. Finally the wind from their dancing sleeves blows the Chinese poet's ship back to his own country.[5]

As with Ki no Tsurayuki's preface to the *Kokin-shū*, the Japanese of the fifteenth century tried to assert themselves by insisting on the virtues of their native form of poetry, *uta*, to avoid capitulating to the overwhelming influence of Chinese verse. Zeami probably took the theme of his Nō-play from an *uta* composed by Jien (1155—1225).

Kara-kuni ya	When from the land of China
Koto no ha kaze no	The wind of words
Fuki-kureba	Comes blowing,
Yosetezo kaesu	A backward surge carries away
Waka no ura-nami.	Waves of *uta* from the Bay of Waka.

Such self-assertion can have nationalistic overtones. It is true that concepts like *kotodama* were abused during Japan's militarist era, but it does not follow that they should be denied all validity. Professor Watanabe Shōichi of Sophia University, Tokyo, published a very penetrating article on *kotodama* in the monthly, *Shokun*, in August 1974. Watanabe's article was later translated in part into English in the *Japan Echo* (1:2, 1974).

Professor Roy Andrew Miller of the University of Washington was so shocked by Watanabe's article that he wrote a book[6] in rebuttal, and then went on to discuss the subject again in the Sum-

5. Arthur Waley, *The Nō Plays of Japan* (London: George Allen & Unwin, 1921), p. 248. Bizen must be a misprint for Hizen.

6. Roy Andrew Miller, *The Japanese Language in Contemporary Japan*, published by American Enterprise Institute for Public Policy Research, 1977.

become misty in Sōseki's scene. The humidity is much higher in this melodramatic haiku than in the original tragedy. Japanese generally associate the misty moon with tears, and *oborozuki* reminds us of the line of a Kabuki drama such as:

Ima wa namida ni kakinigosu,	Now all is confused in tears,
Tsuki mo tamoto ni kakikumoru.	Even the moon is clouded in sleeves.

Tamoto is a kimono sleeve, a word which the Japanese conventionally associate with tears. Consequently expressions such as "*tamoto o shiboru*," literally "wring the ends of your sleeves," mean "shed [floods of] tears." But I do not think that the English word sleeve has any lachrymal connotations.

Thus while a Japanese *uta* of the *Manyō-shū*, if translated into English, can become like a simplified passage of *Romeo and Juliet*, so a passage from Shakespeare's tragedy, when translated into a haiku, can become something out of the Kabuki theater. Every word of every language has an evocative power which has been formed by its cumulative cultural background. The image it evokes naturally differs from the image evoked by words of the same meaning in other languages.

Every language has its own unique evocative power. We may call this the spirit of a language, or *kotodama*, as the Japanese are accustomed to calling it. Since ancient times Japanese have been particularly conscious of this evocative power of language. They have always felt that there is something in the Japanese language not translatable into other languages. They were conscious of this as early as the beginning of the eighth century, when Ō no Yasumaro compiled the *Kojiki,* or *Records of Ancient Matters*. Ō no Yasumaro was a scholar who had the ability to write the entire work in Chinese if he had wished to. Instead he took great pains to devise a method for representing Japanese sounds by using Chinese characters phonetically, as the Japanese syllabary *kana* had not yet been invented. Even in the *Nihonshoki* (720), which was written in classical Chinese, a number of poems were left untranslated and were simply transcribed phonetically using the same method as in the *Kojiki*. For many Japanese, poems written in Japanese, especially *uta* in thirty-one syllables, became the clearest expression of national identity. The term *waka* itself, which means Japanese poems, indicates that a distinction is being made. The preface to the *Kokin-shū*, written in the tenth century, begins with the well-known passage: "*Yamato uta wa, hito no kokoro o tane to shite, yorozu no koto no ha tozo narerikeru*." The expression "*Yamato uta*," poems

What kind of scene does this haiku call to mind? Again, it varies with the reader, but the majority of Japanese probably associate this haiku scene with a passage from *Jōruri* or with a scene in a Kabuki play—in particular, a scene in a drama of double suicide, *shinjū-mono*. "*Tsumi mo ureshi*" means that the man and woman, who broke the moral law by committing adultery, still feel a strong sentiment of joy; they are lovers and accomplices in the transgression. The strength of their overflowing, joyful sentiment is expressed in the first line, "*tsumi mo ureshi*" stretched out to six syllables, so-called *ji-amari*. This burst of subjective sentiment is so strong that it cannot be contained in the regulation five-syllable line. A haiku should evoke a season and the seasonal term in this haiku is the misty moon, *oborozuki*, of spring. The misty moon reminds the Japanese of a scene on the Kabuki stage in which a bell rings. There are many famous passages with *oborozuki* or *oboroyo* (misty night). For example, a play written by Kawatake Mokuami[4] has a dance scene in which the following song is sung:

Oboroyo ni	Things wonderful
Nikuki mono wa	in a misty moonlit night
Otoko ouna no	are silhouettes
Kage-hōshi.	of a man and a woman.

Sōseki's haiku, however, is not from the world of Kabuki. "*Tsumi mo ureshi futari ni kakaru oborozuki*" is a haiku inspired by Sōseki's reading of Shakespeare: the couple who feel a joy in transgressing the laws of heaven and earth is none other than Romeo and Juliet. Specifically, it was based on the impressions Sōseki got from two lines in Act II, scene ii, in which Romeo says:

Lady, by yonder blessed moon I swear,
That tips with silver all these fruit-tree tops.

Sōseki's eighteen syllables are not, of course, a direct translation of Shakespeare's lines. It has long been a tradition among Japanese to add a haiku to an ink-painting or even to Chinese poems, and Sōseki's experiment was to seek an equivalent in haiku form of a scene from Shakespeare. Therefore it was necessary for him to acclimatize the English poetry to the Japanese setting. The original moon of Verona, which had a metallic, dry light like a gem, has

4. Kawatake Mokuami, "Kosode soga azami no ironui." The passage in question is on p. 307, *Kabuki kyakuhon-shū (ge)*, *Nihon koten bungaku taikei* (Iwanami shoten, 1961), vol. 54.

It is a difficult task to translate a foreign poem. Japanese *uta* translate badly into English since the original poetry very seldom fits the British or American poetical tradition. Moreover, every word of every language has its own "spirit," its own connotations formed by its cultural and historical background. The image evoked by a word-for-word translation is in many cases very different from the image evoked by the original poem. Even poems in the *Manyō-shū*, if they are converted into English, evoke scenes that are more English than Japanese. This is not surprising if we consider the case of a Japanese prose work that Waley also translated into English. When the British read the *Tale of Genji* in Waley's translation, they picture Fujiwara court life on the basis of their knowledge of English court life. In the same way, readers will find something American in Seidensticker's *Tale of Genji*. Similarly, Japanese readers of the *Divine Comedy* tend to imagine the scenes of Hell through the images they have of a Buddhist Inferno derived from the Hell scrolls, *jigoku-zōshi*.

When Waley translated the poem for the first time in his "Some Poems from the *Manyōshū* and *Ryōjin Hisshō*,"[3] his rendering was as follows:

'The time is dawn'
The crows of night are calling;
But round the tree-tops of yonder mountain
All yet is still.

This is a literal translation, to which Waley added the note, "Addressed by a lady to a lover leaving her at dawn." Apparently he knew and followed one of the three interpretations given by Japanese *Manyō* scholars. But Waley later divided the translation into a dialogue in which the lady insists her lover stay. The reason for this modification must be Waley's conscious or unconscious effort to recreate a poem that would better suit the taste of his English readers.

Let us proceed to a second example, a haiku written by Natsume Sōseki:

Tsumi mo ureshi	Even the transgression is a joy;
Futari ni kakaru	Over the couple
Oborozuki.	Hangs a misty moon.

3. "Some Poems from the *Manyōshū* and *Ryōjin Hisshō*" is now included in Arthur Waley, *The Secret History of the Mongols* (London: George Allen & Unwin, 1963).

In the poem with which this essay begins the young man who reluctantly takes leave of the girl also seems to be a handsome youth like Romeo, and the girl may be a Juliet. Actually, the poem in question is from the *Manyō-shū*, tome 7, an *uta* by an unknown author:

Akatoki to
Yogarasu nakedo
Kono oka no
Konure no ue wa
Imada shizukeshi.

The English translation was made by Arthur Waley in his article "The Originality of Japanese Civilization."[1] When I read the original poem in Japanese I get the impression of an etching; there is an evocation of stillness over which branches of the treetops delicately extend. I have the sensation of inhaling the cool, fresh air of morning, in which there still remains some darkness.

But this poem is, of course, not a simple picture of natural scenery. Saitō Mokichi in his *Manyō shūka*[2] gave three possible interpretations of the situation. First, the poem could be spoken by a woman: "Though crows are announcing that the dawn has come, the grove on the hilltop is still quiet, so please stay a little longer with me." Second, the poem could be spoken by a man: "Though crows are announcing that the dawn has come, the grove on the hilltop is still quiet, so I will stay with you." The third interpretation is that of a man simply describing scenery while taking his leave from the girl.

In translating this *uta*, Arthur Waley created an English poem of his own which does not correspond to any of the three interpretations. By dividing the poem into two parts, he created a dialogue of lovers. In so doing Waley dramatized the situation. Perhaps Waley devised the new interpretation because he felt the poem would have greater appeal for his English-speaking readers if presented in the form of a conversation between two lovers. I imagine, moreover, that when Waley modified the translation in this form, he may have had in mind the scene of the separation of Romeo and Juliet. It may be a coincidence, but the same word "yonder" used adjectivally occurs in both Waley's and Shakespeare's passages.

1. Arthur Waley's article "The Originality of Japanese Civilization" is now reprinted in an abridged form in his anthology, *Madly Singing in the Mountains*, ed. by Ivan Morris (London: George Allen & Unwin, 1970).

2. Saitō Mokichi, *Manyō shūka*, (*jō*) (Iwanami Shoten, 1938), pp. 252–253.

HIRAKAWA Sukehiro

In Defense of the "Spirit" of the Japanese Language*

He. 'Dawn, dawn, dawn!' the crows are calling.
She. Let them cry!
For round the little tree-tops
Of yonder mountain
The night is still.

If I translate this poem into Japanese, a word for word rendering would go as follows:

Otoko. 'Yoake da, yoake da' to karasu ga toki o tsugeteiru.
Onna. Naitemo kamawanaiwa.
Datte mukōno yama no
Kozue no atariwa
Mada yoru ga shizuka nanodesumono.

What kind of setting does this call to mind? It of course depends upon the reader, but some will perhaps associate the poem with a scene in *Romeo and Juliet*. In Act III, scene v, Juliet tries to keep Romeo in her room:

Juliet. Wilt thou be gone? It is not yet near day:
It was the nightingale, and not the lark,
That pierced the fearful hollow of thine ear;
Nightly she sings on yond pomegranate-tree:
Believe me, love, it was the nightingale.
Romeo. It was the lark, the herald of the morn,
No nightingale: look love, what envious streaks
Do lace the severing clouds in yonder east:
Night's candles are burnt out, and jocund day
Stands tiptoe on the misty mountain tops:
I must be gone. . .

*平川がウェイリー訳を引用することから始めててロイ・ミラー教授の渡部昇一教授批判の論を批判した経緯については、p287以下の「渡部昇一氏の『日本語について——言霊の視点から』」を参照。

【著者略歴】

平川祐弘（ひらかわ・すけひろ）

1931（昭和6）年生まれ。東京大学名誉教授。比較文化史家。第一高等学校一年を経て東京大学教養学部教養学科卒業。仏、独、英、伊に留学し、東京大学教養学部に勤務。1992年定年退官。その前後、北米、フランス、中国、台湾などでも教壇に立つ。

ダンテ『神曲』の翻訳で河出文化賞（1967年）、『小泉八雲——西洋脱出の夢』『東の橘　西のオレンジ』でサントリー学芸賞（1981年）、マンゾーニ『いいなづけ』の翻訳で読売文学賞（1991年）、鷗外・漱石・諭吉などの明治日本の研究で明治村賞（1998年）、『ラフカディオ・ハーン——植民地化・キリスト教化・文明開化』で和辻哲郎文化賞（2005年）、『アーサー・ウェイリー——『源氏物語』の翻訳者』で日本エッセイスト・クラブ賞（2009年）、『西洋人の神道観——日本人のアイデンティティーを求めて』で蓮如賞（2015年）を受賞。

『ルネサンスの詩』『和魂洋才の系譜』以下の著書は本著作集に収録。他に翻訳として小泉八雲『心』『骨董・怪談』、ボッカッチョ『デカメロン』、マンゾーニ『いいなづけ』、英語で書かれた主著に *Japan's Love-hate Relationship With The West* (Global Oriental, 後に Brill)、またフランス語で書かれた著書に *A la recherche de l'identité japonaise－le shintō interprété par les écrivains européens* (L'Harmattan) などがある。

【平川祐弘決定版著作集 第23巻】

謡曲《ようきょく》の詩《し》と西洋《せいよう》の詩《し》

2018（平成30）年1月25日　初版発行

著　者　平川祐弘

発行者　池嶋洋次

発行所　勉誠出版　株式会社

〒101-0051　東京都千代田区神田神保町 3-10-2

TEL：(03)5215-9021(代)　FAX：(03)5215-9025

〈出版詳細情報〉http://bensei.jp

印刷・製本　太平印刷社

ISBN 978-4-585-29423-8　C0095

公益財団法人東洋文庫 監修

東洋文庫善本叢書［第二期］欧文貴重書◉全三巻

［第一巻］ラフカディオ ハーン、B.H.チェンバレン往復書簡

Letters addressed to and from Lafcadio Hearn and B.H. Chamberlain.

世界史を描き出す白眉の書物を原寸原色で初公開

日本研究家で作家の小泉八雲（Lafcadio Hearn, 1850-1904）は、
帝国大学文科大学の教授で日本語学者B.H.チェンバレン（B. H. Chamberlain 1850-1935）の斡旋で
松江中学（1890）に勤め、第五高等学校（1891）の英語教師となり、
のち帝国大学文科大学の英文学講師（1896 ～ 1903）に任じた。
本書には1890 ～ 1896年にわたって八雲がチェンバレン
（ほか西田千太郎、メーソン W. S. Masonとの交信数通）と交わした自筆の手紙128通を収録。
往復書簡の肉筆は2人の交際をなまなましく再現しており、
西洋の日本理解の出発点の現場そのものといっても過言ではない。

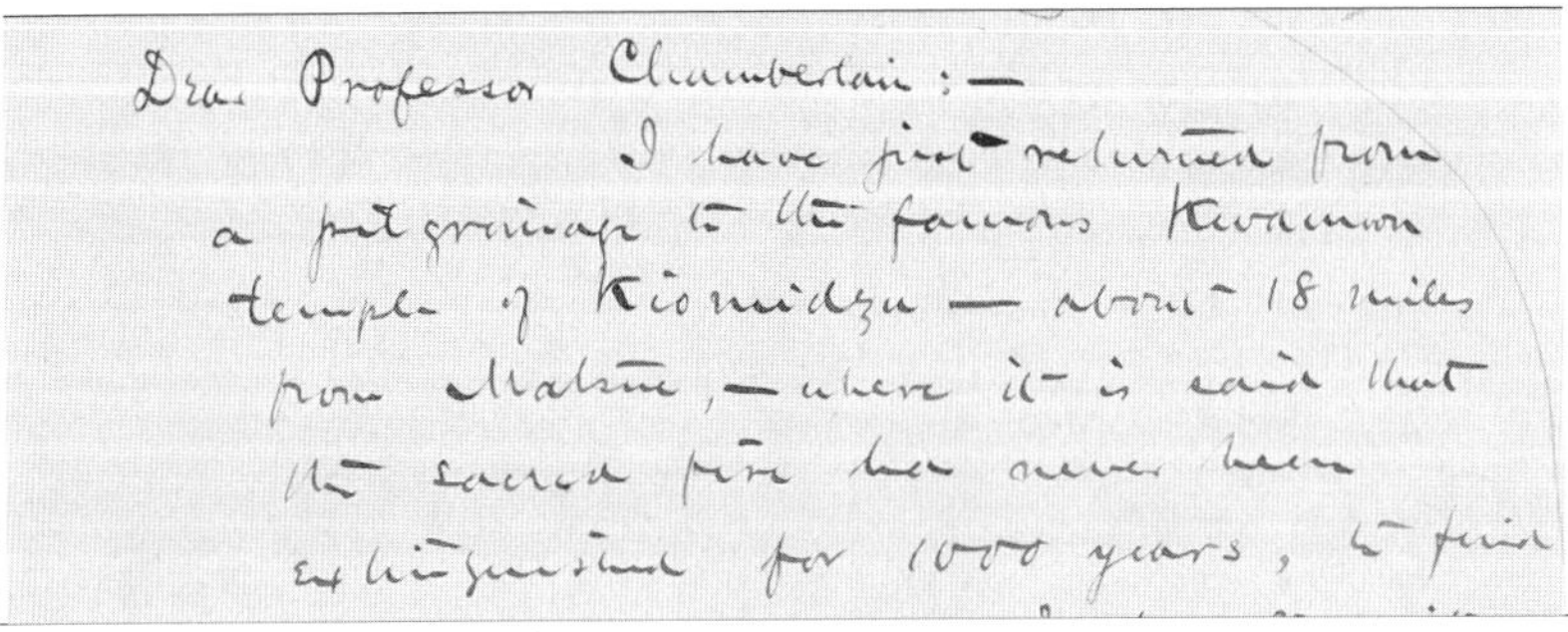
Dear Professor Chamberlain:—
I have just returned from
a pilgrimage to the famous Kwannon
temple of Kiomidzu — about 18 miles
from Matsue, — where it is said that
the sacred fire has never been
extinguished for 1000 years, to find

ハーンからチェンバレンに宛てた書簡

平川祐弘
東京大学名誉教授
［解題］

本体140,000円（＋税）・菊倍判上製（二分冊）・函入・884頁
ISBN978-4-585-28221-1 C3080